L'AMOUR ASSASSIN

LES MYSTÈRES DE MOLLY SUTTON
TOME IV

NELL GODDIN

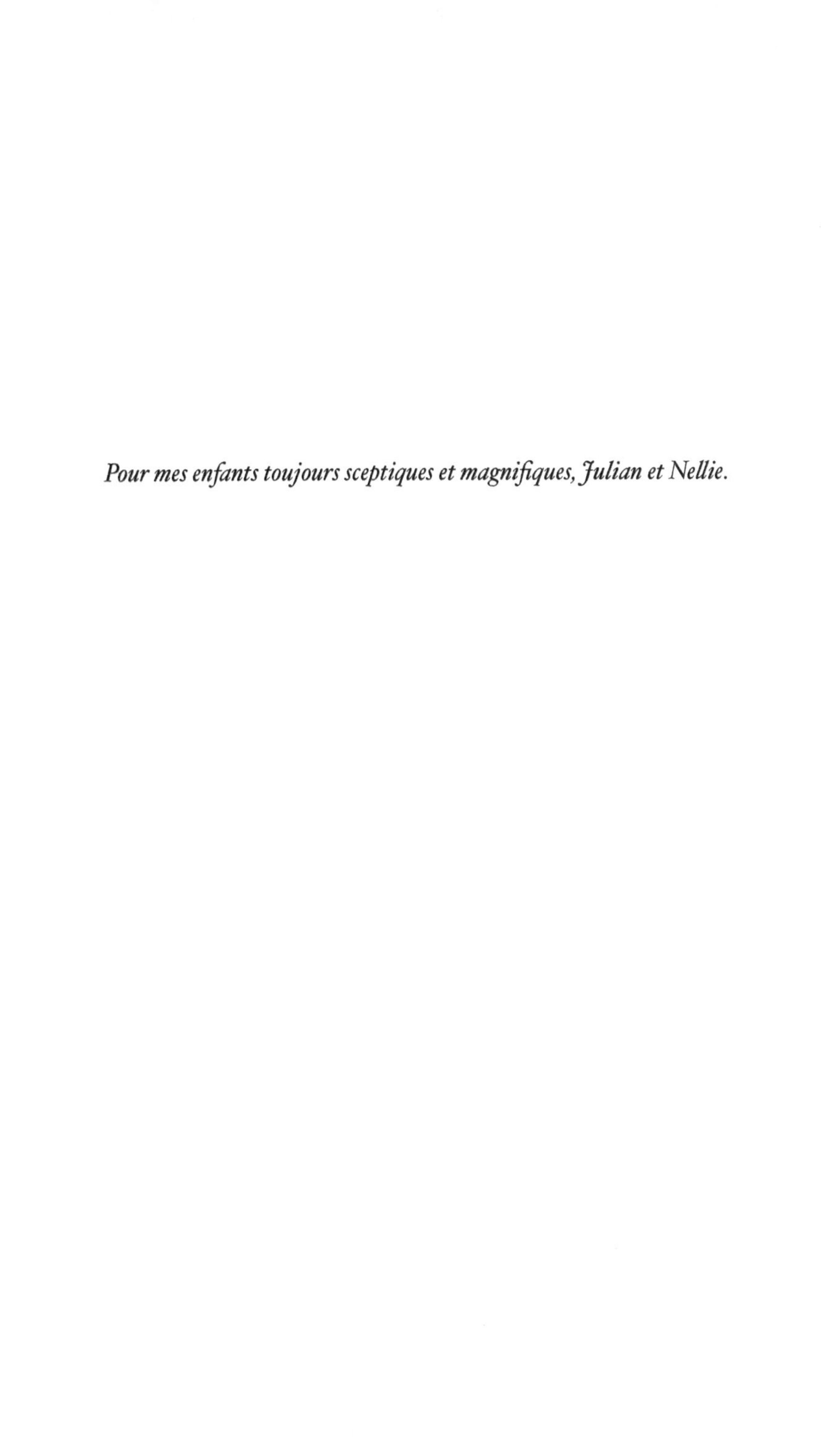

Pour mes enfants toujours sceptiques et magnifiques, Julian et Nellie.

❦   I   ❦

Juillet 2006

Molly se réveilla la première, grâce au museau humide de Bobo dans son oreille. La matinée était chaude et elle avait dormi sans couverture, il lui fut donc facile de se glisser hors du lit sans réveiller Ben.

— Viens, Bobo, chuchota-t-elle, pour empêcher le chien tacheté de sauter sur le lit.

Molly alla droit vers la cafetière à piston et mit l'eau à chauffer pendant que Bobo dansait autour de la cuisine, espérant que quelque chose de délicieux tomberait du ciel.

Dans l'ensemble, les derniers mois à Castillac avaient été radieux. L'ordre avait été rétabli après l'enlèvement de Valérie Boutillier, et le village avait retrouvé son ambiance estivale habituelle, avec ses fêtes et ses rencontres informelles, tout le monde étant plutôt de bonne humeur. Les réservations à La Baraque étaient excellentes.

Et bien sûr... il y avait Ben.

Molly était allée à Castillac en partie pour se remettre d'un divorce. Ce divorce n'avait pas trainé ni n'avait été calomnieux ni litigieux, mais ça avait tout de même été douloureux de voir son rêve d'une famille chaleureuse voler en éclats. Molly avait pensé qu'un changement de décor — des banlieues de Boston à Castillac, en France — l'auraient aidée à s'en remettre. Et cela avait marché, grâce à de nouvelles amitiés et à *beaucoup* de pâtisseries.

Elle n'avait pas du tout été à la recherche d'une histoire d'amour. Elle avait presque quarante ans, après tout, et elle avait déjà commencé à faire la paix avec l'idée que sa vie amoureuse (sans parler de ses années de procréation) était surement derrière elle. Ben Dufort était un peu plus jeune qu'elle et était le, plutôt séduisant, ancien chef de la gendarmerie du village. Il n'y avait pas vraiment eu de coup de foudre ; au contraire, leur amitié s'était approfondie lentement, au fil du temps, presque sans qu'ils s'en rendent compte. Et une fois qu'ils s'étaient mis ensemble, avec tout le village au courant — et l'approuvant pour la plupart, les villageois jugeant librement ces choses-là — Molly était plus heureuse qu'elle ne l'avait été depuis très, très longtemps.

Au moment où elle versa sa première tasse à café, elle entendit un coup rapide à la porte d'entrée qu'elle reconnut comme étant celui de Constance, qui aidait à nettoyer les gites les « Jour de rotation ». Molly avala rapidement quelques gorgées de café, puis recommença. Avoir un peu de fortifiant avant d'affronter Constance de bon matin était important.

— Molls ! s'exclama Constance, se précipitant dans le vestibule dès que Molly ouvrit la porte d'entrée.

Ses cheveux mi-longs étaient attachés en queue de cheval, la coiffure qu'elle arborait quand elle était prête à se mettre au travail.

— Bonjour, Constance, dit Molly, buvant encore du café.

— Thérèse est partie ! *Partie !* Comme ça !

Molly cligna des yeux.

— De quoi parles-tu ? Partie où ?

— Notre gendarme, Thérèse Perrault ! dit Constance avec impatience.

— Allez, Molly, réveille-toi ! J'ai entendu dire qu'elle avait reçu l'avis d'une nouvelle affectation, mais n'en avait parlé à personne. Elle ne voulait pas faire d'histoires, je suppose, même si je ne comprends pas pourquoi quelqu'un renoncerait à une fête de départ !

— Tu veux dire qu'elle a déjà quitté le village ?

— Oui, Molls, c'est exactement ce que je dis ! Réveille-toi, petit chou !

Molly fronça les sourcils. Thérèse avait dit qu'elle ne pourrait pas rester à Castillac bien plus longtemps — la gendarmerie aimait déplacer ses officiers, dans le but de les garder objectifs — mais elle n'avait pas dit un mot sur l'imminence du déménagement. Elle allait beaucoup manquer à Molly. En plus, Thérèse respectait les capacités d'enquêtrice de Molly et n'hésitait pas à lui glisser des informations pour obtenir son aide sur des affaires difficiles. C'était Thérèse qui avait parlé à Molly de la note scotchée à la porte de la gendarmerie disant que quelqu'un avait vu Valérie Boutillier.

— Tu veux du café ? demanda-t-elle, une expression troublée sur son visage encore endormi.

— Non merci. Il y a une chance que tes clients soient déjà partis ? J'aimerais commencer et finir le nettoyage tôt. Thomas veut m'emmener quelque part pour un piquenique, ajouta-t-elle en souriant.

— Il n'est même pas 9 h, Constance.

— On ne peut rien faire pour les faire sortir de là ?

Molly rit.

— Non, espèce d'andouille. Je veux que leurs derniers moments à La Baraque soient heureux, pour qu'ils partent avec nostalgie et qu'ils aient envie de revenir ! Et non pas en maudissant la femme de ménage qui frappait à leur fenêtre et mettait de la musique forte, ou je ne sais quoi d'autre que tu as en tête. Et en parlant de moments heureux, je devrais filer au village chercher des viennoiseries pour leur dernier petit-déjeuner. Tu as d'autres petites nouvelles pour moi ? Tout reste relativement harmonieux dans le village ?

Constance prit son menton et leva les yeux au plafond, réfléchissant.

— Oui ! Pas de divorces, pas de cambriolages, et pas de cadavres. Castillac est un océan calme !

— Il est encore tôt, dit Molly, à voix basse.

Non pas qu'elle espérait du grabuge, mais parce qu'elle apprenait qu'aucun endroit n'en restait exempt longtemps.

❦

Un samedi soir de juillet est plus ou moins la perfection à Castillac, pensait Molly, prenant, pour une fois, soin de sa tenue. Le temps était exquisément agréable, le village couvert de fleurs, et l'humeur des villageois joyeuse. Les gens cherchaient quelque chose à célébrer. Une des amies de Thérèse avait décidé d'organiser une fête de départ pour elle Chez Papa, même si l'invitée d'honneur avait déjà quitté la ville, et l'idée était si absurde que presque tous les gens que Molly connaissait prévoyaient d'y aller.

— Je me souviens de cette petite robe noire que tu portais au gala de l'Institut Degas, dit Ben, qui était allongé sur le lit en lisant le journal sur sa tablette et en jetant des coups d'œil à Molly pendant qu'elle se préparait.

— Je me souviens d'avoir dansé le Hustle avec toi, rit Molly, et elle s'approcha pour ébouriffer ses cheveux en brosse et lui donner un rapide baiser.

— Alors, tu viens ce soir ? Notre relation n'est plus une nouveauté maintenant, donc les gens ne nous taquineront plus, n'est-ce pas ?

— Arrêter de taquiner ? Jamais, dit Dufort en levant les yeux au ciel.

— Oui, bien sûr que je viens. Il n'y a pas de meilleur endroit pour savoir ce qui préoccupe les gens.

— Donc... tu te considères en service, en quelque sorte? Même si tu es un détective sans affaire?

— Sans affaire *ni* emploi. Mais non, ce n'est pas exactement ce que je veux dire, ce n'est pas comme si j'essayais de dénicher des informations à tout prix ou quoi que ce soit. C'est juste que j'ai l'habitude de garder un œil sur les choses, c'est tout. Et les gens semblent me confier leurs problèmes.

— Castillac a besoin d'un psychiatre, ce pourrait être ta prochaine carrière!

— Ha. J'espère juste que tu vas remettre cette robe noire...

— Il fait trop chaud pour ça, dit Molly en rougissant.

— Allez, prépare-toi, on devrait déjà être partis.

Molly se tenait à côté du lit et Ben lui prit la main pour la tirer vers lui.

— Je n'ai pas envie de te partager pour le moment, dit-il doucement en l'embrassant dans le cou.

Et Molly pensa à nouveau, en fermant les yeux, qu'elle n'en revenait pas de sa chance. Comme beaucoup de femmes, elle pouvait tomber dans le piège de ne voir que les aspects par lesquels elle ne correspondait pas aux mannequins des magazines — ses jambes étaient courtes et elle était loin d'être mince comme un roseau — et c'était un délice de se voir, ne serait-ce qu'un instant, à travers le regard admiratif de Ben.

Elle n'aurait jamais imaginé, lorsqu'elle avait vendu ses meubles et avait dit adieu à sa maison de la banlieue de Boston où son mariage avait pris fin, qu'elle se sentirait un jour, à nouveau, aussi légère.

Déménager à Castillac s'était avéré être la meilleure chose qu'elle n'ait jamais faite.

❧

Une heure plus tard, Molly et Ben descendaient la rue des Chênes en scouteur jusque Chez Papa. Le bar regorgeait de gens, se tenant sur le trottoir, riant et buvant. Quelques chiens trainaient dans leurs pattes. Alphonse avait accroché des guirlandes multicolores clignotantes dans l'arbre rabougri à proximité, et les visages des villageois changeaient constamment de couleur.

— Salut ! cria Nico derrière le bar alors qu'ils entraient.

Frances était perchée sur un tabouret au bout du comptoir, sa chevelure noire fraichement coupée en carré à la Louise Brooks, son rouge à lèvres d'un rouge saisissant. Molly enlaça sa vieille amie et elles s'embrassèrent sur les joues. Ben s'éloigna pour parler à un groupe dans le coin, des gens que Molly avait rencontrés, mais ne connaissait pas bien.

— Alors, comment ça va ? demanda Frances en allumant une cigarette.

— Tu fumes à nouveau ?

Frances haussa les épaules.

— Non. En fait, tout ce que tu vois qui pourrait suggérer une telle chose n'est qu'une illusion, un tour de passepasse, tout simplement...

— Ton sarcasme...

— Oh, Molly, n'as-tu jamais envie de juste te lâcher et faire toutes les mauvaises choses pour une fois ? Ne pas te soucier du lendemain, mais simplement vivre l'instant présent aussi intensément et agréablement que possible ?

Molly réfléchit.

— Bonsoir, ma chère Molly, dit Lawrence Weebly, apparaissant dans la foule.

Il tenait son habituel Negroni rouge vif et portait un beau costume, probablement vintage.

— Frances suggère que nous jetions toute prudence aux orties et vivions l'instant présent, dit Molly.

— J'y réfléchis.

Lawrence haussa les épaules.

— J'ai vécu l'instant présent pendant un bon moment, quand j'étais jeune, dit-il.

— Je dois dire que ça n'avait pas valu le coup.

— Quelle bande de vieux croutons, dit Frances, tirant longuement sur sa Gauloise.

— D'accord, je ne vous proposerai pas de cigarette à tous les deux, même si je parie qu'au fond, vous mourez d'envie d'être cool comme moi. Fumer n'est pas la seule façon de vivre l'instant présent. Que diriez-vous de la romance ? Ou de chambouler votre vie et faire quelque chose de complètement nouveau et différent ?

— Fait et refait, dit Molly.

— Si nous avions eu cette conversation à Boston, avant que mon mariage ne se termine et que je quitte mon travail pour déménager ici ? Alors j'aurais été totalement d'accord avec toi.

Elle haussa les épaules.

— Mais je suis... je suis vraiment contente maintenant. Même, heureuse. Je ne cherche pas à tout bouleverser. Et toi, Franny ? J'aurais dit que tu vivais déjà assez bien l'instant présent. Ce n'est pas comme si tu laissais les conventions habituelles freiner, eh bien, tout ce que tu as envie de faire. Ta famille ne pense-t-elle pas que tu es pratiquement un monstre ?

Frances rit.

— Oh, bien sûr, mais honnêtement, ils ne comptent pas. Ma famille pense que si tu portes du lin le mauvais mois, tu devrais être écarté de la bonne société, peut-être définitivement.

— Sa famille est complètement dingue, dit Molly à Nico, qui sourit, puis qui regarda au-delà de Molly alors que plus de gens s'approchaient du bar.

— Au revoir, Thérèse ! cria quelqu'un dehors, levant son verre.

Molly remarqua que Nico faisait un sourire large à quelqu'un derrière elle, et elle se retourna pour voir qui il regardait. À un pas de là se tenait une femme magnifique, souriant à Nico en retour. Elle avait de longs cheveux noirs tombant en vagues lâches sur ses épaules, et de beaux traits, vraiment beaux. Mais le plus saisissant chez elle, c'étaient ses yeux, relevés aux coins extérieurs, fortement maquillés, et d'une couleur bleu vert hypnotisante. Molly réalisa qu'elle la fixait, mais ne voulait pas détourner le regard.

— Tout va bien pour toi, Iris? dit Nico à la femme.

Iris hocha la tête et sourit, mais Molly ne la crut pas. Elle ne connaissait pas cette femme, ne l'avait même jamais vue auparavant, mais elle reconnaissait un faux sourire quand elle en voyait un.

Molly lança à Nico le regard « présente-moi », mais Nico ne comprit pas le message.

— Alors, comment ça se passe au pays de Benny? demanda Frances à Molly.

— Dois-tu vraiment me parler comme si nous étions encore en sixième?

— N'est-ce pas le cas? ricana Frances, prenant une gorgée de son verre suivie d'une longue bouffée de sa cigarette.

— Je te le dis, j'ai été totalement submergée par les délais les uns après les autres ces trois derniers mois. Je suis à peine sortie, je n'ai fait que travailler. Alors je déclare qu'à partir de maintenant, ce sera l'Été du Fun. À commencer... maintenant!

Molly se détourna de Frances et vit que Nico n'avait pas entendu les divagations de sa petite amie, et qu'il regardait toujours rêveusement dans les yeux de la femme derrière elle, bavardant tout en préparant lentement sa boisson. Il allait être inutile pour une présentation, alors Molly prit maladroitement les choses en main, se reculant soudainement du bar et manquant de peu de la bousculer.

— Je suis désolée! dit Molly en se tournant vers elle.

— Pas de problème, dit Iris.

Une fois de plus, Molly eut la sensation de ne vouloir rien faire d'autre que de regarder dans les yeux d'Iris et fixer son beau visage. Ses cheveux étaient striés de gris, mais, au lieu de la faire paraitre vieille, elle semblait merveilleusement exotique, même sage.

— Êtes-vous une amie de Thérèse? demanda Molly.

La femme parut confuse.

— Thérèse?

— Thérèse Perrault, la gendarme? C'est sa fête de départ. Même si elle est déjà partie, sourit Molly. N'importe quelle excuse pour faire la fête, j'imagine. Je m'appelle Molly Sutton. Je suis américaine, mais je me suis installée à Castillac il y a presque un an.

— Bonjour, Molly Sutton, dit poliment Iris.

— Votre français n'est pas si mal.

Elle fit une pause et réfléchit un instant.

— J'ai connu Thérèse, il y a des années, quand elle était enfant. Je cuisine pour l'école, à la cantine, donc je finis par connaitre presque tout le monde à Castillac de cette façon. Voyons voir, dit-elle en levant les yeux au plafond, je crois que Thérèse adorait le pâté et n'aimait pas les champignons.

— Quelle hérétique, dit Molly, et Iris rit, bien que ses beaux yeux bleu vert semblaient tristes.

— Iris! Je t'ai dit que je devais me lever à l'aube demain, je commence l'escalier chez les Lafont. Pourquoi as-tu commandé un autre verre? Nous devons partir maintenant.

— Bonsoir, Pierre, dit Molly, assez fort pour être entendue par-dessus le vacarme.

— Ah, salut, Molly, dit Pierre Gault, son expression ne s'adoucissant guère.

— Je vois que vous avez rencontré ma femme, ajouta-t-il.

— J'avais justement l'intention de vous appeler, dit Molly.

— Pourriez-vous passer à La Baraque quand vous aurez un moment? Il y a une grange en ruine que je voudrais vous montrer, voir ce que vous en pensez. Votre mari a fait du très bon travail chez moi, en reconstruisant un pigeonnier. Les clients adorent ce que vous avez fait, dit-elle en regardant alternativement Iris et Pierre.

— J'ai un gros chantier en ce moment chez les Lafont, je

construis une extension à leur maison. Je ne sais pas quand j'aurai du temps pour autre chose, mais je passerai jeter un coup d'œil.

— Merci ! dit Molly d'un ton enjoué.

— Dehors ! dit Pierre à voix basse à Iris, et elle prit une gorgée de son verre et fit un signe de tête à Molly avant de le suivre à travers la foule et dans la nuit d'été.

❧ 2 ❧

7 juillet, plus que deux jours d'école. Les enfants étaient fous d'excitation et d'anticipation grisante de liberté, et le personnel attendait aussi avec lassitude les vacances d'été. Caroline Dubois, qui travaillait au secrétariat, profitait de sa pause déjeuner pour essayer de mettre de l'ordre sur le bureau du directeur, une tâche aussi futile que possible.

— Tristan, dit-elle doucement à son patron, si tu triais simplement tes e-mails au fur et à mesure que tu les reçois, ils ne s'accumuleraient pas dans un tel désordre.

— Le désordre ne me dérange pas, répondit joyeusement Tristan Séverin.

— Ce qui est une bonne chose, j'imagine, vu les circonstances.

— J'imagine, en effet, acquiesça Caroline en secouant la tête.

C'était une jolie jeune femme, vêtue de vêtements sur mesure qui mettaient en valeur sa silhouette.

— Je comprends si tu ne veux pas me donner tous les détails, mais tu avais mentionné, le mois dernier, que tu essayais quelque chose de nouveau pour tes... tes problèmes de concentration ? Est-ce que ça t'a aidé ?

Elle posait la question, mais était à peu près sure de connaitre la réponse, puisque le bureau de Séverin était toujours aussi désordonné et qu'il avait encore besoin de rappels constants pour ne pas manquer ses rendez-vous. C'était un administrateur scolaire très apprécié, aimé de nombreuses familles à Castillac pour sa générosité et sa créativité dans l'aide apportée à leurs enfants. Mais organisé et concentré, il ne l'était pas.

— De l'huile de poisson, railla Tristan.

— Je préfèrerais largement manger plus de poisson, tu sais? Mais le médecin insiste pour que je prenne le complément. Je ne vois aucune différence, sauf que parfois j'ai des rots des plus désagréables.

Tristan sourit.

— J'en sais plus que je ne le voulais, dit Caroline en rassemblant une pile de dossiers dans un coin de son bureau.

— Eh bien, ton haleine est peut-être mauvaise, mais j'imagine que tu as tes charmes, ajouta-t-elle en secouant la tête et en souriant.

— Je suis content que tu le penses, dit Tristan.

— Je ne sais pas ce que je ferais sans toi, dit-il en agitant la main vers son bureau, d'où des papiers débordaient sur le sol d'un côté et qui contenait plusieurs tasses de café vides.

— Maintenant, parlons du reste de la journée, et puis je vais à la cantine pour prendre un dernier déjeuner avec les enfants. Cet après-midi, je rencontre ces parents de Salliac, c'est bien ça? Et ensuite, l'appel vidéo avec la circonscription?

Caroline hocha la tête tout en triant les dossiers.

— C'est ça. Peut-être que cette huile de poisson t'est vraiment utile après tout, dit-elle en riant.

Tristan lui sourit et partit, sa chemise sortie du pantalon dans le dos et une rafale de papiers tombant du bureau à son passage.

Le reste de la journée scolaire se passa sans incident et Caroline put partir quelques minutes plus tôt. Elle continuerait à venir travailler, école ou pas; ses vacances n'étaient qu'en aout. Néanmoins, cela lui semblait être un accomplissement d'avoir traversé une nouvelle année scolaire, et même s'il restait encore deux jours, elle avait hâte de rentrer chez elle et de faire un effort pour célébrer, aussi modestement soit-il : un kir royal, savouré seule dans son petit jardin, en compagnie de son chien et de son chat.

— SI J'ÉTAIS TOI, je peindrais simplement par-dessus, dit Frances, la vieille amie de Molly, qui était venue à Castillac pour une visite et qui n'était jamais repartie.

Elle était allongée sur le vieux lit en traineau, regardant Molly travailler.

— J'y ai pensé. Mais tu vois toutes ces coutures dans le papier peint ? Ça va avoir l'air terrible si on peint par-dessus, à moins que je n'utilise une technique autre qu'une simple couleur au rouleau, et je n'ai pas la patience d'apprendre quelque chose de nouveau pour le moment.

— Tu ne trouves pas que ce papier peint a un certain charme rétro ? Il est délavé d'une manière agréable, à l'ancienne.

Frances se mit à genoux et passa sa main sur le mur derrière le lit.

— Est-ce que l'un de tes invités s'est plaint ?

— Je n'ai eu qu'un seul invité qui a séjourné ici : Wesley Addison. Il n'était pas... la décoration intérieure n'était pas l'une de ses préoccupations. Heureusement. Maintenant, appelle-moi superstitieuse... mais quelque chose dans cette pièce me donne la chair de poule. Je l'appelle la « Chambre Hantée », bien que je ne le dise évidemment pas aux invités. Je pense qu'un petit renouvèlement de la décoration pourrait aider à réduire le facteur flippant, tu vois ?

— Laisse-moi voir, dit Frances, s'allongeant sur le dos et fermant les yeux. Je communique avec les esprits... tu te souviens quand on jouait au Ouija ?

— Tu veux dire quand tu poussais ce truc et essayais de me faire peur ?

— Ouais, rit Frances.

— Mince, l'enfance me manque. Rien que d'y penser, ça me fait regretter les mois de juillet de notre enfance, parce qu'ils duraient une éternité.

— Et ta mère faisait une vraiment bonne limonade.

— Seule fait maison fait l'affaire ! dit Frances, imitant la voix de sa mère.

Molly rit. Puis elle prit le cutter qu'elle avait trouvé à la quincaillerie et le passa sur le papier peint. Ensuite, elle trempa une éponge dans un seau d'eau et l'appliqua sur le mur.

— Tu crois vraiment que ça va décoller la colle ? demanda Frances.

— YouTube le dit. Et YouTube n'a jamais tort.

— Ha.

— Alors, comment ça se passe avec Nico ? Donne-moi des nouvelles.

— Eh bien...

Molly jeta un coup d'œil par-dessus son épaule à son amie, qui levait gracieusement les bras et les jambes au rythme d'une musique imaginaire, comme si elle dansait le ballet, allongée dans le lit.

— Je ne sais pas, Molls. L'amour, c'est... compliqué.

— En effet, dit Molly.

Elle posa l'éponge et gratta prudemment le papier peint détrempé avec un couteau à mastic, puis y mit de la force, faisant tomber des tas de papier sur le vieux drap qu'elle avait étalé sur le sol.

— Oh là là, c'est tellement satisfaisant. Au revoir les sinistres roses fanées qui me rappellent un film d'horreur !

— Je croyais que tu étais obsédée par les roses.

— Je le suis, en quelque sorte. Mais si tu connaissais le film dont je parle, tu serais ici en train de m'aider à me débarrasser du papier peint aussi vite que possible, crois-moi.

Frances ne fit aucun geste pour se lever.

— Qui séjourne dans tes gites en ce moment ? Je ne pense pas les avoir rencontrés. Quelqu'un que j'aimerais ?

— Je ne saurais vraiment dire. Un artiste séjourne seul dans le pigeonnier : Roger Finsterman. Il sort généralement tôt le matin, s'assied dans le pré avec un carnet de croquis, bien qu'une fois, quand j'ai jeté un coup d'œil à son croquis, c'était un dessin abstrait sauvage, qui n'avait rien à voir avec le pré, de ce que je pouvais voir. Il y a un couple américain dans le cottage. Je les ai à peine vus, bien qu'ils ne soient là que depuis quelques jours. Ils ont une voiture et partent tôt le matin pour ne revenir qu'après le diner.

— Je pense que tu devrais organiser une fête chaque semaine pour tout le monde. Rien de fantaisiste, juste comme... un apéro pour que les invités puissent être présentés les uns aux autres.

— Excellente idée, dit Molly, mais je vais peut-être attendre d'avoir quelques gites de plus en activité. Une fête avec trois invités, c'est un peu difficile à animer, tu ne crois pas ? Ou bien, proposes-tu de venir chaque semaine pour assurer l'animation ?

— Je peux danser, dit Frances, en prononçant « danser » avec un accent français épouvantable.

— Ou peut-être, vu ton amour pas si secret pour le travail de détective, tu pourrais organiser une de ces soirées mystères, où tout le monde se déguise et joue un rôle, en essayant de découvrir qui est le meurtrier.

— J'ai toujours voulu faire ça. Mais j'ai eu ma dose d'enquêtes dernièrement. En ce moment, je ne veux rien de plus que travailler sur La Baraque, passer du temps avec toi et Ben, et profiter des plaisirs simples d'un été à Castillac.

— Mais oui, c'est ça, dit Frances, en souriant pour elle-même, tandis qu'elle descendait à la recherche de limonade.

$\maltese$ 3 $\maltese$

Le mardi, la pluie tombait à seaux et le ciel était gris et menaçant. Molly passa les premières heures de la journée à gratter le reste du papier peint dans la Chambre Hantée, puis, sans surprise pour ceux qui la connaissaient, elle eut une forte envie d'un croissant aux amandes. En scouteur, ce n'était qu'un rapide trajet jusqu'à la Pâtisserie Bujold — la meilleure pâtisserie du département — mais voulait-elle risquer d'être trempée? La pluie s'était, en grande partie, arrêtée pour le moment, mais le ciel avait cet air de ne pas en avoir tout à fait fini.

— Qu'en penses-tu, Bobo? demanda-t-elle au chien tacheté qui rôdait à ses pieds tandis qu'elle se tenait sur le pas de la porte d'entrée.

—Je sais que tu n'aimes pas être mouillé, mais, moi, ça ne me dérange pas vraiment. Ou peut-être que je dis ça juste parce que... il y a un croissant aux amandes au bout de l'arc-en-ciel. Tu ne courrais pas sous la pluie pour un gros os juteux? Ouais, c'est bien ce que je pensais.

Elle s'accroupit et gratta longuement le chien derrière les oreilles. Bobo se roula sur le dos et présenta son ventre, et Molly le caressa, essayant, en vain, de chasser la pâtisserie de son esprit.

Laissant donc Bobo en sécurité et au sec, Molly enfila un imperméable et sauta sur son scouteur marron cabossé, qui avait meilleure allure depuis que la pluie avait lavé la plupart de la poussière, et fila tout droit à la Pâtisserie Bujold, la meilleure boutique de pâtisseries du village, voire même de toute la Dordogne, l'eau à la bouche tout du long.

Sans surprise, la boutique était vide et Molly avait toute l'attention du propriétaire.

— Bonjour Monsieur Nugent, dit-elle, croisant les bras sur sa poitrine sans y penser.

— Bonjour, Madame Sutton, répondit Edmond Nugent, avec un large sourire et son habituel regard avide.

Ce n'était pas un homme grand, il avait des bras et des jambes courts et un petit ventre rond. Ce jour-là, il arborait les débuts d'une moustache, qui poussait joliment.

Molly longea les deux vitrines, regardant tous les types de pâtisseries disponibles ce jour-là. Certes, elle y était allée en pensant au croissant aux amandes, mais, une fois là-bas, elle se sentit obligée de tout scruter avant de se décider à nouveau.

Puis une idée la frappa.

— Monsieur Nugent, je me demande... est-ce vraiment difficile de faire un croissant aux amandes? C'est juste de la pâte feuilletée et de la pâte d'amande, n'est-ce pas? Pas trop d'ingrédients?

M Nugent baissa les yeux et secoua la tête.

— Oh, ma chère Madame Sutton. Vous avez des idées folles qui vous passent par la tête? Vous pensez que vous pourriez faire ce qui a pris à Monsieur Nugent de nombreuses, nombreuses années à apprendre?

Il releva alors la tête et la regarda dans les yeux avec une telle émotion que Molly fit un pas en arrière.

— Eh bien, bien sûr, je n'imaginerais jamais pouvoir le faire aussi bien que vous. Avez-vous beaucoup d'assistants? Je ne vois jamais que vous dans la boutique.

— Je... j'embauche, de temps en temps.

Nerveusement, il fit les cent pas derrière les vitrines.

— Le fait est que mes standards sont extrêmement élevés, et j'ai toujours cru, depuis la première fois que vous êtes entrée dans la boutique, que vous le compreniez et l'appréciiez. J'espère vous l'avoir montré...

Nugent fit un geste vers un prix encadré sur le mur derrière lui, le papier brunissant sur les bords.

— Ma pâtisserie est *primée*, dit-il.

— Ce n'est pas n'importe quoi sorti sans soin d'un four.

— Je ne veux pas vous offenser ! intervint Molly.

— Bien sûr que vos pâtisseries sont les meilleures. Les *meilleures !* Je dis à tous mes invités de ne même pas penser à acheter ailleurs.

Elle fit une pause, laissant son regard s'attarder sur une tarte aux abricots, chaque fruit rond brillant de glaçage et d'un orange vif, pas une miette de travers.

— Mais je pensais juste... si j'étais capable de réussir ne serait-ce qu'une version bien moins accomplie que la vôtre, alors, un jour comme celui-ci...

La pluie tambourinait sur le toit de la boutique et les passants se pressaient sur le trottoir, leurs parapluies inclinés dans le vent.

— Je pourrais juste préparer un petit quelque chose à la maison, vous comprenez ? Juste pour dépanner. Un peu comme avoir des bougies supplémentaires pour quand l'électricité est coupée.

M Nugent ne comprenait que trop bien. De temps en temps, une vague de « faites-le vous-même » balayait le village, et bien que son commerce fut solide et jamais menacé en consé-quence, cela rongeait quand même M Nugent de perdre des clients, même si ce n'était que pour une semaine ou deux. Il estimait avoir gagné le droit d'être le seul fournisseur de crois-sants aux amandes de Molly Sutton — gagné par son travail acharné, sa diligence et son talent artistique — et n'était pas disposé à regarder d'un bon œil tout ce qui pourrait lui enlever cela.

Il avait lu à propos de la mode des régimes pauvres en glucides en Amérique qui avait laissé les boulangeries locales en ruines, et il frissonnait à cette pensée. Et pour les non-adeptes des régimes, on pouvait acheter de la pâte feuilletée toute prête au supermarché. Sans doute était-elle d'une qualité détestable, mais Nugent soupçonnait que les adeptes du « faites-le vous-même » pourraient être prêts à faire des sacrifices pour la satisfaction de l'indépendance. *Des fous et des idiots*, pensa-t-il sombrement, ne faisant pas beaucoup d'efforts pour cacher son mécontentement à Molly.

— Il m'est arrivé d'interdire l'accès de mon magasin à des clients, dit-il d'une voix basse.

Molly fit un autre pas en arrière.

— Quoi ? Vous me *menacez*, Monsieur Nugent ?

Molly dut réprimer un rire. Ce n'est pas qu'elle ne prenait pas la pâtisserie au sérieux — bon sang, c'était un pilier de sa nouvelle vie — mais, sérieusement, il l'*interdirait* pour avoir voulu cuisiner quelque chose elle-même de temps en temps ?

Nugent posa ses mains sur le comptoir et le serra fort. Il était debout depuis 3 h du matin, se sentant particulièrement stressé, car le temps humide entrainait certaines complications avec la pâte. De toutes les choses qu'il aurait pu imaginer arriver en ce jour pluvieux, perdre l'une de ses meilleures clientes n'avait pas été sur la liste.

— J'ai une meilleure idée, dit-il, forçant son ton à paraitre plus doux.

— Ce n'est pas la perte de clientèle qui me préoccupe, Madame Sutton. C'est que vous, une charmante femme qui apprécie vraiment mon art, soyez réduite à manger les restes et les erreurs qui sont le résultat inévitable lorsqu'on essaie d'apprendre quelque chose d'aussi complexe. Ce que je suggère est ceci : que vous me permettiez de vous donner des leçons de pâtisserie. Ainsi, vous commencerez au moins du bon pied.

Les yeux de Molly s'élargirent. Des leçons de pâtisserie d'un professionnel seraient, sans aucun doute, une expérience incroyable. D'un autre côté, passer des heures seule avec M Nugent dans une cuisine, sans un comptoir pour les séparer, non. Elle imagina rapidement que le processus se transformerait en comédie burlesque, avec M Nugent la poursuivant autour de la table de pâtisserie et essayant de l'attraper avec ses mains farineuses. Cela ne fonctionnerait jamais.

— Vous êtes si gentil, Monsieur Nugent, mais vraiment, c'était juste un caprice momentané. Pourriez-vous me donner six croissants aux amandes et cette délectable tarte aux abricots ? Je pense que je vais surprendre certains de mes invités avec un dessert sur la terrasse ce soir, si le temps s'éclaircit.

M Nugent eut l'air abattu.

— Comme vous voulez, dit-il, la lumière dans son expression s'éteignant.

Il mit ses pâtisseries dans un sac et la tarte dans une boite, prit son argent et ne dit rien de plus.

CE SOIR-LÀ, la pluie avait enfin cessé, et Molly invita ses hôtes sur la terrasse pour le dessert et le café à 22 h. L'artiste, Roger Finsterman, arriva du pigeonnier, sa chemise tachée de peinture.

— Cette tarte aux abricots a l'air incroyable, dit-il.

Molly sourit et lui tendit un couteau pour qu'il se coupe une part. Elle ne savait pas trop quoi penser de Finsterman, il parlait poliment, certes, mais il semblait toujours avoir l'esprit ailleurs, à peine présent.

— J'espère que vous appréciez Castillac ? J'adore cette période de l'année. Entre autres, avoir de la lumière si tard le soir, c'est tellement merveilleux !

Finsterman mangea une bouchée de tarte aux abricots et regarda vers le pré sans répondre.

Avec soulagement, Molly entendit les Américains bavards, Olive et Josh Mackley, arriver du côté de la maison.

— Bonjour! lança-t-elle.

— Où vos voyages vous ont-ils menés aujourd'hui?

— Nous venons juste de rentrer, dit Olive avec enthousiasme.

— Nous sommes allés à Brantôme aujourd'hui. Les guides l'appellent la Venise du Périgord, ce qui est absolument ridicule puisque ça n'a pratiquement rien à voir avec Venise. Mais c'est une charmante ville et nous sommes contents d'y être allés.

— Merci de nous avoir invités, dit son mari, en coupant des parts de tarte puis en versant des tasses de café.

— Dis-moi que c'est du décaféiné, s'il te plait? Si je bois du café normal à cette heure-ci, je ne dormirai pas de la nuit.

— Oh, Josh, dit sa femme en levant les yeux au ciel.

— Tu es tellement difficile.

Josh leva les yeux au ciel en regardant Molly et lui fit un clin d'œil.

Bobo aboya et courut autour de la maison. Molly crut entendre une voiture dans l'allée et pensa que c'était Ben. Elle espérait qu'il viendrait sur la terrasse, mais savait qu'il était plutôt introverti et peu intéressé par le fait de divertir ses invités, ce qu'elle ne lui reprochait pas.

— Bonsoir Molly! dit Pierre Gault de sa voix grave, apparaissant dans la pénombre.

Il s'avança vers eux lentement et délibérément, comme à son habitude. Pierre ne semblait jamais pressé.

— Excuse-moi de t'interrompre. Je viens de quitter les Lafont. Il est tard, mais je pensais venir voir cette grange dont tu me parlais.

— Vous m'excusez? dit Molly à ses invités.

— Pierre est le meilleur maçon du Périgord, et il est tellement demandé qu'il peut être très difficile d'obtenir quelques minutes avec lui.

Finsterman mâchait pensivement en regardant toujours le pré, et ne dit rien. Olive et Josh l'assurèrent que ce n'était pas un problème du tout, tant qu'elle ne craignait pas de revenir devant une assiette à tarte vide.

— Tu en veux ? demanda Molly à Pierre, mais il secoua la tête, et ils partirent à la recherche de la grange en ruine.

— Le travail que tu as fait dans le pigeonnier a été un franc succès, dit Molly, qui trouvait Pierre un peu difficile à aborder.

— Presque tout le monde a fait des commentaires sur les fenêtres que tu as faites à partir des niches. Je ne suis pas sure que tu pourras faire des miracles avec cette grange, c'est tellement une ruine que je ne savais même pas qu'elle était là jusqu'à ce que Bobo m'y conduise. Je suis presque certaine que l'agent immobilier ne le savait pas non plus puisqu'il ne l'a jamais mentionné quand j'ai acheté La Baraque. Tu verras, ça ressemble plus à une petite colline de broussailles qu'à autre chose.

— La campagne est jonchée de bâtiments en pierre délabrés, dit-il.

— Certains valent la peine d'être réparés, d'autres non. As-tu envisagé de construire de nouvelles structures pour les invités ?

— Oui, j'y ai pensé. Mais les gens semblent vraiment aimer les vieux bâtiments, ce que je comprends, je les aime aussi. Si je construisais quelque chose de neuf, il faudrait que ça se démarque d'une manière ou d'une autre — je veux dire, gagner dans une autre direction ce que je perdrais en n'ayant pas le caractère de l'ancien, tu vois ce que je veux dire ?

Pierre hocha la tête.

— Je suppose. Un gimmick, en d'autres termes.

— Oui ! Comme... des gites hors réseau, ou avec des fresques, ou... ou quelque chose comme ça.

Elle s'arrêta et siffla pour appeler Bobo.

— C'est juste là-bas, dit-elle, en pointant une masse sombre dans la lumière déclinante. J'espère qu'il ne fait pas trop sombre pour se faire une idée.

Pierre s'enfonça dans les broussailles, puis arracha quelques lianes de ce qui pouvait être un mur. Il s'avança plus loin, marmonnant quelque chose qu'elle ne comprenait pas, et disparut dans le feuillage.

— C'est vraiment une épave ! cria-t-elle après lui.

Molly resta là, regardant autour d'elle dans la pénombre, respirant l'air doux de l'été, écoutant Pierre qui se frayait un chemin et les oiseaux nocturnes qui chantaient. Il revint peu après.

— Désolé de le dire, ce serait un sacré projet, Molly. Il ne vous reste que trois murs et pas de toit, et l'un de ces murs ne fait qu'environ un mètre vingt de haut. Pour avoir une idée vraiment claire de ce que ça impliquerait, il faudrait que je revienne quand il fera plus clair et que je dégage suffisamment de lianes pour voir l'ensemble.

— Oh.

— Mais la bonne nouvelle, c'est que la partie du mur que j'ai pu voir est en assez bon état. Il a été bien construit, et la pierre a bien tenu, comme c'est généralement le cas. De plus, c'est une grande structure, alors as-tu réfléchi à la façon dont tu voudrais utiliser tout cet espace ? Veux-tu simplement le diviser en pièces, avec une cuisine et une salle de bain standard ? Éventuellement deux gites séparés dans le même bâtiment ? Ou as-tu une autre idée ?

— Donc tu dis que tu pourrais le reconstruire ?

— Je peux tout reconstruire, Molly. La seule question est de savoir si ça vaut le coup pour toi de payer pour ça.

— Quand pourrais-tu commencer ?

Pierre émit une sorte de rire bref et ils se tournèrent vers la maison.

— Je n'aurai pas fini chez les Lafont avant au moins six semaines. Je fais un escalier en colimaçon en pierre, c'est un peu problématique, et le premier essai n'a pas fonctionné.

— Je vais travailler sur le design, et puis nous en reparlerons dans quelques semaines, peut-être pourrais-tu me faire un devis ?

Pierre hocha la tête.

— C'était agréable de rencontrer ta femme l'autre soir, dit-elle, tandis que Bobo reniflait à proximité.

Pierre émit une sorte de grognement.

— À dans quelques semaines, dit-il, et il retourna vers sa camionnette de son pas lent et tranquille.

« Pierre » signifie stone en français, pensa Molly en le regardant partir. *Je n'arrive pas à croire que je n'ai jamais fait le rapprochement qu'il a le nom parfait pour un maçon.*

Les invités avaient disparu dans leurs logements et Molly trouva une terrasse vide à l'exception du chat roux qui léchait les miettes de la tarte aux abricots.

Il était plus de 23 h. Elle se demanda pourquoi Ben n'était jamais venu. Ils n'avaient pas fait de projet, mais il venait la plupart des soirs, et elle aimait ça. Elle l'aimait, *lui*. Et cette vie à Castillac s'avérait être meilleure qu'elle n'aurait jamais pu l'imaginer.

$$\text{❧} \quad 4 \quad \text{☙}$$

Iris Gault finit de couper les pommes de terre et les glissa dans une énorme marmite d'eau bouillante. C'était le dernier jour d'école, et bien qu'elle fût heureuse d'avoir quelques mois de congé, les enfants lui manquaient toujours terriblement. Elle regarda sa montre, toujours attentive à chronométrer la cuisson pour que tous les plats soient prêts en même temps, puis se rendit dans la salle de bain et utilisa une serviette en papier pour essuyer la buée de son visage.

Le miroir au-dessus du lavabo était vieux et pas parfaitement propre. Iris se regarda. Elle avait quarante-quatre ans et était malheureuse. Elle comprenait que c'était un état assez commun pour les gens de son âge : la soudaine prise de conscience, comme un coup sur le côté de la tête, que la fin de la vie se rapprochait à toute vitesse... et elle était là, à perdre son temps, attendant toujours que la bonne partie de la vie commence.

Son mariage n'était d'aucun réconfort.

Elle avait encore son physique, elle pouvait se l'admettre, bien qu'elle devinât que ses jours étaient clairement comptés. Pendant un temps, quand elle était jeune, elle avait cru que sa beauté avait une certaine importance, que c'était une sorte de chance qui signifiait qu'elle allait avoir une vie extraordinaire. Il n'y avait personne à qui elle pouvait parler de ces sentiments, puisque, naturellement, même ses meilleures amies ne voulaient pas entendre parler de telles choses. Mais, brièvement, le monde avait semblé si accueillant, si heureux de l'avoir en son sein! Où était passé ce sentiment?

Iris passa un doigt le long de son nez, se regardant dans le miroir tacheté. Elle essuya sous ses deux yeux pour attraper quelques flocons d'eyeliner égarés.

Et maintenant, se demanda-t-elle. *Qu'est-ce que je vais faire maintenant?*

— Iris! sa collègue Ada frappait à la porte de la salle de bain.

— Je ne veux pas te déranger, mais, la purée? Elle est devenue trop épaisse et colle au fond des casseroles.

— Retire-la du feu, dit Iris à travers la porte.

Puis elle prit une profonde inspiration et la retint jusqu'à ce qu'elle soit mal à l'aise, et ferma les yeux. Ouvrant l'eau froide à fond, elle mit son visage sous le robinet et frissonna au contact du froid.

Quittant la salle de bain sans un autre regard dans le miroir, elle évalua la situation dans la cuisine pour voir s'ils étaient dans les temps pour le déjeuner. Un grand homme en bleu de travail entra par la porte de service, les mains et le visage brillants de graisse de plombier.

— Madame Gault, dit-il, je ne sais pas ce que vous ou Ada mettez dans cet évier, mais je ne peux pas le garder dégagé si vous continuez comme ça.

Iris soupira. Elle soupçonnait qu'Hector lui-même mettait quelque chose dans l'évier juste pour avoir une excuse pour venir dans la cuisine et les embêter.

— J'en parlerai à Ada et ferai tous les efforts, dit-elle.

— Qu'est-ce que c'était cette fois?

— Un chiffon en boule, voilà ce que c'était! dit Hector.

Il fit rouler ses épaules et regarda intensément dans les yeux d'Iris.

— Qu'est-ce qu'une jolie fille comme vous fait dans la cuisine, d'ailleurs ? Votre mari ne s'occupe pas de vous ?

— Oh, Hector, rit Iris.

— Rien de tout cela ne vous concerne. Je suis très heureuse dans mon travail. Merci d'avoir réparé l'évier et maintenant je dois servir le déjeuner, les enfants vont arriver d'un moment à l'autre.

Elle dirigea Ada et les autres jusqu'à ce que les tables soient dressées et que toute la nourriture — baguettes avec du beurre, purée de courgettes et de pommes de terre, porc, salade — soit prête. Ils pouvaient entendre les rires et le vacarme du premier groupe d'élèves en route vers la cantine, et Iris jeta un coup d'œil aux tables pour s'assurer qu'elles étaient correctement dressées : verres, couverts, serviettes. Le déjeuner était une affaire sérieuse et considéré comme faisant partie de l'éducation d'un enfant ; ils s'exerçaient non seulement à utiliser couteaux et fourchettes, mais aussi à la conversation, guidés par leurs professeurs et parfois leur directeur.

— Bonjour, Iris, dit Caroline, souriant en tenant la porte pour les enfants.

— J'ai amené la classe de Madame Poirier aujourd'hui, elle vient de rentrer chez elle avec un mal de tête.

— C'est dommage, et pas une bonne façon de commencer les vacances, dit Iris d'un air joyeux.

— Samuel, j'ai ton fromage préféré aujourd'hui !

Elle tendit la main et toucha l'épaule du garçon alors qu'il passait, lui souriant.

— Éveline ! Mousse au chocolat pour le dessert !

Éveline poussa un cri et les deux filles dont elle tenait les mains crièrent en réponse, et elles dansèrent en rond en chantant une chanson avec « mousse au chocolat » comme seules paroles.

— Tu as des projets pour l'été ? demanda Caroline, une fois que ses élèves furent tous assis à leurs tables.

Iris haussa les épaules.

— Qui sait ?

Elle regarda les enfants se précipiter sur leurs sièges et ressentit un pincement à l'idée de leur absence à venir.

— J'ai envie d'un grand changement, Caro. Peut-être que j'irai au Mozambique !

Caroline parut surprise par la soudaine véhémence d'Iris. Les autres classes furent conduites par leurs enseignants, les enfants plus bruyants que d'habitude à cause de l'excitation d'avoir leur dernier déjeuner de l'année scolaire. Tristan Séverin entra juste au moment où ils commençaient à manger, son pantalon un peu trop court pour ses longues jambes et une trace de marqueur noir sur la joue.

— Élèves ! s'écria-t-il, et miraculeusement, ils se calmèrent pour l'écouter.

— Je veux d'abord que vous remerciiez tous Madame Gault de vous avoir si bien nourris toute l'année...

— MERCI MADAME GAULT ! cria toute la salle avec joie.

Iris sourit et hocha la tête, tordant sa tresse entre ses doigts.

— ... et puis je veux que vous remerciiez Mademoiselle Dubois pour tout son travail au bureau et pour s'être assurée que les bus soient allés là où ils devaient aller...

— MERCI MADEMOISELLE DUBOIS !

Caroline fit une révérence et salua de la main.

— ... et puis... eh bien, et moi ? dit le Directeur Séverin, et les enfants rirent avant de crier également leurs remerciements.

Après que le repas fut terminé et que tout le monde fut parti, sauf le personnel de la cantine, Iris fut tentée de retourner dans la salle de bain juste pour avoir un moment d'intimité. Dès que la cuisine serait nettoyée et rangée, ses vacances commenceraient. Elle n'avait pas de plan, pas d'idées concrètes, rien qu'un désir presque fiévreux de changer sa vie d'une manière ou d'une autre, d'aller quelque part, de recommencer, de tout secouer et de repartir à zéro.

APRÈS UNE AUTRE journée à gratter du papier peint et à travailler dans le jardin, Molly voulait aller Chez Papa et voir des amis. Ben était plongé dans un livre sur les guerres napoléoniennes, alors Molly se rendit seule au village en scouteur.

— Madame Sutton est dans la place ! s'écria Lawrence Weebly, la voyant s'arrêter pour discuter avec quelqu'un à l'entrée.

Molly sourit et fit un signe de la main, puis s'approcha pour faire la bise.

— Quelles sont les nouvelles ? demanda-t-elle, toujours prête pour un bon potin, et sachant que Weebly était non seulement une bonne source, mais la meilleure.

— Je n'ai rien, dit-il en levant les mains.

— Je n'ai jamais vu le village aussi calme et bien élevé. Pour autant que je puisse en juger, Castillac est, pour le moment, l'épicentre du contentement et de l'honnêteté.

— Pour le moment, dit Molly.

— On devrait s'en réjouir.

— Mais ce n'est pas le cas, chuchota-t-elle, et ils rirent tous les deux.

— Hé, Nico !

— Un kir, tout de suite, dit-il en s'éloignant d'une conversation à l'autre bout du bar.

— Frances vient ce soir ?

— Je pense, répondit Nico en fronçant les sourcils.

— Elle est un peu difficile à cerner.

Molly rit.

— Oui ! C'est bien notre Frances. Ne le prends pas personnellement, Nico.

Il haussa les épaules.

— Des problèmes au paradis ? demanda Lawrence.

— Bah, partout où va Frances, il y a des problèmes. Tu sais, je l'aime comme une sœur, mais je me suiciderais avant de m'impliquer romantiquement avec elle. Elle est... peu fiable.

— Ah, dit Lawrence.

— Je ne suis pas surpris d'entendre ça. Mais quand même, c'est sans doute cette imprévisibilité même qui attire notre Nico, non ? Frances est imprévisible et un peu mystérieuse. Il ne peut pas devenir complaisant. C'est séduisant, pas vrai ? Non pas que j'aie de l'expérience dans ces domaines, ajouta-t-il en détournant le regard.

Molly haussa les épaules.

— Je suppose. C'est sûr que si ce que tu veux, c'est des soirées douillettes à regarder la télé ensemble, Frances n'est pas la fille qu'il te faut. La semaine dernière, elle a parcouru toute la Dordogne à la recherche de vêtements vintage parce qu'elle s'était mis en tête de se déguiser en héritière de la Belle Époque.

— Elle a trouvé ce qu'elle cherchait ?

— On peut dire, sans risque, que Frances ne trouve presque jamais ce qu'elle cherche, rit Molly.

— Ce qui est probablement le but. Enfin, elle a déterré une jupe à tournure mangée aux mites, mais c'est tout. Je pense que la fièvre est passée cependant, donc elle n'ira pas à Bordeaux ou à Paris pour compléter la tenue.

— Elle est vraiment héritière, c'est bien ça ? demanda Lawrence, *sotto voce*, après une longue gorgée de son Negroni.

— Oui. Enfin, peut-être. Sa famille est blindée, ça, c'est sûr. Quelque chose d'industriel, je crois, que l'arrière-grand-père a fait. Mais ils essaient d'utiliser cet argent comme moyen de pression sur Frances, allant peut-être jusqu'à la déshériter complètement, pas que ça fasse une différence pour elle. Elle est partie faire sa propre fortune il y a longtemps, donc les manigances familiales ne l'affectent pas beaucoup.

— Bien joué, dit Lawrence en levant son verre.

— À l'indépendance !

Molly leva le sien, tout comme d'autres au bar, qui prononcèrent « indépendance » assez bien pour des gens qui parlaient peu anglais.

— Eh bien bonsoir, Pierre, nous avons si rarement le plaisir ! dit Lawrence, parlant par-dessus l'épaule de Molly au maçon qui entrait dans le bar.

— Et la deuxième apparition en une semaine !

— Bonsoir Lawrence, Molly, dit Pierre Gault.

— Whisky, dit-il à Nico.

Et puis il resta immobile, se regardant dans le miroir derrière le bar, mordant sa lèvre inférieure avec une certaine férocité.

— Tu viens de finir chez les Lafont ? demanda Molly.

— Comment avancent les escaliers en colimaçon ?

Pendant un moment, Molly et Lawrence n'étaient pas surs que Pierre l'ait entendue. Puis il se tourna vers elle, une autre longue pause s'écoula, et il réussit à dire :

— Oui, je viens de partir. C'est un gros chantier. Je ne sais pas quand je serai libre pour commencer ta grange.

Molly fut un peu déconcertée, car il semblait répondre à une question qu'elle n'avait pas posée.

— Pas de précipitation, dit-elle finalement.

— Je ne devrais probablement pas le faire de toute façon, pas cette année. C'est parfois difficile de savoir à quelle vitesse réinvestir mes bénéfices dans l'entreprise, dit-elle, regardant de Pierre à Lawrence.

— Le conseil habituel est d'avoir d'abord un bas de laine conséquent, surtout quand tes revenus sont imprévisibles, dit Lawrence.

— Tu ne veux pas avoir quelques mauvais mois et ne pas avoir d'argent pour les frais d'exploitation. Ou pour manger.

Molly soupira.

— Eh bien, oui. Un bas de laine. Ce serait la voie sure, n'est-ce pas ? Et j'ai bien un bas de laine en cours, c'est juste qu'il est... petit. Pierre, il faudra que je voie ton devis d'abord bien sûr, mais, à moins qu'il ne soit bien plus élevé que ce à quoi je m'attends, je voudrais que tu ailles de l'avant. Une fois que je pourrai accueillir plus de dix invités à la fois, je pense que ma situation sera beaucoup plus stable. Je suis prête à prendre quelques risques pour y arriver.

Lawrence haussa les épaules, sachant que Molly ferait ce qu'elle voulait, quels que soient les conseils qu'on lui donnait, et c'était quelque chose qu'il aimait chez elle. Indécise, elle ne l'était pas.

Pierre se tenait entre eux comme une statue, se regardant toujours dans le miroir, ce que Molly trouvait un peu étrange, car il ne lui avait jamais paru être du genre narcissique. Elle envisagea de lui demander si quelque chose n'allait pas, mais décida que c'était une question trop indiscrète, même pour elle, car c'était un homme très secret.

Plus tard, elle regretta amèrement de ne *pas* avoir demandé, mais bien sûr, à ce moment-là, il était trop tard.

Les enfants de l'école du village étaient joyeusement en vacances. Bien qu'elle regrettât leur enthousiasme et leurs cris joyeux, Caroline avait hâte d'apporter un véritable ordre au bureau de Tristan Séverin maintenant que la pression de l'année scolaire était terminée. Elle portait sa tenue habituelle : une chemise blanche impeccable et une jupe tailleur, associées à des talons bas, une tenue professionnelle et flatteuse. Elle ne portait que peu de maquillage, mais personne n'aurait dit qu'il manquait, tant ses traits étaient frappants et son teint éclatant.

Elle ne vit pas la voiture de Tristan dans le petit parking de l'école. Elle le taquinait souvent sur sa paresse à conduire, puisque lui et sa femme vivaient dans le village et qu'il aurait certainement pu marcher. Mais Tristan insistait sur le fait que sa voiture était son refuge, le seul endroit où il pouvait s'assoir et avoir un moment d'intimité pour réfléchir, et ne se laissait pas dissuader de l'utiliser presque tous les jours.

Caroline ouvrit la porte de l'école et entra, la laissant déverrouillée derrière elle. Le bâtiment de l'école était relativement neuf et moderne, avec de grandes fenêtres dans les couloirs et les salles qui laissaient entrer beaucoup de lumière. L'une des choses qu'elle appréciait dans son travail était que l'école était située au centre de Castillac, donc pratique pour tout, et facile pour retrouver une amie pour déjeuner si elle n'avait pas de service à la cantine ce jour-là.

Pour quelqu'un qui aimait organiser, avoir une journée entière sans rien d'urgent à faire, c'était le bonheur même. Elle s'installa à son bureau pour parcourir les e-mails qui nécessitaient son attention et en fit rapidement le tour. Puis, elle prit la première pile de dossiers et de papiers du bureau de Tristan et s'assit pour s'en occuper. Elle ne buvait ni café ni thé, car elle n'aimait pas mélanger travail et nourriture ou boisson.

Une heure, puis deux, s'écoulèrent. Caroline traita cette pile puis une autre. Quelle satisfaction de voir le dessus du bureau de Tristan apparaitre! Elle espérait qu'il serait content et surpris en voyant tout ce qu'elle avait accompli.

Absorbée par un épais document sur une proposition de changement de programme pour les élèves de CE1, Caroline sursauta légèrement en entendant des pas dans le couloir. Elle jeta un coup d'œil par la grande fenêtre et vit la camionnette du fleuriste garée dans le petit parking de l'école.

— Coucou! lança le livreur de la boutique de fleurs de Mme Langevin.

— Bonjour, dit Caroline en se levant de son bureau alors qu'il apparaissait dans l'encadrement de la porte avec un grand bouquet.

— Et voilà! dit-il.

— Un grand jour pour les fleurs, pour une raison quelconque. J'ai d'autres livraisons, je dois filer!

— D'accord, merci beaucoup, dit Caroline, ne s'autorisant pas à espérer qu'elles fussent pour elle, puisqu'elle n'avait personne dans sa vie qui lui enverrait un si magnifique bouquet, ou n'importe quel bouquet d'ailleurs.

L'arrangement était principalement composé de roses roses et quelques rouges clairs, avec des iris bleus artistiquement placés parmi elles. Les fleurs rondes des roses contrastaient agréablement avec les pointes des iris, les couleurs se mariaient parfaitement... en somme, le travail de quelqu'un qui connaissait les fleurs et savait quoi en faire.

Caroline pencha son nez vers une rose et inhala, sachant que les roses du fleuriste étaient presque toujours sans parfum puisque l'endurance était la qualité la plus importante. Mais cette rose, d'un rose pommé, avait un délicat parfum qui fit sourire Caroline avec mélancolie.

La petite enveloppe accrochée à une tige en plastique disait simplement « Tristan ».

Elle resta là, réfléchissant à son agenda, se demandant si elle avait oublié son anniversaire ou un évènement dont elle aurait dû se souvenir. Pourquoi diable quelqu'un aurait-il envoyé un bouquet comme celui-ci à son patron? Caroline s'interrogea un moment puis se rassit à son bureau et rouvrit le document sur le changement de programme.

Soudain, rapidement, avant d'avoir eu le temps de changer d'avis, elle se leva et s'approcha du bouquet. Elle hésita une seconde. Puis elle retira la petite enveloppe d'entre les feuilles et l'ouvrit. Elle la lut. Son visage s'empourpra instantanément et une sensation de faiblesse l'envahit.

Comment a-t-il pu me faire ça! pensa-t-elle, les mots résonnant comme un cri dans sa tête. Caroline relut le mot, ses mains tremblant de fureur. Elle laissa échapper la série de jurons les plus grossiers auxquels elle pouvait penser, bien qu'habituellement elle n'utilisât jamais ce genre de langage. Puis, après avoir pris une profonde inspiration pour se calmer un peu, elle glissa délicatement la carte dans sa petite enveloppe et la raccrocha à la tige parmi les feuilles vert brillant.

Caroline ne savait pas quoi faire ensuite. Elle regarda frénétiquement autour du bureau, comme si elle espérait que quelque chose qu'elle verrait lui donnerait une direction. Elle remarqua l'espace vide sur le bureau de Tristan, mais cela ne lui procura aucune joie, pas désormais.

Finalement, elle prit son sac à main et partit, verrouillant la porte de l'école derrière elle, et s'enfuit chez elle. C'était à dix pâtés de maisons, mais ses talons étaient confortables. Elle pria pour ne rencontrer personne qu'elle connaissait, car elle se sentait incapable de maitriser ses émotions.

Comment a-t-il pu ?

Caroline louait un petit appartement dans un vieux bâtiment de la rue Tartine. Cela lui convenait très bien, car elle pouvait facilement aller au travail à pied, et les autres appartements de l'immeuble étaient loués par des femmes à peu près de son âge. Elle prenait régulièrement un verre avec Adèle Faure, avant qu'elle ne déménage quelques mois auparavant, et, bien qu'elle connût moins bien les autres, elles étaient tout de même des amies d'une certaine manière. Elles partageaient le travail d'un simple jardin dans la cour, se répartissaient les factures d'électricité sans se disputer, et s'entendaient sans incident.

Elle marchait rapidement, à la limite de la course, l'intense assortiment de sentiments qui la tenaillait, ne diminuant pas à mesure qu'elle s'approchait de chez elle. Caroline ouvrit violemment la porte et monta en courant les vieux escaliers grinçants jusque chez elle. Sans hésitation, elle alla au placard de la cuisine, prit une assiette et la jeta par terre.

Elle en prit une autre et la lança contre le mur. La porcelaine se brisa, envoyant des éclats dans un large éventail. Caroline continua, prenant assiette après assiette et les jetant avec autant de force qu'elle pouvait, dans toutes les directions sauf vers les fenêtres.

Quand elle n'eut plus d'assiettes, elle s'effondra sur le sol, mit sa tête dans ses mains et sanglota.

❧

EDMOND NUGENT AIMAIT l'ordre dans sa vie. Son emploi du temps était régi par les exigences de la pâte et des temps de cuisson, et il suivait la même routine — faisant les mêmes choses aux mêmes heures chaque jour, chaque semaine — depuis des années. Cela lui convenait. Il appréciait que ses clients aient aussi leurs habitudes : la plupart de ses habitués avaient tendance à venir à la Pâtisserie Bujold à la même heure chaque jour, à acheter les mêmes pâtisseries, et même à échanger le même genre de petites conversations.

Ainsi, Nugent fut un peu perturbé ce jeudi-là, lorsque Caroline Dubois apparut à la boutique tôt le matin, alors qu'habituellement elle venait l'après-midi, après la sortie de l'école. Heureusement, elle demanda la même tarte aux fraises qu'elle prenait toujours, donc tout n'était pas chaos. Néanmoins, il pouvait voir que quelque chose n'allait vraiment pas.

— Mademoiselle, dit-il doucement, je ne veux pas dépasser les bornes, mais vous semblez... vous semblez être en détresse. Y a-t-il quelque chose que je puisse faire ?

Une expression de mépris inhabituelle flamboyait sur le joli visage de Caroline.

— Non, Monsieur Nugent. Je ne pense pas qu'il y ait quoi que ce soit que quelqu'un puisse faire.

Elle fouilla dans son sac pour trouver la monnaie exacte, puis une idée malicieuse lui vint à l'esprit, qu'elle mit en œuvre sans hésiter, ce qui ne lui ressemblait pas non plus.

— Je crois que vous êtes ami avec Iris Gault ? dit-elle, son ton devenant désinvolte, bien que Nugent n'en fût pas dupe.

— Oui, Mademoiselle, répondit Nugent.

— Nous nous connaissons depuis de nombreuses années.

Il ne put s'empêcher de sourire à la pensée d'Iris.

— C'est vraiment dommage, n'est-ce pas ?

— Qu'est-ce qui est dommage ? demanda Nugent, sentant des picotements d'avertissement sur sa nuque.

— Dommage qu'elle ait une liaison avec Monsieur Séverin.

— Mon... haleta Nugent.

Il se détourna, redressant une pile de serviettes sur le comptoir derrière lui. Sa gorge semblait se serrer.

—Je ne pense pas...

— Oh, j'ai des preuves, dit Caroline.

— J'avoue que j'ai été aussi surprise que vous. Certes, tout le monde sait que Madame Séverin a ses problèmes...

— La dépression est une sorte de monstre, dit Nugent d'une voix faible.

Ils se regardèrent, chacun perdu dans son propre malheur.

— Eh bien, ce ne sont pas mes affaires de toute façon.

— Ni les miennes, dit Caroline, avant de prendre le sac contenant sa tarte aux fraises et de claquer la porte en sortant.

Nugent posa ses paumes sur le comptoir et s'y appuya de tout son poids. Iris, avec *Tristan?* Il n'arrivait pas à y croire. Tristan avait toujours semblé être un type plutôt sympathique. Amateur d'éclair au café, il aimait les framboises quand elles étaient fraiches. Mais un peu loufoque. Et marié à cette pauvre Lucie, qui souffrait terriblement de dépression depuis des années. Il ne se souvenait pas de la dernière fois qu'il l'avait vue, maintenant qu'il y pensait.

Iris avec Tristan? Nugent n'arrivait vraiment pas à y croire. *Il n'a pas assez de passion*, pensa le pâtissier en se redressant. *Tristan n'est pas digne d'une déesse comme Iris Gault!*

Et ce Pierre non plus, ajouta-t-il sombrement. *Oh Iris, créature exceptionnelle et magnifique! Pourquoi pas moi? Pourquoi pas* moi?

❧

COMME NUGENT AVAIT un emploi du temps strict pour toute sa journée, l'heure du coucher ne faisait pas exception. 20 h, au plus tard, et de préférence, 19 h. Mais voilà qu'il approchait de 21 h, 21 h! Et, au lieu de se glisser dans son lit avec une tasse de tisane à la camomille, Nugent faisait les cent pas entre sa chambre et la cuisine, marmonnant à lui-même.

Tristan Séverin était un type plutôt puéril, un *poids plume*. Il ne méritait en aucun cas d'avoir Iris Gault dans son lit. Certes, il avait son charme, supposa Nugent à contrecœur. Les parents d'élèves semblaient l'apprécier. Mais c'est justement ça : il fait gamin. Parfaitement adapté pour un travail dans une école. Mais une femme comme Iris... mérite un homme.

Nugent tournait en rond comme ça depuis plusieurs heures. Alors qu'il était encore à la boutique, il avait réussi à se distraire marginalement avec tout le travail et les clients dont la boutique avait besoin, mais une fois chez lui, les torrents de jalousie ne cessaient de déferler.

Pourquoi ne m'a-t-elle jamais choisi ?

Ils avaient été à l'école ensemble, enfants. Avaient grandi ensemble. Nugent avait vu la fille calme et jolie se transformer en une beauté, tandis que lui-même devenait un homme. Mais elle ne lui avait jamais accordé ne serait-ce qu'un baiser. Pas une seule fois.

Il enfila sa chemise de nuit et se mit au lit, et dès que sa tête toucha l'oreiller, il fut envahi par une sorte de rage qu'il n'avait jamais connue auparavant. Jetant le couvre-lit d'été, il bondit hors du lit et s'habilla.

Il fallait faire quelque chose. Il ne pouvait plus supporter ces sentiments, pas une seconde de plus. Il était temps pour Edmond Nugent, enfin, d'agir.

❦ 6 ❦

I ris s'agenouilla près d'un parterre bordé de buis anglais miniature. L'arbuste poussait très lentement, ne nécessitant donc pas souvent son attention. Ce soir-là, elle laissa ses mains glisser sur le dessus, libérant son parfum caractéristique, puis se pencha pour débusquer quelques mauvaises herbes qui tentaient d'envahir la santoline et la lavande qu'elle avait plantées en un grand motif de soleil.

C'était le crépuscule. Pierre était encore au travail, comme presque toujours. C'était l'un des moments préférés d'Iris dans le jardin : la lumière était douce et elle pouvait entendre les animaux s'agiter dans les bois proches. Les oiseaux chantaient à tue-tête et leur son amplifiait son sentiment de mélancolie, mais d'une manière plus agréable que désagréable. Elle ne travaillait pas avec ferveur, mais s'asseyait régulièrement pour respirer le parfum de son jardin, des roses et des lys orientaux, regarder les oiseaux voleter dans les arbres et les nuages illuminés par le soleil couchant.

Cette nuit-là, tout en arrachant les mauvaises herbes et en s'affairant autour des cygnes en topiaire, elle prit une décision. Elle réalisait, assez tardivement, à l'âge de quarante-quatre ans, qu'elle avait laissé sa vie dériver, permis à d'autres de prendre des décisions importantes pour elle, laissé leurs désirs supplanter les siens. Il n'était pas étonnant qu'elle soit malheureuse alors qu'elle avait si peu pris de responsabilités pour elle-même. Elle voyait enfin qu'elle avait attendu que le bonheur vienne à elle sans avoir à le chercher.

Épouser un homme simplement parce qu'il la désirait si désespérément, comment avait-elle pu penser que cela se passerait bien ?

Sur le côté de l'un des cygnes se trouvait une tige noueuse qui causait continuellement des problèmes. Pour une raison quelconque, de nouvelles pousses en jaillissaient en grande profusion et dans toutes les directions, et, si l'on voulait préserver les lignes lisses de l'aile du cygne, Iris devait couper les nouvelles pousses tendres presque chaque semaine. Elle était absorbée par cette tâche lorsque quelqu'un arriva du côté de la maison, marchant lentement sur le chemin de gravier.

Elle entendit les pas et leva les yeux.

— Bonsoir, dit-elle avec un sourire fatigué, laissant retomber la main tenant les ciseaux le long de son corps.

                        �֍   7   ֎

Gilles Maron, chef de gendarmerie de Castillac par intérim,
avait passé un été plutôt correct jusque-là. Un peu
ennuyeux, car son quotidien consistait principalement à arrêter
des conducteurs en état d'ivresse et à gérer quelques cambriolages
de résidences secondaires où peu de choses avaient été dérobées.
Mais Maron avait découvert lors de la dernière enquête pour
meurtre qu'il était un leadeur mal à l'aise, et que le fait d'être
nommé chef par intérim avait en quelque sorte miné sa confiance
en son propre jugement. Il espérait qu'il lui fallait simplement
plus d'expérience pour que le fait d'être responsable devienne
confortable, et il n'avait pas rechigné à quelques mois de calme
dans le village pendant qu'il prenait ses marques.

Ce vendredi de juillet était le premier jour de travail du
remplaçant de Thérèse Perrault. Un homme, ce dont Maron était
reconnaissant, étant plus à l'aise en compagnie d'hommes. Mais
jusqu'à présent, malheureusement, pas un homme qu'il appréciait
particulièrement.

L'agent Paul-Henri Monsour était jeune et inexpérimenté. Il
avait grandi dans une banlieue aisée de Paris et n'avait pas tardé à

faire savoir à Maron que la famille Monsour considérait le métier de gendarme comme socialement inférieur.

— Je rentre chez moi, dit Maron en début de soirée, après une journée sans incident. Quand ton service sera terminé, ferme la gendarmerie comme je te l'ai montré. C'est calme ces derniers temps, donc je doute que tu aies des problèmes, mais, s'il se passe quoi que ce soit, tu sais où me joindre.

Maron étira ses épaules, ne trouva rien d'autre à dire et quitta la gendarmerie.

Monsour afficha un large sourire une fois seul. Il avait rêvé d'être gendarme depuis qu'il était petit garçon, et le voilà à son premier poste, tout seul et responsable dès son tout premier jour de travail. Il se leva de son bureau et rangea, alignant soigneusement les chaises le long du mur et balayant la grande pièce où se trouvait son bureau et où les gens entraient en premier. *Comment Maron peut-il laisser l'endroit devenir si sale ?* se demanda-t-il en allant chercher des serviettes en papier dans la salle de bain pour essuyer la poussière sur les rebords des fenêtres.

Sa paperasse était terminée, et il n'était pas là depuis assez longtemps pour avoir quoi que ce soit sur son bureau qui nécessitait son attention. La grande horloge au mur, désespérément démodée selon Monsour, égrenait les minutes de son service.

Il n'y avait rien à faire.

Les appels pouvaient être transférés de la gendarmerie à son portable, donc il n'était pas absolument nécessaire qu'il y reste. Maron lui avait dit qu'il pouvait, et que c'était même utile, de se promener dans le village pendant son service, attentif aux besoins des villageois (et peut-être des animaux de compagnie des villageois). Alors, après avoir soigneusement verrouillé la porte de la gendarmerie derrière lui, Monsour s'aventura dans la chaude nuit de juillet, pensant se familiariser avec les rues étroites et apprendre un peu à s'orienter. Avec un peu de chance, il trouverait quelqu'un qui avait besoin d'aide, ou, mieux encore, quelqu'un qui avait besoin d'être remis dans le droit chemin.

Il trouva facilement son chemin jusqu'à la place du village. Une statue d'un soldat de la Première Guerre mondiale se dressait au centre, entourée de fleurs. Chez Papa regorgeait de gens et il entendit le rire aigu d'une femme. Un couple bien habillé entra dans un restaurant plus loin, un groupe d'adolescents se rendit à la Presse, et un chihuahua dodu avec un collier rouge traversa la rue après avoir regardé des deux côtés.

Un village assez joli, pensa-t-il. Dans son esprit, Castillac n'était qu'un tremplin dans sa carrière, une affectation de courte durée sur son chemin vers l'action. Il s'attendait à travailler bientôt dans la banlieue de Paris, démantelant des cellules terroristes, et, plus vite il en aurait fini avec Castillac, mieux ce serait. Monsour voulait du danger, de l'excitation et la possibilité d'une promotion rapide. Il voulait être là où il risquerait de prendre une balle de contrebande à chaque fois qu'il mettait un pied dehors... et rien de tout cela, clairement, n'avait quoi que ce soit à voir avec ce village endormi et sain, loin de toute ville.

Quand son portable vibra, il le porta rapidement à son oreille.

— Maron ? dit une voix d'homme.

— Ici l'agent Monsour. Quel est le problème ?

— Où est Maron ?

— Je suis de service maintenant, Monsieur. C'est mon premier jour dans la gendarmerie de Castillac.

— Je vois. Eh bien, ma femme a été blessée. J'ai appelé l'ambulance, mais je suppose que vous devriez venir aussi.

Le cœur de Monsour se mit à battre la chamade.

— Quelle est votre adresse, Monsieur ?

— 67 route de Canard. Maison en pierre, du côté ouest de la route. Une Ford bleu foncé dans l'allée.

— J'arrive tout de suite. Votre femme..., est-ce qu'elle va bien, monsieur ?

— Je ne crois pas, non, dit Pierre Gault, et les deux hommes raccrochèrent sans rien ajouter de plus.

✿　8　✿

La maison des Gault sur la route de Canard se trouvait juste à la limite du village. En retrait de la route et construite en pierre calcaire jaune, la bâtisse était dissimulée par une haute haie de conifères. Le numéro de la maison était clairement indiqué sur la boite aux lettres, et le gendarme Paul-Henri Monsour n'eut aucun mal à la trouver. Il était à pied, Maron ayant omis de lui montrer où se trouvaient les clés du véhicule de police ou du scouteur.

Monsour ne savait pas à quoi s'attendre. Il n'avait jamais abordé seul une situation comme celle-ci et avait si peu d'expérience générale qu'il croyait que les possibilités de ce qu'il pourrait trouver étaient presque infinies. Il ignorait dans quel état se trouvait la femme, si l'homme qui avait appelé l'avait blessée ou s'il y avait eu un accident. L'ambulance n'était pas dans l'allée, et, en remontant celle-ci, il n'entendit aucun bruit hormis les oiseaux nocturnes et une seule voiture quittant la ville sur la route de Canard.

Avec une certaine appréhension, Monsour frappa à la lourde porte ancienne. Il réalisa qu'il avait oublié de demander le nom de l'appelant et ne savait pas à qui appartenait cette maison.

— Excusez-moi ! Il y a quelqu'un ? cria-t-il, frappant plus fort quand personne ne se manifesta.

Il entendit des pas lents venant de l'intérieur. Puis quelqu'un qui tripotait la poignée de la porte.

— Salut, dit un homme corpulent, ouvrant enfin la porte.

— Merci d'être venu. Je ne sais pas ce qui retient l'ambulance.

Monsour se tenait mal à l'aise sur le pas de la porte.

— Puis-je entrer ? demanda-t-il finalement.

— Oh oui, bien sûr, dit Pierre.

— Je suis l'agent Monsour, dit-il, se souvenant qu'il avait déjà donné son nom à l'homme au téléphone, mais que celui-ci n'avait pas donné le sien.

— Où est votre femme ?

— Elle est dans la cuisine. Au bout de ce couloir, dit-il, faisant signe à l'agent d'avancer.

La maison était bien tenue. Monsour passa devant le salon et y jeta un coup d'œil pour voir que tout était rangé et propre. Une pile de livres se trouvait sur une petite table près d'un fauteuil. Une tasse de thé vide à côté des livres.

Monsour cligna fort des yeux lorsqu'il fut assez loin dans le couloir pour voir dans la cuisine où Iris gisait sur le côté, un bras tendu, les jambes pliées aux genoux comme si elle courait.

Ses yeux grands ouverts.

Monsour prit une profonde inspiration, entra à grands pas dans la cuisine et s'agenouilla près du corps. Il plaça deux doigts sur son cou, cherchant l'artère carotide, mais sans réel espoir de sentir un pouls. Elle était allongée juste au bas d'un escalier étroit et courbe.

— Je suis désolé, dit-il à Pierre en se relevant.

— Vous avez dit que vous aviez appelé l'ambulance ? Il y a combien de temps ?

— Oh, c'était... Je ne saurais dire, vraiment. Ce n'est pas comme si je regardais ma montre chaque fois que je fais quelque chose.

— Quel est votre nom, Monsieur ?

— Pierre. Pierre Gault.

Il s'approcha de l'évier et regarda par la fenêtre vers le jardin.

— J'aurais aimé qu'il en soit autrement, Monsieur Gault, mais je crains de devoir appeler le médecin légiste.

Pierre hocha la tête. Il se mordillait la lèvre inférieure, scrutant le jardin comme s'il cherchait quelque chose. Il ne dit rien.

Avec un sentiment d'importance, Monsour appela Florian Nagrand sur son portable et lui donna l'adresse des Gault.

— Nuque brisée, on dirait, ajouta-t-il, agaçant Nagrand, qui n'aimait jamais que les gendarmes empiètent sur son domaine.

C'était gênant d'être seul dans la cuisine avec une femme morte, d'autant plus que son mari ne montrait aucun signe de chagrin ni aucune émotion du tout. Monsour regarda autour de la cuisine, mais il n'y avait pas grand-chose à voir : tout était rangé, il n'y avait pas de vaisselle dans l'évier, pas de repas à moitié mangé sur la table, aucun signe que la vie normale venait d'être interrompue. Il appréciait l'ordre et la propreté à un assez haut degré, pourtant la maison des Gault, pour autant que Monsour avait pu voir, était si ordonnée qu'on avait presque l'impression que personne n'y vivait réellement.

— Y a-t-il quelqu'un que je puisse appeler pour vous ? demanda Monsour.

— Un parent, un ami, n'importe qui ?

Pierre secoua la tête.

Monsour regarda par la fenêtre au-dessus de l'évier, se demandant ce qu'il regardait, et vit un jardin plutôt élaboré, éclairé par des projecteurs placés de manière artistique — des parterres, un grand potager, et même quelques cygnes en topiaire — et une petite remise vers l'arrière, près des bois.

— Vous aimez jardiner ? demanda Monsour.

— Non, dit Pierre.

Une longue pause.

— C'était ma femme.

— Eh bien, c'est assez impressionnant. Ça a dû être un travail de titan pour réaliser quelque chose comme ça.

Pierre haussa les épaules.

— Je n'en ai jamais compris l'intérêt. Tout meurt, vous voyez. Ce n'est pas comme faire quelque chose qui dure.

Monsour songea à dire que nous mourrons tous, alors à quoi bon quoi que ce soit, mais il eut la politesse de garder le silence.

— Je suis désolé de ne pas avoir couvert votre femme, mais c'est le protocole, jusqu'à ce que le médecin légiste donne son accord.

— Je comprends, dit Pierre, se détournant de la fenêtre et regardant Iris pour la première fois depuis que Monsour était arrivé.

Monsour observa son visage, mais fut incapable de se faire la moindre idée de ce que l'homme ressentait ou pensait en contemplant le corps brisé de sa femme.

— Étiez-vous à la maison? Avez-vous une idée de ce qui a pu se passer? demanda le gendarme.

Pierre le regarda vivement.

— Elle est tombée dans l'escalier, dit-il avec une pointe de mépris.

— Je pensais que c'était assez évident.

— Oui, bien sûr, dit précipitamment Monsour.

— Mais Monsieur... les gens utilisent les escaliers tout le temps. Plusieurs fois par jour. Et la plupart du temps, nous le faisons sans inquiétude. Un accident comme celui-ci, il est probable qu'il y ait un autre aspect, si vous voyez ce que je veux dire. Par exemple, est-il possible que votre femme ait bu plus que d'habitude ce soir? Quelque chose qui aurait pu affecter son équilibre ou le contrôle de son corps?

— Oh bon sang, dit Pierre, quittant la cuisine par la porte de derrière et la laissant claquer derrière lui.

Les mains de Monsour se crispèrent en poings. Cet homme avait beaucoup de culot, pour partir au milieu d'un interrogatoire. Et avec sa femme morte sur le sol de la cuisine !

Il ouvrit brusquement la porte de derrière et le suivit, s'attendant à ce que Gault se dirige vers l'avant de la maison, guettant l'ambulance. Mais Gault marchait dans le jardin de sa femme, arpentant lentement et tranquillement le chemin de gravier.

Avait-il poussé sa femme dans l'escalier ? Si oui, pourquoi ne faisait-il pas plus d'efforts pour paraitre moins coupable ?

Et où diable était Maron ?

— Tu le mets juste au-dessus de la fenêtre !

— Détends-toi, Franny, je sais ce que je fais, mentit Molly, tout en alignant le motif du deuxième rouleau de papier peint pour qu'il corresponde aux petites feuilles vertes du premier, déjà soigneusement collé au mur.

Elle le lissa avec une éponge et recula.

— Maintenant, regarde ça.

Elle prit une lame de rasoir à un seul tranchant et coupa l'excédent autour du moulage de la fenêtre. En quelques secondes, cette section du mur semblait parfaitement tapissée.

— Tu sais vraiment ce que tu fais, murmura Franny depuis sa position habituelle sur le lit. J'aime bien ton nouveau motif. Enfin, *je* ne l'aime pas, mais je pense que, pour les invités, c'était un bon choix. De bon gout et inoffensif.

— Tu le détestes.

— Bien sûr.

— Moi, je l'aime bien. Je sais que c'est un peu kitch, style campagne anglaise et tout ça, mais j'aime vraiment les feuilles.

— Je croyais que tu aimais les roses.

— J'aime les feuilles *et* les roses. J'aimerais me souvenir du nom de ce film avec le papier peint aux roses fanées. Un bel étranger — charmant, bien sûr — loue une chambre dans la maison d'une vieille dame. Peut-être qu'elle tenait un hôtel, je ne me souviens plus. La vieille dame est en fauteuil roulant.

Molly fit une pause pendant qu'elle passait le rouleau trempé de colle au dos de la troisième section de papier peint, étalée sur le sol.

— Tu ne penses pas que les vieilles dames en fauteuil roulant devraient être exemptées des films d'horreur ?

— Haha ! s'exclama Frances.

— Tu es juste obsédée par ce film parce que tu loues tes chambres à des étrangers charmants et beaux.

Molly rit.

— Comme Wesley Addison ?

Son portable, posé sur la table de chevet, émit un son de notification.

— Tu peux vérifier pour moi ? Y a-t-il quelque chose dont je dois m'occuper ?

Frances se retourna et prit le téléphone.

— C'est de Lawrence. Il dit juste : *possible meurtre. appelle-moi.*

Molly regarda Frances avec de grands yeux.

— Quoi ? dit-elle, incrédule.

— Tu m'as attirée dans un nid d'homicides, dit Frances en prenant une autre gorgée de limonade et en se laissant tomber sur le dos.

— J'admets que je m'ennuie facilement, mais là, ça va peut-être trop loin, même pour moi.

Molly jonglait avec le troisième rouleau, l'ajustant pour que les coutures correspondent à la deuxième, et le pressa en place.

— Oh mon Dieu, dit-elle.

— Je m'amusais tellement à poser ce papier peint. Je pensais peut-être tapisser toute la maison, peut-être même le cottage. C'est tellement satisfaisant, tu sais ? Ça couvre tout avec de jolies feuilles. Pas de grandes émotions, pas de blessures, pas de danger. Juste... du papier peint.

Frances lui tendit le téléphone. Molly le prit et s'arrêta un moment, d'abord pour prier que ce ne soit personne qu'elle connaissait, puis se sentant mal parce que, qui que ce soit, cette personne avait des êtres chers, qu'elle en fasse partie ou non.

Lawrence décrocha à la première sonnerie.

— Qu'est-ce qui se passe ? dit Molly.

— Je sais. Et c'est particulièrement grave cette fois. Quelqu'un d'apprécié.

— Eh bien, ne sois pas timide, dis-moi qui !

— Iris Gault.

Molly resta bouche bée, les pensées fusant.

— Qui ? demanda Frances, se penchant près du téléphone à l'oreille de Molly.

— Iris Gault, lui dit Molly.

— C'est ça, dit Lawrence.

— Es-tu prête à te mettre au travail ?

— Me mettre au travail ?

— Pierre va avoir besoin d'une aide considérable. Apparemment, elle a été poussée dans les escaliers et il a appelé les autorités. Comme tu le sais surement, c'est presque toujours le mari dans ce genre de cas.

— Poussée dans les escaliers ? Comment sais-tu qu'elle n'est pas simplement tombée ?

— C'est possible. Le médecin légiste est à la maison en ce moment, pour faire une détermination.

— Comment obtiens-tu tes informations ?

Lawrence rit légèrement.

— Je dis simplement que si Pierre n'a pas un alibi en béton, je crains pour lui, vraiment.

— Ce n'est guère mon travail de...

— Écoute, Molly, Ben a quitté la police. Et Maron est... pas complètement incompétent, mais pas le meilleur, tu es d'accord ? Thérèse est partie. Je n'ai pas encore rencontré le nouveau, mais, de mon point de vue, tu es la détective la plus qualifiée du village. Alors en avant, ma chère. Je dois filer. Tiens-moi au courant.

Molly laissa tomber le téléphone et s'assit lentement sur le lit.

— J'ai passé l'autre soir à parler avec Iris, dit Frances.

— Je l'aimais bien. Je l'aimais vraiment bien.

— Elle avait des yeux incroyables.

— Une femme absolument magnifique. Et intéressante à écouter. Bien plus intéressante que son mari qui, pour autant que je sache, ne parle que de cailloux.

— Je ne sais pas, je pense que Lawrence s'emballe peut-être, dit Molly.

— D'accord, elle est tombée dans les escaliers. Elle s'est cassé le cou, je suppose. Mais ça pourrait arriver à n'importe qui. Ça ne doit pas automatiquement être un meurtre, n'est-ce pas ?

Frances hocha la tête.

— C'est vrai. J'ai lu que plus de gens meurent en tombant dans les escaliers qu'on ne le croirait. Probablement que la plupart d'entre eux sont complètement ivres, cependant.

Molly tripotait une cuticule de son pouce.

—Je... je veux dire, bon sang, je sais ce que c'est d'être dans un mauvais mariage. Je sais à quel point ça craint. Mais c'est à ça que sert le divorce ! Pourquoi se donner tout ce mal et prendre le risque de tuer quelqu'un pour s'en débarrasser alors qu'il est si facile d'y arriver autrement ?

— Un million de raisons, Molly, tu le sais bien. Pour l'assurance-vie, l'héritage, la vengeance..., la liste est pratiquement sans fin. Peux-tu imaginer à quel point ce serait satisfaisant de tuer quelqu'un qui aurait mâché la bouche ouverte au petit-déjeuner pendant vingt ans ?

— Ou qui se serait coupé les ongles des pieds au lit ?

— Qui se cure les dents. Qui a toutes sortes de tocs. Qui ouvre ton courrier. Qui donne des ordres. Qui porte des chemises moches. Qui ne ferme jamais, jamais un placard de cuisine.

Molly rit.

— Comment diable quelqu'un peut-il rester marié ?

— Tu demandes à la mauvaise personne, ma chérie.

— Eh bien, je pense que cette source de Lawrence s'est peut-être trompée cette fois. Je suis terriblement désolée pour Iris, sans vouloir tout ramener à moi, mais je pense que nous aurions été de bonnes amies. Je ne vois tout simplement pas en quoi une chute dans les escaliers équivaut à un meurtre.

Frances haussa les épaules.

— On verra bien ce que dira le médecin légiste. Il est bon ?

— Je ne l'ai jamais rencontré. Ben semble penser qu'il est correct. Je n'ai jamais entendu de plaintes en tout cas. Je me demande comment, ou si, il pourra déterminer si elle a été poussée ou non ?

— La physique.

— Jamais été ma meilleure matière.

— Heureusement que tu n'es pas le médecin légiste.

— Aide-moi avec cette prochaine section de papier peint, tu veux ? Je jure que tu es la pire assistante qui soit.

— On ne peut pas déjeuner ? Qui aurait cru qu'une fois devenue chef d'entreprise, tu te transformerais en un tel tyran.

Molly convint que déjeuner était une bonne idée. Tandis qu'elle rangeait le matériel pour le papier peint, fermant le pot de colle et descendant le rouleau pour le rincer, elle pensa à Iris Gault. À ses yeux mélancoliques bleu vert, sa silhouette voluptueuse, et aux mèches grises dans son épaisse chevelure.

Si quelqu'un vous a vraiment tuée, nous découvrirons qui, promit Molly à Iris, tout en s'obstinant à penser que la mort était presque certainement accidentelle.

❧ 9 ❧

Ce soir-là, Molly essaya de convaincre Ben de l'accompagner Chez Papa.

— Allez, tu ne veux pas venir avec moi? C'est plus amusant quand tu es là. En plus, tu connais plus de gens et tu peux découvrir des choses que je ne pourrai pas.

— Non seulement Iris n'est pas mon affaire, dit Ben, mais nous n'avons même pas encore entendu le rapport du médecin légiste. La chute pourrait bien avoir été un accident.

Ben se dirigea vers le réfrigérateur et l'ouvrit.

— J'espère sincèrement que c'en était un. Quelle est cette obsession que tu as pour la limonade?

— Bien essayé. Je ne me laisse pas distraire si facilement.

— Je veux dire, j'aime bien la limonade. Tout le monde aime la limonade. Mais pour moi, c'est mieux de temps en temps. Bien que je pourrais peut-être en ajouter un peu dans un verre de Prosecco.

— Les gens pensent-ils que tu es un traitre, un Français qui boit du vin italien?

— Ça dépend à qui tu demandes. Tu en veux un?

— Non merci. Et je n'ai pas oublié de quoi nous parlions. Tout ce que je veux, c'est aller Chez Papa, prendre un verre et voir ce que les gens disent. Peut-être que quelqu'un était avec Pierre et qu'il a un bon alibi. Ne serais-tu pas soulagé de l'apprendre ?

— Molly, tu brules les étapes.

— Hein ?

Ben leva la bouteille de Prosecco tout en réfléchissant un moment.

— Voyons voir... aucune idée de ce qu'est l'expression anglaise. Je veux dire que tu te précipites. Tu sautes des étapes.

— Ah ! Tu mets la charrue avant les bœufs !

— Exactement. Jusqu'à ce que j'entende de Nagrand comment Iris est morte, je vais supposer que sa mort était un accident.

Il reboucha le Prosecco et le remit dans le réfrigérateur.

— C'était une femme compliquée, Iris.

Molly pencha la tête. Elle avait trouvé Iris si époustouflante qu'elle ne pouvait imaginer qu'un homme ne soit pas épris d'elle, et elle ressentit un ridicule pincement de jalousie à l'idée que Ben pensait à elle.

— Dans quel sens ?

— Eh, on peut en parler plus tard. Je sais que tu es impatiente d'aller Chez Papa et d'entendre les opinions de tout le monde au bar. Et de toute façon, même si Nagrand finit par conclure que sa mort est un homicide, je laisse ça aux forces de Castillac.

— Mais il y a cinq minutes, tu *étais* les forces de Castillac !

— Exact, j'*étais*. Il y a déjà plusieurs mois maintenant. Et je ne regrette pas un instant d'avoir démissionné, et je n'essaierai pas de me mêler de cette affaire, en sapant l'autorité de Maron et du nouveau gars, quel que soit son nom.

— Le remplaçant de Thérèse est déjà là ?

— Apparemment. Je ne connais aucun détail, pas même un nom.

Ben prit une gorgée de sa boisson.

— C'est très bon. Tu es sure que tu n'en veux pas un avant de partir ?

— Que vas-tu faire ce soir alors ?

— J'ai l'intention de plonger dans les guerres napoléoniennes. Je comprends que tu ne partages pas cet intérêt particulier, mais je ne peux rien imaginer de plus agréable que de rester ici avec Bobo et de lire pendant autant d'heures qu'il me plaira, perdu dans le monde de 1805. Ça ne te dérange pas si je reste ici pendant que tu es partie ?

— Bien sûr que non. Ne donne pas trop de friandises à Bobo.

Molly abandonna l'idée de le convaincre, sachant qu'essayer de le faire sortir de force de la maison ne ferait que le rendre plus résistant. Elle se changea rapidement, mit une touche de rouge à lèvres et prit son scouteur bienaimé pour aller au village.

L'ambiance Chez Papa était nettement différente de celle de la veille au soir. Bien que le temps fût tout aussi parfait et que les lumières colorées d'Alphonse scintillaient, les conversations étaient feutrées. Il n'y avait ni rires ni gaité. Pierre n'était pas un homme populaire, mais son travail était respecté, et Iris avait été l'amie chère de beaucoup, ainsi que l'objet de beaucoup d'admiration de la part des hommes et des femmes. La mauvaise nouvelle, survenue de nulle part dans ce qui avait été un si beau mois de juillet insouciant, avait déprimé tout le monde et les avaient même rendus un peu nerveux.

— Ce pourrait être votre maniaque homicide standard, juste de passage, dit un homme au bout du bar, mais il fut rapidement rabroué.

— En fait, il est rare d'être tué par un inconnu, dit un autre homme, qui claqua son verre de bière sur le bar et fit signe à Nico d'en apporter un autre.

— J'ai toujours dit qu'une beauté comme la sienne est une sorte de malédiction, dit Lapin, en berçant un verre de vin rouge de la maison.

— Salut, Molly, ajouta-t-il lorsqu'elle entra, sa voix dépourvue de sa jovialité habituelle.

— Salut, Lapin. Nico.

Nico s'empressa de servir un kir à Molly pendant qu'elle faisait la bise à Lapin.

— Tu connaissais Iris ? demanda-t-il.

— Non, je venais juste de la rencontrer la semaine dernière, en fait, ici, Chez Papa. Nous avons parlé quelques minutes, c'est tout. Elle semblait... triste. C'était inhabituel ?

— Je disais justement qu'elle semblait mal vivre son entrée dans l'âge mûr, dit Lapin.

— Sa mère est morte l'année dernière, elle était très proche d'elle.

Lawrence Weebly entra, l'air inhabituellement débraillé.

— Salut, Lawrence, dit Molly.

— Tu t'es fait rouler dans la ruelle ?

— Ah bien, dit Lawrence, après avoir salué tout le monde.

Il rentra sa chemise et roula soigneusement ses manches.

— Je suis dévasté par la nouvelle. Vraiment dévasté. Que diable est-il arrivé à notre petit village ?

— Ce n'est pas comme si c'était quelque chose de nouveau, dit l'homme au bar, qui avait déjà bien entamé son nouveau verre de bière.

— Le mari tue sa femme. Fin de l'histoire.

— Ce n'est pas vraiment une histoire, murmura Molly.

— Pierre est un ami à moi, dit un autre homme.

— Peut-être que ça passe mal, mais je ne pense pas qu'il soit coupable.

— Comment était leur mariage ? demanda Molly.

— Eh, le mariage, dit le buveur de bière.

— Qui n'a pas voulu tuer la personne avec qui il est marié, plus d'une fois ? Je sais que c'est mon cas.

— Je pense qu'ils étaient assez heureux, dit Lawrence.

— Mais tu sais, c'est difficile à dire. Personne ne sait vraiment ce qui se passe dans l'intimité des foyers.

— À Iris ! dit le buveur de bière, et tout le monde leva son verre et but à sa mémoire.

Un autre membre de la communauté était parti, et pendant un moment, tout le monde Chez Papa ressentit un pincement aigu en se demandant s'ils seraient, eux aussi, précipités hors de la scène avant leur heure, et si oui, seraient-ils les prochains ?

Ben avait veillé très tard pour lire et était rentré chez lui en scouteur presque au milieu de la nuit, bien après que Molly se soit endormie. Le lendemain matin était un samedi, Jour de rotation, alors Molly se leva tôt pour aller faire un tour rapide au marché du village et acheter des viennoiseries pour le dernier petit-déjeuner de ses invités. Elle regrettait de ne pas pouvoir prendre son temps le samedi, discuter avec les vendeurs et les autres personnes qu'elle croisait, mais, comme c'était vraiment le seul jour où elle devait travailler dur, elle ne pouvait pas vraiment se plaindre.

D'abord elle s'arrêta chez Raoul, l'éleveur de cochons, pour une brève discussion sur la politique et pour acheter quelques-unes de ses saucisses adorées. Ensuite, elle alla chez le marchand d'épices, où elle acheta diverses épices thaïlandaises en pensant qu'elle pourrait essayer de faire un curry dans la semaine. Puis, elle passa chez son amie Manette, qui régnait sur l'étalage de légumes le plus grand et le plus impressionnant.

— Bonjour, Manette ! dit joyeusement Molly en lui faisant la bise.

Manette secoua la tête.

— Pas si *bon* que ça, n'est-ce pas ? dit-elle d'un air morose.

— Tu parles d'Iris Gault ?

— Bien sûr. Elle était... elle et moi étions très proches.

—Je suis vraiment désolée.

Les yeux des deux femmes se croisèrent et s'embuèrent.

— C'est vraiment affreux. Je venais juste de la rencontrer. Je voulais vraiment apprendre à mieux la connaitre.

Manette mit quelques laitues dans le sac d'un client et rendit la monnaie.

— Merci, à bientôt, dit-elle d'une voix monocorde.

— Elle traversait une période difficile ces derniers temps, dit Manette à voix basse.

— Quel genre de période difficile ?

— Oh, tu sais. Typique pour notre âge, je suppose. Elle n'arrêtait pas de me dire : « Alors c'est tout ce qu'il y a ? »

— Ah. Ouais. C'est le gros obstacle sur la route, n'est-ce pas ?

— Certaines personnes semblent le franchir sans problème. Mais Iris... elle cherchait *quelque chose*, elle voulait juste...

Manette s'arrêta et mit ses mains sur ses yeux.

Molly pouvait voir ses épaules trembler alors qu'elle pleurait.

— ... elle n'aura tout simplement pas la chance de le trouver maintenant, finit Manette avec difficulté.

— C'était quelque chose... quelque chose en particulier ? Le travail, le mariage... ou juste la vie ?

Manette regarda la longue file de clients.

— Je ne peux pas vraiment en parler maintenant, Molly, dit-elle en faisant un geste vers les gens qui attendaient.

— Ça fait plaisir de te voir, comme toujours.

Molly se sentit réprimandée. Elle ne devait pas fouiner dans cette affaire, elle connaissait à peine Iris et n'avait aucune légitimité pour aller poser un tas de questions personnelles alors que les gens étaient en deuil. Mais elle ne pouvait s'empêcher de penser que si Iris avait *vraiment* été assassinée... ne seraient-ils pas soulagés et reconnaissants si le tueur était attrapé ?

À moins, bien sûr, que ce ne soit Pierre. Molly n'était pas sure que cela passerait bien du tout, même s'il n'était pas l'homme le plus populaire du village. Elle ne pouvait pas citer les statistiques de mémoire, mais aux États-Unis du moins, les femmes étaient plus souvent tuées par leur mari que par n'importe qui d'autre. Était-ce la même chose en France ?

Les Mackley partaient et elle n'allait jamais leur apporter leur petit-déjeuner à temps si elle ne se dépêchait pas. Molly se précipita hors de la place et descendit la rue jusqu'à la Pâtisserie Bujold, espérant que M Nugent serait assez occupé pour oublier son offre de lui apprendre à faire des croissants aux amandes.

Il y avait une courte file d'attente qui s'étendait sur le trottoir, preuve supplémentaire des talents de pâtissier de Nugent. Castillac n'attirait pas beaucoup de touristes, néanmoins, la boutique était bondée, depuis fin juin, de personnes que Molly n'avait jamais vues auparavant, dont certaines parlaient des langues qu'elle n'arrivait pas vraiment à identifier, et ce jour-là c'était pareil.

M Nugent semblait harassé derrière le comptoir alors qu'il faisait face aux demandes de deux femmes qui montraient du doigt et lui posaient des questions, l'une en polonais et l'autre en anglais. Il utilisait rapidement des pinces pour prendre les croissants et les déposer dans des sacs en papier blanc ; il enregistrait aussi les commandes et prenait l'argent, trop assailli pour montrer son appréciation habituelle pour la forme féminine dans toute sa variété et sa splendeur (comme il le décrirait).

En fait, pensa Molly en observant depuis le fond de la file, M Nugent semblait être au bord d'une sorte de dépression nerveuse. Son visage était d'une pâleur mortelle et elle pouvait voir des perles de sueur sur son front. Ses mains sur les pinces tremblaient, tout comme sa voix quand il demandait qui était le suivant. Il ne saluait même pas chaque client à son tour, ce qu'il ne manquait jamais, jamais de faire.

Était-ce dû aux exigences du manque de sommeil et à l'absence d'aide ? Ou M Nugent était-il bouleversé par la mort d'Iris Gault ? *À le voir agir ainsi, on pourrait presque penser*, se dit Molly avec ironie, *qu'Iris avait été* sa *femme...*

☙

L'APPARTEMENT de Dufort était une pièce unique avec kitchenette, le moins cher qu'il avait pu trouver depuis que ses revenus avaient beaucoup diminué après avoir quitté la gendarmerie. Un avantage de ce petit endroit, cependant, était qu'il ne fallait presque pas de temps pour le garder en ordre. Il se leva tard ce samedi matin là et mit l'endroit au propre en moins de vingt minutes, et décida de prendre un petit-déjeuner tardif au Café de la place, emportant avec lui son livre sur les guerres napoléoniennes.

— Bonjour, Pascal, dit Dufort au serveur, en s'installant à une table vide sur la terrasse.

Pascal, habituellement le plus exubérant des serveurs (et l'objet d'admiration de nombreuses femmes de Castillac de tous âges), marmonna un bonjour et attendit d'entendre la commande de Dufort avec une expression vide.

— Quelque chose ne va pas ? demanda Dufort.

Pascal ne semblait pas avoir entendu.

— Comme d'habitude ? dit-il finalement.

— Oui, comme d'habitude. Mais Pascal, tu n'as pas l'air dans ton assiette. Qu'est-ce qui ne va pas ?

— Elle était si belle, dit-il en secouant la tête et en s'éloignant, passant devant une table vide avec des tasses à café et des assiettes sales sans les mettre sur son plateau.

Dufort soupira. Oui, Iris avait été belle, personne ne le contesterait. Il se demanda si sa beauté avait causé sa mort, directement ou indirectement. Il se demandait... mais ce n'était pas son affaire, pas son meurtre. Ce n'était peut-être même pas du tout un meurtre, se rappela-t-il, jetant un coup d'œil à l'intérieur du restaurant dans l'espoir de voir Pascal arriver avec le café.

Par habitude de ses années de gendarme, il jeta un rapide coup d'œil autour de la place, prenant la température du village, cherchant des signes de problèmes, mais le malheur avait déjà eu lieu, et il pouvait voir les effets de la perte d'Iris Gault, non seulement chez Pascal, mais aussi chez d'autres villageois. Le marché était terminé et il y avait peu de monde ; ceux qui étaient encore là parlaient doucement en petits groupes, qui se dispersaient avec des embrassades suivies de faibles signes de la main au lieu des rires et bavardages habituels.

Son portable vibra. C'était Florian Nagrand, le médecin légiste. Lui et Ben n'étaient pas proches, mais avaient suffisamment de respect professionnel l'un pour l'autre pour que Nagrand accepte de le tenir au courant de tout ce qui était intéressant, même après que Dufort ait quitté son poste.

— Bonjour, Ben, dit-il de sa voix rauque.

Ben pouvait presque sentir l'odeur des cigarettes.

— Qu'est-ce que tu as ?

— Je ne peux pas l'affirmer avec une certitude absolue, mais, si je devais parier, je dirais qu'elle a été poussée. Pas d'alcool. On fait une analyse toxicologique, mais je m'attends à ce qu'elle soit négative.

— Tu peux me donner un pourcentage ?

— J'en ai bien peur que non. Et je ne pourrai pas non plus témoigner qu'il s'agit d'un meurtre. Dans une situation comme celle-ci, il est impossible d'en être sûr à moins de l'avoir vu se produire. Mais j'ai pensé que tu voudrais savoir que je considère la possibilité comme élevée, même si c'est impossible à prouver à partir de l'état et de la position du corps.

— Je t'en suis reconnaissant, Florian. Merci.

Florian raccrocha sans dire au revoir. Ben regarda à nouveau vers la cuisine, espérant voir Pascal sortir avec son café et son croissant, mais il ne vit personne, pas même la mère de Pascal qui tenait la caisse.

Donc, Iris Gault avait *bien* été assassinée. La beauté compliquée et malheureuse du village, tuée.

Pierre aurait pu le faire, peut-on dire que quelqu'un ne commette jamais un meurtre, quelles que soient les circonstances? *Mais je ne peux pas croire que ce soit lui*, pensa Ben, tout en comprenant parfaitement bien que sa longue amitié avec Pierre empêchait toute objectivité.

Dufort se leva et entra dans le restaurant. La mère de Pascal serrait dans ses bras sa voisine et pleurait. Pascal se tenait là, la tête baissée, appuyé contre un pilier.

— Pascal? dit doucement Dufort.

— Ne t'inquiète pas pour le petit-déjeuner. Je vais y aller.

Pascal sursauta et Dufort crut voir des larmes dans les yeux du jeune homme. Pascal secoua simplement la tête, et Dufort retourna dans le soleil éclatant et réfléchissait à ce qu'il allait faire ensuite quand son portable vibra à nouveau.

— Tu es au courant? dit Pierre.

— Oui, dit Dufort.

— Je ne sais pas quoi dire.

— Dis que tu vas m'aider.

Dufort prit une longue inspiration intérieure. Il ressentit un picotement désagréable à la base de sa colonne vertébrale, qu'il savait, allait se transformer en une agitation inconfortable, malgré le fait qu'il n'avait pas pris de café.

— Je ne suis pas sûr de ce que je peux faire, répondit-il.

— Que dirais-tu de trouver qui a tué ma femme? Oh, et de me garder hors de prison pendant que tu y es. Tu sais qu'ils vont me tomber dessus, dit Pierre.

COMME D'HABITUDE, Molly se dépêcha de retourner à La Baraque avec des croissants frais à temps pour que ses invités aient un petit-déjeuner tardif. Jusque-là, elle avait eu de la chance que personne ne se plaigne de l'arrivée tardive de leur dernier petit-déjeuner, mais tout le monde faisait ses valises et rangeait et s'occupait de toutes ces petites choses de dernière minute qui semblent surgir quand on voyage. Molly alla d'abord au cottage, où les Mackley étaient en train de mettre les derniers sacs dans leur voiture de location.

— Je suis désolée d'être si en retard, dit Molly, en prenant une assiette et en y disposant quelques croissants.

— Plus je vis ici, plus je connais de gens, et plus je connais de gens, plus il me faut de temps pour traverser le marché.

— Ça a été un ajustement pour nous, dit Josh.

— À Chicago, quand on entre dans un magasin, moins les gens parlent, mieux c'est. On veut entrer et sortir aussi vite que possible, vous voyez?

— Oui, Boston était pareil. Peut-être que c'est juste le fait d'être dans de grandes villes? C'est totalement différent ici. Tout tourne autour des relations, pas d'accomplir efficacement une liste de tâches.

— Je trouve ça fantastique, dit Olive.

— Je donnerais n'importe quoi, littéralement n'importe quoi, pour pouvoir déménager en France définitivement. Ou en Italie. Ou... eh bien, n'importe où, en fait!

Ils rirent tous.

— Mais une fois qu'on aurait déménagé, tu aurais envie de bouger ailleurs, dit Josh, en prenant un croissant.

— Exactement! acquiesça Olive joyeusement.

— Alors Molly, j'espère que ce n'est pas trop personnel d'en parler, mais j'ai discuté avec un gars dans un café du village...

Molly se prépara intérieurement. Les gens parlent partout, mais à Castillac, le commérage était un sport majeur, et elle s'inquiétait de ce que Josh avait pu entendre.

— Ce gars, son anglais était approximatif, mais je pense avoir compris l'essentiel, il m'a dit que vous étiez comme la détective principale ici. Que vous avez résolu un tas de crimes, y compris un qui était non élucidé depuis des années.

— Oh, allons, dit Molly, se sentant terriblement flattée et gênée.

— Cette affaire non élucidée, ce n'était pas du tout moi. Un gamin a été la clé de toute l'histoire. Quoi qu'il en soit, je ne veux pas que vous ayez l'impression que Castillac est un repaire de crimes. C'est vraiment si charmant ici, et les gens sont incroyables. Tellement amicaux et accueillants.

— C'est aussi ce que nous avons ressenti, dit Olive.

— Ça a été des vacances fantastiques. Mais pour moi, je pense que je choisirais un endroit plus grand, Paris ou Bordeaux peut-être. L'idée que tout le monde connaisse tout le monde, que rien ne soit vraiment privé... je ne pense pas que je pourrais supporter ça.

— Elle veut garder ses expériences d'empoisonnement secrètes, dit Josh d'un ton pince-sans-rire.

Olive leva un sourcil et Molly rit.

— Eh bien, ça a été merveilleux de vous avoir accueilli et j'espère que vous reviendrez pour une autre visite un jour, dit-elle s'amusant, mais impatiente de terminer le Jour de rotation pour pouvoir se remettre à penser à Iris Gault.

Après que les Mackley soient partis, elle vérifia son ordinateur pour s'assurer des noms des prochains invités. Roger Finsterman restait une semaine de plus dans le pigeonnier, et un M et Mme Hale allaient être dans le cottage. Un couple âgé de l'Ohio, c'était tout ce que Molly savait.

Elle espérait vivement que les Hale seraient peu exigeants, elle avait un meurtre à résoudre.

Le dimanche matin, Chez Papa était toujours calme. Aucun ouvrier ne venait prendre un café avant d'aller travailler. Christophe, le nouveau chauffeur de taxi, lisait généralement le journal à la table du coin en attendant les appels, mais il faisait la grasse matinée le dimanche. Alphonse, le propriétaire de Chez Papa, voulait garder l'établissement ouvert le plus longtemps possible, car il croyait que, parfois, un bistrot convivial était exactement ce dont une personne avait besoin, que ce soit dans un moment de crise ou simplement de solitude quotidienne. N'importe quel comptable soucieux des résultats lui aurait conseillé d'ouvrir son restaurant uniquement lorsqu'il était à peu près certain d'avoir suffisamment de clients pour faire un profit, mais Alphonse n'en avait cure.

— Je suis désolé de devoir travailler à nouveau, disait Nico à sa petite amie Frances, qui était assise au bar en griffonnant sur des serviettes.

— Pas de souci, dit Frances, repoussant ses cheveux noirs et lisses derrière ses oreilles.

— En fait, tais-toi juste une seconde, tu veux?

Elle se pencha sur la serviette, qui commençait à se déchirer sous la férocité de son écriture.

Nico jeta un coup d'œil autour du bar pour voir s'il restait des tâches à accomplir, et, ne voyant rien, il se pencha en arrière, croisa les bras et observa Frances. Quand elle travaillait, elle était tellement absorbée par ce qu'elle faisait qu'il pensait qu'on pourrait lui renverser un seau d'eau glacée sur la tête sans qu'elle s'arrête. Il adorait son intensité et sa détermination. Il aimait... tout chez elle.

— Ok, dit-elle enfin, levant les yeux avec un sourire.

— Ce jingle va me rapporter assez d'argent pour nous emmener aux Maldives pendant un mois. Partant pour des vacances ?

Nico se pencha par-dessus le bar et lui prit les bras, l'attirant suffisamment près pour l'embrasser.

— N'importe quand, murmura-t-il.

— Tu es sure que ta peau pâle supportera les tropiques ?

— Il existe une invention appelée crème solaire, dit Frances, prenant le visage de Nico dans ses mains et l'embrassant sur la bouche.

— Y a-t-il un moment où tu n'es pas une petite maligne ? demanda-t-il, ravi.

— Pas jusqu'à présent, dit-elle, se rasseyant sur son tabouret.

— Alors, dis-moi, c'est quoi, l'histoire avec Iris Gault ?

— Tu vas jouer les détectives maintenant, toi aussi ?

— Nan. Ce n'est pas du tout mon truc. Mais je suis intéressée par Iris. Je venais juste de la rencontrer la semaine dernière. Je l'ai trouvée intéressante. C'est peut-être superficiel de ma part, et je sais que ça me met au milieu d'une foule nombreuse, mais il est impossible de ne pas s'intéresser à quelqu'un d'aussi frappant.

— Oui. La beauté du village.

Nico sortit un torchon et se mit à polir des verres qui n'avaient pas besoin d'être polis.

— Je suppose que tous les hommes de Castillac étaient sous son charme ?

— À peu près.

— Toi y compris ?

Nico pencha la tête, savourant la note de jalousie dans sa voix.

— Elle était très belle, c'est sûr. Mais pas mon genre.

— Et quel est ton genre ? ronronna Frances.

Nico haussa les épaules.

— Les femmes qui m'emmènent aux Maldives ?

— Pas mal, rit Frances.

— Ok, mais sérieusement, comment était Iris ? Était-elle toujours un peu triste, comme elle l'était la semaine dernière ?

— Je ne sais pas, honnêtement. Je ne la voyais pas beaucoup. Je suppose qu'elle était une jardinière sérieuse, alors c'est peut-être là qu'elle passait tout son temps. Elle ne venait ici que très rarement. Elle ne participait pas vraiment aux occasions sociales du village, ou, du moins, pas à celles auxquelles je vais.

— Hmm, une belle ermite. Intéressant.

— Tu parles de séjourner dans un de ces endroits où on loge dans des huttes de chaume sur l'eau, avec une jetée qui relie à la plage ?

— Oui, Monsieur. C'est exactement de ça que je parle.

— Je t'adore.

Frances garda la tête baissée, faisant semblant d'étudier la serviette couverte de griffonnages, alors qu'elle essayait de cacher à la fois son sourire et le rouge qui colorait sa peau blanche d'une teinte rosée.

❦

APRÈS LE PETIT-DÉJEUNER DU DIMANCHE, Molly retrouva Ben sur la Place et ils allèrent ensemble à la maison des Gault pour présenter leurs respects à Pierre. Ce n'était pas le genre d'occasion sociale que l'on attend avec impatience, et sans se le dire, tous deux s'attendaient à ce que ce soit encore plus difficile puisque Pierre n'était pas la personne la plus facile à qui parler, même dans les meilleurs moments.

Ce qui n'était certainement pas le cas ici.

Après s'être fait la bise sur la place, Ben demanda à Molly d'attendre un moment avant de remonter sur son scouteur.

— J'ai quelque chose à te dire. En fait, deux choses. Tout d'abord... il se pencha et baissa la voix, Iris a bien été assassinée. Pas à 100 %, mais probablement. Florian dit qu'elle a très probablement été poussée dans les escaliers, ce qui lui a brisé la nuque.

Molly hocha la tête.

— Je m'en doutais.

— Tu n'es pas un peu surprise ?

— Eh bien... non. Je devrais l'être ?

— Je ne saurais dire. Moi, je l'étais.

— C'est parce que tu ne veux pas que ton ami d'enfance soit soupçonné, ce qui arrivera immédiatement. C'est parce que tu veux toujours croire le meilleur des gens. C'est une partie de ton charme, ajouta-t-elle en lui souriant.

Dufort détourna le regard.

— Et peut-être la ruine de ma carrière, marmonna-t-il.

— Bon, la deuxième chose, c'est que Pierre m'a demandé de l'aide. Pas de manière informelle, il veut m'engager comme détective privé. Pour découvrir qui l'a fait.

Molly essaya de réprimer l'enthousiasme qu'elle ressentait à cette nouvelle.

— Et ? Tu acceptes le travail ?

Dufort serra les lèvres.

— Je ne lui ai pas donné de réponse. Honnêtement, je ne suis pas intéressé par cette affaire. Je ne fais plus partie de la police de Castillac et je ne le regrette pas. Je connais Pierre depuis que nous sommes enfants. La dernière chose que je veux faire, c'est enfoncer des clous dans son cercueil.

Molly lança un long regard à Ben.

— Donc... tu penses qu'il t'engage juste pour se couvrir ? Tu penses qu'il l'a tuée ?

Il secoua la tête.

— Je ne veux pas le penser, dit-il doucement.

— Et bien sûr, l'opinion publique ne détermine pas la culpabilité ou l'innocence, mais je peux te dire que les gens voudront croire qu'il l'a fait, juste parce que ses manières peuvent être un peu brusques. Pierre n'est pas le gars avec qui on va boire une bière à la fin de la journée, tu vois ?

Molly acquiesça.

— Mais quand même, c'est un maçon talentueux. Il travaille dur. Il a vécu ici toute sa vie, non ? Ça doit compter pour quelque chose.

— Oh, ça compte, c'est sûr. Certains villageois plus objectifs lui donneront beaucoup de crédit pour ça, et pour ne pas être du genre à causer des problèmes. Mais d'un autre côté...

Molly attendit. Elle s'agita. Elle passa ses doigts dans ses cheveux rebelles et les attacha en queue de cheval avec un élastique, et Ben n'avait toujours pas terminé sa phrase.

— D'un autre côté quoi ? finit-elle par éclater.

— D'un autre côté, il a épousé la plus belle femme du village, peut-être même de tout le département. Les gens ne comprenaient pas comment un homme, apparemment placide et terne comme Pierre, avait pu finir avec elle — et ce qu'ils ne comprennent pas, ils peuvent vite le condamner. Je pense que Pierre ne se doutait pas vraiment de l'envie que certains lui portaient. Ou peut-être que ça ne le dérangeait tout simplement pas. Ce n'est pas comme s'il allait partout en parlant de ses sentiments à ce sujet.

— Ni à propos de quoi que ce soit d'autre.

— En effet. Pierre est aussi muet qu'une carpe.

— Donc tu vas refuser ?

Dufort haussa les épaules.

— J'en ai envie. Mais comment le pourrais-je ?

Molly laissa échapper un petit cri de joie involontaire et lui sauta au cou.

— S'il est innocent, il a besoin de toi à ses côtés, lui dit-elle à l'oreille, un peu trop fort.

— Et s'il ne l'est pas — et je ne dis pas ça parce que je pense qu'il est coupable, mais parce que j'essaie d'être prudente et de ne rien présumer — s'il ne l'est pas, alors Iris a besoin que nous lui rendions justice. Je veux dire... que *tu* lui rendes justice, se corrigea-t-elle, le rouge lui montant au cou.

— Tu ne voudrais pas être mon bras droit? dit Ben avec un lent sourire.

Molly rayonna.

— J'aimerais aider de toutes les façons possibles, dit-elle modestement.

— Mais ce matin... que dirais-tu si je te laissais seul avec lui un moment, pour que vous puissiez avoir cette conversation *mano a mano*?

Ben rit.

— D'accord. Je pense que tu as raison, je devrais lui parler seul d'abord. Monte sur ton scouteur et suis-moi, la maison est juste à la sortie du village, ça ne nous prendra que trois minutes pour y arriver d'ici.

Et c'est ainsi qu'environ trois minutes plus tard, Molly et Ben garèrent leurs scouteurs et marchèrent jusqu'à la porte d'entrée de Pierre.

— Cette tonnelle est magnifique, dit Molly, montrant du doigt une tonnelle rustique façonnée en toit, recouverte de glycines.

Une table et des chaises en métal étaient installées dessous, un endroit ombragé, parfait pour prendre le café du matin ou déjeuner.

— Iris était une très bonne jardinière. Rémy a mentionné qu'elle avait gagné divers prix au fil des ans, bien que je n'en aie jamais su grand-chose.

— Les jardins ne sont pas vraiment ton truc, dit Molly en lui donnant un coup de coude.

— Qu'est-ce qui prend tant de temps à Pierre ? Il nous attend, non ? Elle tendit le cou pour essayer de voir à travers la petite fenêtre de la vieille porte en bois, mais ne vit rien.

Puis ils entendirent le crissement du gravier et des pas lents. Pierre apparut en contournant la maison.

Ben et Molly exprimèrent leurs condoléances. Molly le serra dans ses bras, mais il ne lui rendit pas son étreinte. Pierre semblait éteint, comme s'il venait peut-être de se réveiller.

— Ça ne te dérange pas si je me promène dans le jardin ? demanda Molly.

— Je suis désolée de dire que je n'ai rencontré Iris que la semaine dernière, et, brièvement, tu te souviens, Pierre, l'autre soir, Chez Papa ? Ça peut paraitre un peu bizarre, mais j'aimerais lui rendre hommage là-bas.

Pierre désigna le chemin en guise de réponse, puis lui et Ben entrèrent à l'intérieur.

Maladroit, pensa Molly, *mais il a toujours été maladroit. Ou même pas, c'est juste qu'on a l'impression qu'il s'intéresse plus à la maçonnerie qu'aux gens. Ce n'est pas un crime. Et le chagrin ne se manifeste pas de la même façon chez tout le monde. On ne peut pas s'attendre à des pleurs, de la rage et des expressions bruyantes d'angoisse simplement parce que c'est comme ça qu'on réagirait si son conjoint avait été assassiné.*

Et pourtant... même ainsi, Molly se sentait mal à l'aise. Elle avait travaillé avec Pierre sur le pigeonnier et avait été plus que satisfaite de l'excellent travail artistique qu'il avait réalisé. Mais cela ne signifiait pas qu'elle l'*aimait* bien.

Le fait d'aimer quelqu'un était-il même pertinent ? Un meurtrier ne pouvait-il pas être sympathique, et un innocent antipathique ?

Molly réalisa qu'elle était restée immobile sur le chemin, le regard perdu dans le vide pendant qu'elle réfléchissait. D'un coup, elle avança et força son attention sur le jardin d'Iris. Et oh, quel jardin c'était ! Très ordonné et géométrique, dans le style français. Une rangée de parterres contenant d'élégants motifs avec des plantes basses soigneusement taillées. Des haies de buis entourant des rangées de rosiers hybrides de thé. Les chemins de gravier blanc impeccables, pas une mauvaise herbe en vue.

Deux topiaires en forme de cygnes se dressaient comme des gardes royaux sur l'ensemble, esprits verts aux plumes nettement définies et aux cous gracieux. Comment diable Iris entretenait-elle tout cela sans aide ? Ou peut-être avait-elle quelqu'un, ou une armée de personnes, qui venait pour tailler, façonner, arroser et s'occuper de toutes les innombrables tâches nécessaires pour une telle entreprise exigeante ?

Molly était curieuse de savoir de quoi Ben et Pierre parlaient à l'intérieur de la maison en pierre. Mais elle avait aussi l'impression d'apprendre à connaitre un peu Iris en restant là où elle était. Une personne qui créait ce genre de jardin avait de grandes ambitions, c'était clair. N'avait pas peur du travail. Et peut-être le plus intéressant, Molly comprit que le principe de conception était basé sur le contrôle, l'exubérance des plantes étant retenue et non autorisée à éclater ou à se déchainer, même un tout petit peu.

Sur le sol à côté d'un des cygnes, Molly vit un petit éparpillement de rognures, encore vertes. La retouche de la topiaire était-elle l'une des dernières choses qu'Iris avait faites ? Molly l'imagina travaillant seule, rendant le jardin exquis alors même que sa propre beauté commençait tout juste à s'estomper. Molly eut les larmes aux yeux et s'agenouilla pour ramasser les rognures et les laisser tomber de ses doigts, ressentant une vague de tristesse face au gâchis d'une vie.

Molly préférait personnellement les jardins à l'esprit plus libre, qui favorisaient l'exubérance plutôt que la rigidité. Elle pouvait apprécier le jardin d'Iris, mais il inspirait plus le respect que la joie. Et cela la faisait se sentir un peu désolée pour Iris Gault, s'il était vrai que le jardin était un reflet de son caractère, si elle avait vécu une vie de retenue, sans jamais s'autoriser à danser en dehors des lignes.

Après environ quinze minutes, Molly se dirigea vers la maison des Gault, estimant avoir laissé suffisamment de temps aux hommes pour parler seuls. Elle se glissa par la porte d'entrée, ne voulant pas les déranger en frappant. Elle pouvait entendre leurs voix étouffées venant de l'arrière de la maison, et elle avança silencieusement dans le couloir, s'arrêtant pour jeter un coup d'œil dans le salon.

Il était très, très net. Scrupuleusement net. Inconfortablement net. Le canapé était une antiquité, avec des boiseries ornées, mais sans coussins décoratifs. De chaque côté, une petite table d'appoint. Une bibliothèque remplie de livres, et pas un seul empilé sur le dessus de la rangée, comme c'était la règle chez Molly. Un fauteuil avec une petite table ronde à côté, trois livres parfaitement alignés, et une tasse à thé vide dans une soucoupe. C'était impeccablement propre et totalement dépourvu de désordre.

Je ne suis pas exactement une souillon, pensa Molly, *mais cette maison semble beaucoup trop ordonnée. Beaucoup de gens vivent-ils comme ça?* Elle frissonna légèrement. Le salon était désagréable ; on aurait dit qu'il attendait de réprimander quiconque entrerait et le dérangerait, comme si celui qui avait laissé cette tasse de thé allait le regretter d'une manière ou d'une autre.

Molly sourit intérieurement, réalisant qu'elle s'était un peu laissé emporter. Elle recula dans le couloir et s'approcha de la cuisine, voulant écouter ce que disaient les hommes avant qu'ils ne sachent qu'elle écoutât. Elle s'absolvait de ce délit mineur en se disant qu'elle l'avouerait à Ben plus tard.

— ... assurance. Je sais que ça a l'air louche, disait Pierre.

— Qu'est-ce qui vous a poussé à souscrire une assurance aussi importante ?

— Iris m'a pressé de le faire. Elle pouvait être un peu morbide, tu sais. Elle tombait dans ces humeurs noires et une partie de cela consistait à s'attarder sur la croyance qu'elle ne vivrait pas jusqu'à un âge avancé.

— Eh bien.

— Oui, eh bien. Évidemment, elle avait raison. Je suppose que je pourrais refuser le versement ? Ou le donner à une œuvre caritative ?

— Je ne pense pas que cela changera grand-chose, dit Dufort.

— Tu pourrais t'en sortir mieux dans l'opinion du village, mais les gendarmes le verront comme une tentative désespérée de détourner les soupçons de toi.

Molly frappa discrètement à la porte ouverte de la cuisine.

— Entre, dit Ben.

— Ça ne te dérange pas, Pierre ? Molly a été extrêmement utile dans des affaires passées, comme tu l'as peut-être entendu dire.

— Un véritable Inspecteur Maigret, dit Pierre, sans la moindre ombre de sourire.

Molly se tenait mal à l'aise dans l'embrasure de la porte.

— Ça ne te dérange pas si je pose quelques questions ?

Pierre haussa les épaules. Il se leva et regarda le jardin.

— Je sais que c'est personnel, et je ne demanderais pas si ce n'était pas nécessaire. Peut-être as-tu déjà abordé ce sujet ? Mais une chose cruciale, comment était votre mariage, Pierre? Étiez-vous heureux ensemble, Iris et toi?

Pierre soupira.

— Oui. C'était un ange et je l'adorais.

Personne ne parla.

— C'est ce que vous voulez entendre, n'est-ce pas? dit Pierre avec amertume.

— Parce que quand quelque chose comme ça arrive, les gens oublient que le mariage a des hauts et des bas, des passages diffi-ciles entrecoupés de bonheur, ou, peut-être, même pas ça, peut-être que le mieux qu'on puisse obtenir c'est de ne pas être malheureux, les gens ne comprennent pas comment c'est. Mais dans leur ignorance, ils décideront de mon sort.

Ben pencha la tête.

— Ce n'est pas correct, Pierre. Les preuves décideront de ton sort.

— Bien que si une partie de ces preuves montre que tu aimais ta femme, ça t'aidera, ajouta doucement Molly.

— Nous étions très heureux ensemble. Mais dit-moi : comment suis-je censé le prouver? demanda Pierre.

— Pas d'aventures, rien de ce genre?

— Non. Ne sois pas ridicule.

Molly se hérissa face à la défensive de Pierre. Elle lança un regard à Ben, mais il ne croisa pas son regard.

— Pierre a un alibi partiel, dit-il à Molly, toujours sans la regarder.

— Qu'est-ce qu'un alibi « partiel »?

— Il était Chez Papa vendredi soir. Je ne connais pas l'heure du décès déterminée par Nagrand, mais il semblerait que, pendant une grande partie de la fenêtre d'opportunité pour le meurtre, Pierre était, avec toi, en fait.

Molly se hérissa à nouveau.

— Excuse-moi si je ne comprends pas, mais je pensais que l'idée d'un alibi impliquait qu'on en avait un ou qu'on n'en avait pas. S'il y a un moment dont tu ne peux pas rendre compte, et que c'est suffisant pour avoir commis le crime en question, alors... désolée, pas d'alibi. Pas de chose telle qu'un « partiel », en d'autres termes.

Pierre la fusilla du regard.

— Écoute, je n'essaie pas d'être difficile. Et Pierre, je comprends que ce que je dis n'est peut-être pas facile à entendre, mais à quoi bon tourner autour du pot ? Est-ce que je rate quelque chose, Ben ? Si, par exemple, nous savons qu'Iris a été tuée entre 20 h et 22 h, et que Pierre était Chez Papa de 20 h à 21 h, en quoi cela l'aide-t-il ? Pour moi, les faits disent qu'il avait une belle grosse heure dont il ne peut pas rendre compte.

Finalement, Pierre parla.

— Tu as dit que Nagrand n'avait pas confirmé le meurtre, il n'avait fait que spéculer à ce sujet. Il se pourrait très bien que ce soit un accident. Alors jusqu'où penses-tu que la gendarmerie ira avec ça ? Pourraient-ils fouiner un peu et abandonner ?

Molly et Ben entendirent la note d'espoir dans la voix de Pierre, et tous deux se sentirent un peu déprimés par ce son.

≥

Le lendemain matin, Molly et Ben se retrouvèrent au Café de la place pour le petit-déjeuner. Une vague de chaleur prenait de l'ampleur et même à cette heure relativement matinale, il semblait plus confortable de s'assoir à l'ombre tachetée d'un platane géant. Ils passèrent leur commande à Pascal et se regardèrent affectueusement de part et d'autre de la table.

— Tu es ravissante ce matin, dit-il, remarquant comment ses cheveux partaient follement d'un côté.

— Tu n'es pas mal non plus, dit-elle en souriant.

Quelques clients s'assirent à la table voisine, des touristes probablement, car ni Ben ni Molly ne les reconnaissaient.

— L'assurance..., c'est un coup dur, dit Ben à voix basse, agitant sa jambe sous la table.

Molly dit :

— Hm, et regarda la place, qui était calme, avec seulement quelques personnes qui se promenaient.

— Que signifie ce « hm » ?

— Oh, rien...

Ben leva les sourcils.

— Tu ne fais pas confiance à Pierre.

— Non. Je ne lui fais pas confiance.

Ben plissa légèrement les yeux en réfléchissant à la réponse de Molly.

Molly essayait de faire ce qu'elle avait trouvé être la chose la plus utile dans le travail de détective : ne pas faire de suppositions. Et elle n'allait certainement pas supposer que Pierre disait la vérité sur le fait qu'il n'avait pas assassiné sa femme, juste parce qu'il le disait. Ou parce qu'il avait été à l'école avec Ben et avait fait un excellent travail en rénovant son pigeonnier.

Une chose n'a rien à voir avec les autres, selon elle.

— Il n'a pas d'alibi. Il y a l'argent de l'assurance comme mobile. Je ne dis pas que je pense définitivement qu'il l'a fait, mais tu dois admettre que c'est certainement possible.

Ben finit par parler.

— Dans ce cas, ce n'est peut-être pas une bonne idée que tu travailles avec moi là-dessus.

Molly se déconcerta.

— Les enquêteurs doivent-ils toujours croire que leurs clients sont innocents ?

— Dans ce cas, oui. Le travail consiste à disculper Pierre. Suivre toutes les pistes, explorer toutes les voies qui pourraient être productives. Je vais faire beaucoup d'interviews, par exemple, et si tu es là à tirer dans l'autre sens... Je pense que ça pourrait être dommageable. Ça pourrait nuire à mes progrès.

— Que veux-tu dire par « tirer dans l'autre sens » ? Je ne

prétends pas savoir ce qui s'est passé plus que quiconque. Je ne dis pas que je pense qu'il est coupable ou que je veux qu'il soit coupable. Seulement que je ne crois pas nécessairement que Pierre est innocent, juste parce que c'est ce qu'il prétend.

— Et tu penses que je suis un idiot parce que je le crois ?

— Je n'ai pas dit ça !

— C'est sous-entendu, Molly, dit Ben, l'expression de pierre.

Ils restèrent assis pendant de longs moments. Molly ne voulait pas bouger, car elle estimait n'avoir dit que ce qui lui semblait parfaitement logique, et Ben était tout aussi inamovible, se sentant insulté.

— Je vais aller courir et m'y mettre, alors, dit-il en se levant.

— Ça ne te dérangera pas de manger deux petits-déjeuners, n'est-ce pas ?

Et sur ce, il partit en courant dans la rue et disparut en quelques instants.

Pascal arriva avec deux cafés, deux jus d'orange fraichement pressés et deux croissants, le tout sur des assiettes séparées. Il regarda d'un air perplexe la chaise vide.

— Ben a dû partir en vitesse, dit Molly, réussissant à sourire au beau serveur.

— Mais tu me connais, on ne dira jamais qu'une tasse de bon café ou un croissant ont été gaspillés à cause de moi !

Elle saupoudra un sachet de sucre sur son café *grande* et prit une longue gorgée, fermant les yeux, la saveur sucrée-amère-laiteuse la plongeant dans un rapide ravissement, malgré, ce qui équivalait à, sa première dispute avec Ben.

Mais quel est son problème ? se demanda Molly, ne l'ayant jamais connu aussi grincheux. Et partir comme ça, sans raison ? Elle était agacée envers lui en retour, la façon dont il agissait comme si elle n'avait pas le droit d'avoir ses propres opinions, et pensait qu'elle l'insultait alors que ce n'était pas le cas.

Dans le cas de Pierre et d'Iris Gault, il était évident, du moins pour Molly, qu'aucun d'eux ne savait ce qui s'était passé. Ils n'avaient même pas commencé à enquêter !

Dieu merci, son irritation ne l'empêcha pas d'apprécier son croissant, qu'elle pouvait dire venir de la Pâtisserie Bujold. Il y avait une saveur signature que M Nugent parvenait d'une manière ou d'une autre à réaliser, une intensité de délice beurré qu'aucune autre pâtisserie ne pouvait égaler. Après avoir fini le jus d'orange de Ben, elle engloutit son croissant, puis décida qu'il était temps de faire une longue promenade.

Il faisait chaud, mais elle venait de manger deux petits-déjeuners et elle avait besoin d'exercice. Et elle pensait que si elle se promenait dans tout le village, elle trouverait surement des gens à qui parler qui pourraient éclairer toute cette affaire.

Ce n'est pas qu'elle cherchait à prouver que Ben avait tort. Mais, si c'était ce qui arriverait, du moins, dans l'état d'esprit dans lequel elle se trouvait à ce moment-là, elle n'en serait pas vraiment désolée.

❧ 13 ❧

Dufort se dirigea vers le commissariat, pensant discuter rapidement avec Maron, mais changea d'avis. La sueur lui mouillait le dos de sa chemise et il s'essuya le front du revers de la main, bien que marcher quelques pâtés de maisons ne représentât guère d'effort pour un homme aussi en forme que lui. Il coupa par une étroite rue latérale et s'éloigna du centre du village, se dirigeant vers l'herboristerie.

Il s'arrêta quand l'étrange petite boutique apparut. Il ne voulait pas avoir à y entrer. Il reculait à l'idée de devoir transporter à nouveau les fioles en verre bleu, d'être dépendant des teintures après en avoir été libéré pendant tant de mois.

Mais, ce n'était pas le traitement qui posait vraiment problème. Ce qu'il ne voulait pas, ce qu'il ne voulait vraiment pas du tout, c'était que les picotements le long de sa colonne vertébrale recommencent, ainsi que les pensées décousues, la transpiration, l'anxiété galopante. Il avait espéré qu'en rayant Valerie Boutillier des registres, les choses se calmeraient pour de bon. Et il s'était senti tellement mieux dernièrement, des jours, et même des semaines, sans le moindre soupçon d'inquiétude.

Dufort ouvrit la porte de la boutique et entra. L'herboriste, une jeune femme aux longs cheveux emmêlés et sans maquillage, était accoudée au comptoir, regardant un grand livre.

— Bonjour, Benjamin, dit-elle, levant à peine les yeux.

— Il fait chaud aujourd'hui, hein ? Comment allez-vous ?

Il soupira.

— Très bien, merci. Extrêmement bien. Je n'ai pas utilisé de teintures depuis un bon moment. Aucun problème du tout. Mais ces derniers temps, et aujourd'hui...

— L'anxiété est de retour ? Cela ressemble à la dernière fois ?

Ben hocha la tête.

— Je n'ai pas les pensées qui s'emballent, dit-il, se sentant gêné de parler ainsi à la jeune femme, mais aussi soulagé de partager son problème en même temps.

— Mais le sentiment de peur est revenu. La sensation d'électricité dans ma colonne vertébrale. Et je suis nerveux comme pas possible.

Il se souvint de Molly et comment il avait laissé un simple désaccord le mettre en colère.

— Et je suis soudainement très agacé par des choses qui ne m'avaient pas du tout dérangé cinq minutes plus tôt.

L'herboriste, qui s'appelait Chloé, regarda Ben d'un œil clinique. Elle posa une longue liste de questions, dont certaines lui semblaient très étranges, mais il n'hésita pas à répondre à toutes.

— Maintenant, pour finir, dit-elle.

— Qu'est-ce qui a changé ? Travaillez-vous sur une nouvelle affaire, même maintenant que vous êtes à la retraite ?

— Connaissiez-vous Iris Gault ?

Chloé rit.

— Tout le monde connaissait Iris ! La déesse de Castillac.

— Par simple curiosité... avez-vous des idées sur ce qui s'est passé ?

— Moi ? Je ne saurais vraiment pas dire, Benjamin. Je ne la connaissais pas personnellement ni son mari d'ailleurs. Les gens disent que c'était un meurtre, c'est vrai ?

Dufort acquiesça.

— Eh bien, je chercherais du côté du mari alors, dit-elle, en ouvrant un tiroir et en sortant plusieurs petites bouteilles en verre dont elle commença à ajouter des gouttes dans une plus grande.

— Je veux dire, c'est généralement le mari, non ? Et c'est arrivé chez eux ?

Dufort hocha à nouveau la tête.

— Oui, elle est tombée dans l'escalier de service.

— Vous voulez dire qu'elle a été poussée.

Dufort acquiesça à contrecœur. Il réalisa que, quelque part, au fond de lui, il n'avait pas vraiment accepté que la mort d'Iris ne fût pas un accident. Comme si une partie de lui-même espérait que Florian Nagrand l'appellerait d'un moment à l'autre pour dire que tout était une erreur, qu'elle avait juste été maladroite, qu'ils pouvaient tous rentrer chez eux et arrêter de chercher un meurtrier.

— Et quand vous avez découvert qu'elle avait été poussée, c'est à ce moment-là que l'anxiété est revenue en force ?

Dufort regardait le motif ondulé sur la robe de Chloé. Cela lui rappelait l'étude des cellules en cours de biologie des années auparavant : les membranes cellulaires, les cils et toutes ces choses vivantes dans le monde qu'on ne peut voir qu'au microscope.

— Oui, plus ou moins. Avant la mort d'Iris, avant que son mari ne m'engage pour enquêter, j'allais bien.

— Ce ne sont pas vraiment mes affaires. Mais vous devriez peut-être envisager un autre métier ?

Dufort haussa les épaules.

— Peut-être. C'est... c'est difficile de savoir quoi faire, à mon âge. Je pensais que le travail de détective était ce que je voulais faire par-dessus tout.

Il leva les paumes comme pour se rendre.

— On pourrait penser que j'aurais déjà tout réglé maintenant.

Chloé hocha la tête.

— Bien sûr, on a cette impression. Mais je vois toutes sortes de gens ici qui n'ont pas tout réglé, loin de là. Peut-être que c'est le travail, peut-être les relations, ou même juste comment gérer la vie quotidienne. Vous seriez surpris, Benjamin. Les gens luttent. Pratiquement tout le monde, à un moment donné.

— C'est gentil à vous de le dire.

— Maintenant, comme avant. Trois gouttes sous la langue si vous avez un mauvais moment, sinon juste cinq gouttes le matin et cinq autres avant de vous coucher. Revenez me voir si ça n'aide pas.

Dufort la remercia et paya, puis se dirigea vers la rue ensoleillée. Il pensait à Rémy, qui disait que tout le monde a une mission dans la vie, mais c'était facile à dire pour lui qui avait une dévotion messianique pour l'agriculture biologique.

Il préférait prendre les gouttes en privé, même loin de Chloé, alors il se faufila dans la première ruelle qu'il trouva, regarda autour de lui, et sortit la bouteille du sac avec un soupir. Il allait devoir mettre les choses au clair cette fois. Il avait trente-cinq ans. Il était temps de décider quel genre de vie il voulait et de commencer à la vivre.

❦

EN SE RENDANT à son service du lundi midi Chez Papa, Nico fit un détour. Il quitta son petit appartement au-dessus d'une ancienne écurie de la rue Pasteur et marcha dans la direction opposée au bar, ne remarquant pas la chaleur tant il était concentré sur l'achat qu'il s'apprêtait à faire.

— Je n'ai jamais vraiment acheté de fleurs pour quelqu'un, avoua-t-il à Mme Langevin, après avoir regardé autour de sa boutique pendant quelques minutes, perdu sur la façon de choisir et quoi demander.

— Soyez maudits ! dit-elle, le foudroyant du regard avant d'éclater de rire.

— Bien sûr, ce n'est pas un problème, jeune homme. Vous êtes Nico Bartolucci, je crois ?

— Oui, Madame, dit Nico, ne sachant pas trop quoi penser d'elle.

— Je suis Angela Langevin. Permettez-moi de vous guider. Vous avez au moins choisi un bon moment pour acheter vos premières fleurs, bien que quand vous reviendrez dans quelques semaines, et vous *reviendrez*, Monsieur Bartolucci, la sélection sera encore plus impressionnante. J'ai les plus incroyables bouquets de fleurs importées, bien sûr, mais les fleurs locales sont simplement incroyables ! J'ai plusieurs nouveaux fournisseurs qui viennent de se lancer dans le métier. Un jeune couple qui vit loin sur la rue des Chênes, j'ai d'abord pensé qu'ils ne se développeraient pas du tout, car ils avaient l'air si négligés et mal soignés qu'il était difficile d'imaginer qu'ils pourraient m'apporter quoi que ce soit de beau. Mais regardez ici, ces anémones viennent de leur petite ferme, elles sont magnifiques, vous ne trouvez pas ?

Nico sourit, se sentant totalement hors de son élément, mais ne s'en souciant pas particulièrement.

— Je ne savais pas qu'il existait une fleur appelée « anémone », dit-il.

— Tout ce que je sais, enfin, je suppose, en fait, c'est qu'elle aimerait probablement quelque chose qui sent bon ?

Mme Langevin jeta un regard évaluateur à Nico. Elle avait été un personnage secondaire dans les romances de Castillac pendant des décennies, et elle savait rapidement évaluer les gens.

Presque trop beau. N'est jamais tombé amoureux auparavant. Confiant, mais, au plus profond de lui, un peu fragile. Bon sang, ça décrit la plupart d'entre nous.

— Pouvez-vous me la décrire ? demanda-t-elle, l'air détaché.

Nico sourit.

— Elle est… elle est américaine. Grande et mince, de longues jambes, des cheveux comme Cléopâtre.

— Je parlais plutôt de sa personnalité, de ce qu'elle aime, pour que je puisse avoir une idée des fleurs qui pourraient lui plaire.

— Oh, bien sûr. Eh bien, je... honnêtement, elle est un peu indescriptible ! dit-il en riant.

— Elle est très directe, elle dit tout ce qui lui passe par la tête. Elle est musicale. Enjouée. Elle me donne envie de la protéger d'une certaine façon.

Oh, il est vraiment accro.

— Sentez ça, dit Mme Langevin, en agitant un brin de nicotiana sous son nez.

— Wow, dit Nico.

— Est-ce que je peux en avoir un gros bouquet ? Je veux que tout l'appartement sente aussi bon.

— Si votre appartement n'est pas grand, alors oui, vous pouvez y arriver, dit-elle, en déchirant un grand morceau de papier ciré et en y déposant quelques longues tiges.

Puis elle prit quelques autres branches du seau et les déposa avec les autres.

— Je vais joindre une petite carte avec des instructions pour en prendre soin. Elles ne vont pas durer très longtemps, mais ça fait partie de leur beauté.

Nico la remercia avec effusion et retourna rapidement à l'appartement avec le bouquet, espérant que Frances serait sortie pour qu'il puisse arranger les fleurs et parfumer l'appartement avant son retour.

C'était vrai, il était vraiment accro. Il avait presque trente ans, avait eu beaucoup de petites amies, mais n'était jamais tombé amoureux, et désormais, cette étrange Américaine était entrée dans sa vie, et il ne pouvait penser à rien d'autre qu'à lui faire plaisir. Mais il trouvait Frances pas si facile à satisfaire, non pas parce qu'elle était exigeante, mais imprévisible, avec des gouts étranges.

Mais qui pourrait résister aux fleurs ? Selon Mme Langevin, il ne pouvait pas se tromper.

❧ 14 ☙

Peut-être à cause de la chaleur, le village était calme ce matin-là. Molly errait sans but, espérant croiser quelqu'un qu'elle connaissait, mais les rues étaient pratiquement désertes. Elle descendit la rue Saterne et aperçut la maison délabrée de Mme Luthier, son toit s'affaissant légèrement d'un côté et un tas d'ordures à côté de la porte. Puis elle se dirigea vers la rue Baudelaire, où vivait la vieille Mme Gervais, mais quand Molly frappa, il n'y eut pas de réponse. Le magasin de lampes d'à côté était fermé, comme il semblait l'être toujours, et Molly passa quelques instants à regarder la vitrine, qui était fraichement organisée et exposait plusieurs lampes avec des abat-jours en soie que Molly convoitait.

Le désaccord avec Ben..., elle laissa ça de côté. Inutile de le ressasser comme une plaie ; elle verrait s'ils pouvaient aplanir les choses quand ils se reverraient. En attendant, elle avait très envie d'avoir des nouvelles à lui raconter, quel que soit l'indice qu'elle aurait réussi à trouver. Et la vérité, c'est que le comportement de Ben avait éveillé son esprit de compétition, et elle se délectait à l'idée de lui présenter une preuve qu'il avait tort au sujet de Pierre.

C'était parfaitement logique, tout le monde savait que si une épouse est assassinée, le mari est le suspect numéro un. Ce n'étaient pas les préjugés, les contes de fées ou les émissions de télévision qui le rendaient ainsi : c'étaient les statistiques. Sortant son portable, elle fit une recherche rapide sur Google et trouva plusieurs articles bien documentés sur le sujet des femmes assassinées en Europe. De façon glaçante, la statistique pour la France était de six femmes par mois, tuées par leurs partenaires.

Six. Par *mois*. Il n'était guère extravagant de parier que l'une d'entre elles, ce juillet, était Iris Gault.

Elle retourna vers la place, accablée par le soleil, essayant de penser à qui elle pourrait interroger qui aurait bien connu Iris. Qui pourrait savoir quelque chose, l'avoir entendue parler de Pierre ou de l'état de son mariage ?

Juste sur la rue Picasso, elle trouva sa réponse. L'école primaire était nichée près du centre du village ; elle était passée devant de nombreuses fois, bien que la vue des enfants courant dans la cour de récréation la rendait presque toujours mélancolique, incapable de retenir un flot de regrets de ne pas avoir ses propres petits.

Mais, ce matin-là, ces sentiments ne l'envahirent pas du tout, elle avait une tâche à accomplir. Molly regarda par les fenêtres et vit un homme et une femme assis à leurs bureaux. *Ils devaient bien connaitre Iris*, pensa-t-elle, et, sans aucune hésitation, elle franchit la porte d'entrée.

— Bonjour, dit-elle timidement, depuis l'embrasure du bureau.

— Permettez-moi de me présenter. Je suis Molly Sutton. J'ai emménagé à Castillac il y a environ un an, venant des États-Unis.

— Bonjour Madame Sutton, dit l'homme, se levant d'un bond de sa chaise.

Il était grand et élancé, avec des cheveux mi-longs tombant sur un œil.

— Je suis Tristan Séverin, directeur de l'école. Que puis-je faire pour vous ?

Son expression était chaleureuse et gentille, et Molly se sentit encouragée.

— Eh bien, je vais aller droit au but. Vous connaissez Ben Dufort, bien sûr ?

— Oh, oui, dit Séverin.

— Il venait chaque année parler aux élèves, quand il était Chef. Très divertissant, les enfants l'adoraient.

Molly sourit.

— Eh bien, il est… il est détective privé maintenant, c'est bien le terme ? Mon français s'améliore, mais est loin d'être parfait, dit-elle en rougissant.

— En ce moment, il enquête sur la mort d'Iris Gault. Je suis sure que l'officier Maron est venu vous voir ?

La femme, qui était toujours assise à son bureau, laissa tomber quelque chose de lourd sur le sol.

— Pas encore, dit Séverin.

— C'est une nouvelle terrible. Nous l'aimions beaucoup, n'est-ce pas, Caroline ? Excusez-moi, voici Caroline Dubois, mon assistante. Je ne pourrais rien accomplir sans elle.

Il sourit à Caroline, qui réussit à esquisser un semblant de sourire à Molly, mais pas très convaincant. Molly remarqua qu'elle était bien habillée et très soignée, contrairement à son patron, qui avait l'air de sortir d'une séance dans la cour de récréation.

— Est-ce vrai, ce qu'on a entendu ? demanda Caroline.

— Qu'elle a été… assassinée ?

— J'ai bien peur que ce soit la meilleure hypothèse du légiste. Vous avez confiance dans le jugement de Nagrand ?

— Je n'ai jamais eu affaire à lui d'une manière ou d'une autre, dit Séverin.

— Je suppose qu'il connait son métier. Mais c'est très difficile d'imaginer pourquoi quelqu'un voudrait tuer Iris.

Il jeta un coup d'œil à Caroline, qui hocha la tête puis regarda à nouveau son écran d'ordinateur.

— Auriez-vous quelques instants pour parler ? demanda Molly à Séverin.

— Je ne veux pas interrompre votre journée, mais je passais

par là et j'espérais que vous auriez une minute ou deux, maintenant que l'école est fermée pour l'été. Peut-être pourriez-vous me montrer où elle travaillait ?

Séverin regarda Caroline.

— Rien d'urgent ?

— Non, c'est une journée tranquille, en fait. Les envois sont partis vendredi dernier et tu as un rendez-vous demain matin, mais c'est tout. À part cette montagne sur ton bureau, ajouta-t-elle, en faisant un geste avec un sourire crispé.

— Je t'en prie, délivre-moi de cette montagne, rit-il à l'attention de Molly, et ils quittèrent le bureau ensemble.

— Donc vous travaillez avec Ben là-dessus, n'est-ce pas ? Vous vous êtes fait une sacrée réputation, Madame Sutton, à résoudre des crimes à droite et à gauche ! Castillac a de la chance de vous avoir.

— Eh bien, merci, dit Molly, le rouge lui montant encore plus aux joues.

— Oui, je travaille avec Ben. Il a été engagé à titre privé pour examiner l'affaire. Bien que, sans doute, la gendarmerie s'en occupe également.

Séverin hocha la tête.

— Situation terrible. Vraiment... c'est impensable. Iris était une âme si douce, je n'arrive pas à imaginer comment une chose pareille a pu arriver.

— Travaillait-elle à l'école depuis longtemps ?

— Oui, depuis de nombreuses années. Je crois qu'elle a commencé comme assistante-cuisinière à la cantine et, au fil du temps, elle est devenue chef. Elle élaborait les menus, gérait la cuisine, tout en fait. De mon côté, c'était un domaine de la gestion de l'école dont je n'avais jamais à me soucier, car je savais qu'avec Iris aux commandes, le déjeuner des enfants serait sain, délicieux et servi à l'heure.

— Donc pas de désaccords, de problèmes avec les autres employés, rien de ce genre ?

— Oh non, pas du tout.

Ils traversèrent une cour vide et entrèrent dans une très grande salle d'un autre bâtiment.

— Il nous arrivait parfois d'avoir quelques discussions au sujet du budget. Quel chef ne veut pas dépenser de l'argent pour les meilleurs ingrédients, après tout?

Il sourit.

— Parfois, elle s'énervait à cause de ça, ou parce qu'elle ne trouvait pas assez de légumes locaux selon les saisons. Elle était très douée dans son travail. Très attentionnée et aimante envers les enfants.

— Et comment s'entendait-elle avec les autres? Est-ce que le personnel de la cantine aimait travailler avec elle?

— Oh oui, certainement, je n'ai jamais entendu parler de problèmes. Vous devriez peut-être parler à Ada Bellard, son bras droit. Elle en saurait plus que moi sur ce qui se passait derrière les portes battantes.

Séverin fit un geste vers les doubles portes qui menaient à la cuisine.

— Et... je sais que ça peut paraitre terriblement indiscret, mais c'est ce que nous devons faire... parlait-elle parfois de son mari?

Séverin commença à parler, mais referma la bouche. Molly eut envie de plonger la main dans sa gorge pour en extraire les mots avalés. Avec effort, elle garda le silence.

Finalement, Séverin dit :

— Eh bien, ça ne me semble pas tout à fait correct de trahir une confidence. Mais évidemment, c'est une situation extraordinaire. Je dois penser à ce qu'Iris aurait voulu.

— Bien sûr.

— Elle n'était pas du genre à parler sans cesse de ses problèmes personnels. Mais c'est vrai, oui, que les choses n'allaient pas bien avec Pierre depuis un certain temps. Je ne connais pas les détails. De temps en temps, elle laissait échapper une remarque, vous comprenez?

— Je crois que oui. Molly envisagea d'insister davantage, mais ne voulut pas aller trop loin.

— Le mariage est difficile, dit Séverin.

— Je le sais par expérience. Ma femme... enfin, je ne vais pas vous ennuyer avec tout ça. J'aimerais avoir plus à vous dire, mais, honnêtement, Iris ne lavait pas son linge sale en public, même si nous sommes tous amis ici à l'école. Elle était discrète avant tout.

Séverin se redressa et sourit.

— Y a-t-il autre chose ? Je crains la colère de Caroline si je ne fais pas au moins une petite entaille dans cette pile sur mon bureau.

— Je comprends, et merci beaucoup de m'avoir fait visiter. Ça vous dérangerait si je jetais un coup d'œil rapide dans la cuisine avant de partir ?

— Non, pas du tout, faites comme vous voulez. J'espère vous revoir, pour une raison moins macabre. Au revoir, Madame Sutton !

Le directeur quitta la cantine et Molly se retrouva seule. La salle était immense ; les tables du déjeuner étaient poussées contre le mur avec les chaises retournées dessus. Tout était propre et en ordre. Elle poussa les portes battantes, consciente que c'était l'espace d'Iris, où elle passait tant de temps et d'énergie.

— Oh, excusez-moi ! dit Molly en reculant.

Un homme en habit bleu de travail était penché sur un évier au bout de la cuisine.

— Eh, j'aurai fini dans un moment. Quelque chose n'a pas été fait correctement quand ce drain a été installé. Il se bouche constamment.

Il y vida un seau, se gratta la tête, puis frappa le fond de l'évier avec le seau vide.

— Savez-vous si Ada Bellard est dans les parages ? demanda Molly.

L'homme dit quelque chose que Molly ne comprit pas. Il fit un petit signe de la main avant de sortir par la porte de derrière.

Molly se demanda pourquoi le drain serait bouché si l'école était fermée et que personne n'utilisait la cuisine. Elle alluma d'autres lumières et traversa la cuisine, pensant à Iris. De grandes casseroles pendaient d'un rack au plafond, avec beaucoup d'autres sur des étagères en fil de fer. Tout était organisé, bien rangé et d'une propreté étincelante : exactement ce à quoi Molly s'attendait de la part d'Iris, étant donné l'état impeccable de son jardin et de sa maison.

Les comptoirs en acier inoxydable et la cuisinière industrielle semblaient en quelque sorte en contradiction avec son idée de la cuisine française, et elle réalisa qu'elle était en train de romantiser toute la chose. *Quoi?* pensait-elle qu'Iris serait en train de travailler dur derrière un rideau de brocart, cuisinant pour l'école dans une marmite en fonte sur un feu dans une cheminée médiévale ? Ce n'est pas parce que la nourriture était faite maison que la cuisine n'était pas moderne.

Molly frissonna. Même avec toutes les lumières allumées, la cuisine semblait sombre d'une certaine manière, ou comme si quelque chose d'effrayant était là et que Molly ne pouvait pas voir ce que c'était. Elle se dépêcha de repasser par les portes battantes, traversa la grande salle et sortit dans la chaleur.

Qui était *Iris Gault?* se demanda-t-elle. *Pierre l'avait-il tuée dans un accès de passion, ou l'avait-il planifié? Et dans quelle mesure l'argent de l'assurance entrait-il en jeu?*

Il y avait un certain nombre de tâches qui l'attendaient à La Baraque. Molly retourna à son scouteur puis fila chez elle, se dépêchant de balayer, de finir quelques vaisselles sales et d'enlever les fleurs fanées des roses dans la platebande de devant. Elle refusa obstinément de penser à Ben, ou de s'inquiéter qu'il y ait plus qu'une irritation passagère entre eux. Et elle ne prévoyait certainement pas de trainer dans les parages en attendant d'avoir de ses nouvelles. Ce soir-là, elle se rendrait seule Chez Papa, et elle avait hâte d'y être.

15

Ragaillardi par la nouvelle teinture, Dufort se rendit rapidement à la gendarmerie. Il voulait rencontrer le nouveau gendarme et parler à Maron de l'affaire Gault. Mais Maron n'était pas là-bas.

— Je ne sais pas quand il reviendra, dit l'homme de petite taille assis au bureau jadis occupé par Thérèse.

Dufort remarqua que son uniforme était impeccable et se demanda s'il était du genre à polir les boutons.

— Une femme est venue, il y a environ une demi-heure, pour signaler que son mari avait encore disparu. Maron semblait savoir de quoi il s'agissait.

— Ah oui, ce doit être Madame Vargas. Son mari souffre de démence, le pauvre homme.

Dufort fit une pause, momentanément distrait en repensant aux aspects de son ancien travail qu'il appréciait, comme ramener M Vargas sain et sauf chez lui. Rien de sinistre, rien de compliqué, et une fin heureuse presque garantie. Il secoua légèrement la tête pour revenir au présent.

— Je suis Benjamin Dufort, ancien chef de la gendarmerie, ici.

Dufort sourit, mais l'autre homme ne changea pas d'expression.

— J'ai entendu parler de vous.

— Et votre nom est...?

— Excusez-moi. Je suis l'agent Paul-Henri Monsour. Puis-je faire quelque chose pour vous?

Dufort comprit que Monsour n'avait absolument aucun intérêt à l'aider ni à avoir quoi que ce soit à faire avec lui d'ailleurs. Un chef qui démissionne de son poste — un comportement si étrange et inexplicable! — est une personne à éviter si possible.

Dufort sentait que cette réticence de la part de Monsour lui donnait un avantage, bien qu'il ne puisse dire précisément en quoi. Dans tous les cas, cela l'amusait plutôt que de le vexer.

— En fait, Paul-Henri, je crois que vous êtes l'homme à qui je veux parler.

Dufort savait que l'utilisation du prénom du gendarme l'agacerait.

— C'est vous qui avez répondu à l'appel à la maison des Gault vendredi soir?

— En effet.

— Dites-moi ce que vous avez trouvé, s'il vous plait. Comment allait Pierre? Y avait-il quelqu'un d'autre sur les lieux?

— Je suis désolé, Monsieur Dufort, mais vous me demandez de parler des affaires de l'enquête, et, bien sûr, cela irait à l'encontre de tous les protocoles de la gendarmerie. Parler ainsi à un *civil*, non, je ne pourrais pas.

— Bien sûr, je ne voulais pas dire officiellement, dit Dufort.

— C'est pareil.

Les deux hommes se dévisagèrent. Finalement, l'expression de Dufort s'adoucit.

— Demandez simplement à Maron de m'appeler quand il rentrera. Pouvez-vous faire cela?

— Avec plaisir, Monsieur.

Laissant la porte claquer derrière lui, Dufort retourna dehors. Il lui semblait que la température avait encore grimpé de cinq degrés et il se déplaça pour se mettre à l'ombre d'un chêne pendant qu'il réfléchissait à sa prochaine démarche.

Brusquement, il laissa échapper un petit rire en pensant à quel point il était soulagé de ne pas être chef avec Monsour travaillant sous ses ordres. Pendant un bref instant, il imagina ce que ce serait de quitter Castillac et de prendre un nouveau départ ailleurs, où il ne connaitrait pas l'histoire de la plupart des habitants et ne se sentirait pas responsable de les garder tous en sécurité.

Puis, avec un soupir, il commença une liste de questions : Les Gault fréquentaient-ils quelqu'un en particulier ? Qui aurait un aperçu de leur mariage ? Qui étaient les confidentes d'Iris ?

Et surtout, pourquoi Molly était-elle si déterminée à condamner Pierre avant même qu'ils aient commencé ?

— MERCI, Nico, dit Molly, se tortillant sur son tabouret Chez Papa avant de prendre son kir et d'en boire une longue gorgée.

— Mon Dieu, il faisait chaud aujourd'hui. As-tu entendu un bulletin météo ? Quand est-ce que cette vague de chaleur va se terminer ?

— J'aime plutôt bien la chaleur, dit Lawrence, assis sur son tabouret habituel avec son Negroni habituel posé devant lui.

— Je me déshabille jusqu'à porter un glamoureux sous-vêtement païen et je me prélasse dans mon jardin comme un lézard.

— Tu as un bronzage admirable.

— Je crois que mon taux de vitamine D est absolument au top, dit-il.

— Allez, assez parlé de la météo et de ma peau. Comment ça

se passe avec l'affaire d'Iris ? Y a-t-il de l'espoir pour le pauvre Pierre ?

— Je ne sais pas pourquoi tu dis « pauvre Pierre ». Il a engagé Ben, donc il n'est pas exactement sans défense.

— Tes sourcils se froncent. C'est tout à fait adorable.

— Oh, je t'en prie. Je me demande pourquoi tout le monde est si prompt à le défendre. Tu dois réaliser que les femmes meurent plus souvent des mains de leurs maris et petits amis que de toute autre façon ? Pour les femmes dans la trentaine et la quarantaine, plus meurent ainsi que du cancer !

— C'est *effectivement* surprenant.

— Je te le fais pas dire. Et ça me met en colère, Lawrence. Ça me donne envie de gifler ce satané maçon et de lui demander comment il ose faire du mal à sa femme, et je me fiche éperdument de ce qui n'allait pas dans leur mariage.

— Je suis d'accord que le fait d'être désagréable ne devrait pas vous faire tuer. Si c'est ce que tu veux dire.

— Un meurtrier fait preuve de lâcheté, de manque de maitrise de soi, de faiblesse... la liste est longue. J'admets, et peut-être que j'ai l'air moralisatrice, mais j'ai du mépris pour ça. Je sais que parfois il peut sembler que je suis obsédée par le meurtre, mais c'est l'audace du meurtrier que je n'arrive pas à dépasser. Cette idée qu'ils ont que *leurs* sentiments, *leurs* blessures, sont plus importants que ceux de n'importe qui d'autre. Ce sont eux qui décident qui vit et qui meurt. Ça me met tellement en colère !

Nico et Lawrence écoutaient avec prudence.

— Je ne t'ai pas souvent vue aussi bouleversée, dit Lawrence.

— Peut-être jamais. Est-ce vraiment dirigé uniquement contre Pierre ?

— Non ! lança-t-elle.

— C'est aussi Ben, qui est complètement du côté de Pierre. Acceptant volontiers de l'argent pour défendre un tueur d'épouses. Que suis-je censée en penser ?

— Mais Molls, tu ne sais pas si Pierre l'a fait, dit Nico, un peu timidement.

— Bien sûr que si. Les statistiques peuvent être manipulées, je te l'accorde. Mais dans ce cas, je pense que la situation est assez simple. Comme je viens de le dire, les femmes sont tuées par leurs maris et petits amis à un taux alarmant. Six par mois en France, je viens de vérifier. Six chaque *mois* !

— Et voici les faits : Iris a été poussée dans les escaliers de leur maison. Pierre était là. Il a tenté un alibi peu convaincant en passant ici, ce qu'il ne fait presque jamais, puis il a appelé les gendarmes dans un faible effort pour avoir l'air innocent. Il n'y a jamais eu d'affaire plus simple, tout est clair comme de l'eau de roche ! Suggérez-vous, je ne sais pas, qu'un inconnu soit passé devant leur maison, soit entré en courant et l'ait poussée dans l'escalier de service menant à sa cuisine ? Pour quelle raison, je vous le demande ? Sans parler du fait que, statistiquement, les gens ne sont pas si souvent tués par des inconnus. Et je n'ai même pas mentionné la grosse prime d'assurance-vie bien juteuse. Ça fait réfléchir, n'est-ce pas ?

Lawrence et Nico échangèrent un regard. Molly avait sauté de son tabouret et agitait les mains, ses cheveux volant dans tous les sens, les joues roses.

— Donc aucun de vous n'est d'accord avec moi ? dit-elle finalement, quand personne ne parla.

— C'est toi qui dis toujours : « Ne présume rien », dit Lawrence.

Molly fronça le visage.

— C'est très agaçant de se voir citer ses propres paroles quand on essaie de faire valoir une idée.

— En effet, dit Lawrence.

La porte s'ouvrit derrière eux et une famille entra : une mère à l'air fatigué et deux jeunes enfants, accompagnés d'un père dépassé.

— La climatisation fonctionne ? demanda-t-il à Nico d'un ton plaintif.

— Désolé, nous n'avons pas de climatisation. Tu sais comment c'est, Fredo, il n'y a que quelques jours chaque été où on en a vraiment besoin.

— C'est l'un d'eux.

— Je ne le contesterai pas, rit Nico.

— Il y a un grand ventilateur dans la salle du fond. Emmène ta famille là-bas et je vous apporterai de la limonade, ça vous va ?

Fredo guida sa famille au-delà du bar vers la salle du fond, et Nico s'affaira à couper des citrons.

— Très bien alors, monsieur je-sais-tout, dit Molly à Lawrence.

— Si Pierre n'a pas tué Iris, qui l'a fait ? D'après tout le monde, c'était une femme douce que tout le monde aimait. Où est le mobile pour la tuer ?

— Il y a toujours l'amour.

— Dois-tu parler comme un biscuit chinois ? Que veux-tu dire par « il y a toujours l'amour » ?

Lawrence se pencha en avant, comme si, en parlant doucement, cela ne compterait pas comme du commérage sur les morts.

— J'ai entendu dire qu'elle avait une liaison, c'est tout.

Les yeux de Molly s'écarquillèrent.

— *Quoi ?* Comment se fait-il que personne n'en ait pas parlé avant ? Avec qui ? exigea-t-elle, frappant des deux mains sur le bar.

— Bien que, avant que tu ne répondes, une liaison ne fait que renforcer l'accusation contre Pierre, tu t'en rends compte.

Lawrence haussa les épaules.

— Peut-être. S'il était au courant.

— *Toi*, tu es au courant. Pourquoi penses-tu que Pierre ne l'était pas ?

Lawrence sourit.

— Parce que je sais pratiquement tout, ma chère. Ne t'en ai-je pas encore convaincue ?

— Attends une seconde. Nico, tu savais quelque chose à propos d'une liaison d'Iris ?

Nico secoua la tête, évitant le contact visuel et continuant à couper des citrons.

— Vous êtes tous complètement exaspérants ! dit Molly, remontant sur son tabouret et buvant son kir, déterminée à obtenir de Lawrence le nom de l'amant d'Iris, dût-ce être la dernière chose qu'elle ferait sur cette terre.

16

C'était mardi, le jour des funérailles d'Iris Gault. Molly s'était levée tôt. Elle se sentait morose et essayait de s'en débarrasser. Elle ne pensait pas mériter de se sentir triste. Après tout, elle avait à peine rencontré la femme. Mais le meurtre avait un effet, non seulement sur Molly, mais sur beaucoup de gens dans le village : ils avaient l'impression que personne n'était vraiment en sécurité. Ce n'était pas qu'ils s'attendaient à ce que le meurtrier d'Iris continue à tuer, éliminant les Castillaçois un par un. C'était plutôt que, si un couple marié familier comme Iris et Pierre s'était disputé, et que cela avait conduit à la fatale chute dans les escaliers, eh bien, cela pouvait arriver à n'importe qui, n'est-ce pas? Tout le monde n'était-il qu'à une mauvaise journée d'être liquidé?

Café à la main, Molly errait sans enthousiasme dans le jardin avec Bobo qui faisait ses bonds habituels et filait en avant pour ensuite déraper de façon hilarante pour changer de direction, mais Molly n'y prêtait pas attention. Elle tourna la tête au bruit d'une voiture et Bobo fila vers le côté de la maison, aboyant son aboiement de bienvenue « je-te-connais ».

Je suppose que c'est Ben, pensa Molly, et les coins de sa bouche se relevèrent légèrement malgré elle. Elle se redressa et suivit Bobo, curieuse d'entendre s'il avait de nouvelles informations à partager. Elle se dit qu'elle devait lui parler de la liaison d'Iris, mais elle prévoyait de garder la nouvelle pour elle aussi longtemps que possible, simplement parce qu'elle se sentait d'humeur grincheuse.

Ben et Molly ne dirent rien au début, mais tous deux regrettaient la dispute de la veille et cela se voyait dans leurs expressions. Ils s'embrassèrent sur les deux joues et restèrent un moment à se tenir la main, le soleil brulant les accablant bien qu'il ne soit que 8 h du matin.

— Iris avait une liaison, lâcha Molly, sa mauvaise humeur fondue par le contact des mains de Ben dans les siennes.

Ben parut surpris.

— De qui tiens-tu ça ? demanda-t-il.

Molly secoua la tête.

— Je ne peux pas le dire.

— Lawrence.

Molly haussa les épaules.

— Alors Pierre ne t'en a rien dit ?

— Ce n'est peut-être pas vrai, dit Dufort.

— J'imagine que les rumeurs sur Iris et d'autres hommes circulent depuis des années, rien que des fantasmes.

— Ma source est fiable.

— Eh bien, même si tout le village le croit, nous avons besoin de preuves avant de nous précipiter sur toutes les pistes qu'une liaison semble ouvrir.

— Si tu veux pinailler, que ce soit une rumeur ou non n'a pas vraiment d'importance. C'est si Pierre croyait qu'elle avait une liaison, c'est ça qui compte.

— Seulement si tu... Ben ferma la bouche et regarda le sol un instant.

— Et si on rentrait ? Tu pourrais me servir une tasse de ton très bon café bien fort. Et on pourrait en discuter.

Molly prit une profonde inspiration. *Pourquoi devait-il être si têtu ? Ne pouvait-il pas voir ?*

Une fois à l'ombre de la terrasse avec de nouvelles tasses de café, Molly dit :

— Bon, ça ne sert à rien de se disputer tant qu'on n'a pas plus de preuves. Comment pouvons-nous en obtenir ? Qui penses-tu être un amant probable pour Iris ? Qui étaient leurs amis ?

— Je ne les fréquentais pas socialement. Je crois qu'ils ne sortaient pas beaucoup. Iris passait la plupart de son temps libre dans son jardin, et Pierre... il travaille. Il a toujours au moins un gros projet en cours, parfois plus.

— Elle devait être seule.

— Peut-être. Ou peut-être qu'elle aimait passer du temps seule. Tout le monde n'est pas un extraverti enragé, dit-il affectueusement, en lui ébouriffant les cheveux.

Molly sourit.

— C'est un peu mal tombé avec l'enterrement aujourd'hui, mais j'ai l'intention de demander à Pierre de me laisser fouiller la maison. Je vais passer en revue les affaires d'Iris en gardant cette idée de liaison à l'esprit. Maron a probablement déjà pris son ordinateur et son téléphone. Je doute qu'il soit disposé à partager quoi que ce soit qu'il découvre.

— J'aimerais que Thérèse soit encore là. Et c'est dommage que les gens n'écrivent plus de lettres.

— Oui. C'est regrettable pour plusieurs raisons. Je n'ai ni écrit ni reçu d'e-mails romantiques, et toi ?

Molly se contenta de rire.

— Écoute. Je ne veux pas me disputer avec toi sur cette affaire, Ben. Mais voici comment je vois les choses. Iris traversait une sorte de crise de la quarantaine. Alors, tu vois, elle a atteint la quarantaine, et se demandait si sa vie était à peu près finie. De son point de vue, elle allait continuer à servir le déjeuner aux enfants à la cantine jusqu'à ce qu'elle soit trop vieille pour travailler. Elle allait dépenser toute son énergie à entretenir un jardin incroyable, parce que son mari lui parlait à peine...

— Attends...

— Laisse-moi finir. Donc, elle n'était pas prête à avoir un pied dans la tombe. Elle prend un amant. Et, oh, oui! C'est merveilleux d'avoir quelqu'un qui l'apprécie! Elle se sent jeune à nouveau! Aimée! Sauf que... Pierre le découvre. Il est furieux. Ils se disputent, et, la minute d'après, Iris est étendue au pied des escaliers avec le cou brisé. Pierre ne voulait pas du tout, pas du tout. C'était un truc dans le feu de l'action.

Donc, ce que je dis, c'est que ce n'était pas un meurtre prémédité, il ne l'a pas fait pour toucher l'assurance ou quoi que ce soit. Un accès de colère, de passion...

— Tu pourrais avoir raison.

Molly se retint de crier victoire.

— Mais je ne crois pas que ce soit le cas. Je sais que tu penses que comme je connais Pierre depuis toujours, je ne peux pas être objectif. Et peut-être que tu as raison à ce sujet. Mais cela signifie aussi que j'ai une compréhension de lui qui va assez profondément, même si nous ne sommes pas les meilleurs amis et ne l'avons jamais été. La proximité, pendant toutes ces années, ça compte pour quelque chose, Molly.

— Quelque chose que je n'aurai jamais.

— Pas pour Castillac, pas avant longtemps, non. Mais bien sûr, un regard neuf est aussi précieux, à sa manière.

Ben étira ses jambes et but un peu de café. Tu n'aurais pas des croissants qui trainent, par hasard?

— Étonnamment, non. Pour une fois.

— Très bien, à mon tour. Voici ma version de ce qui s'est passé, improvisée avec cette nouvelle information que tu as recueillie sur la liaison. Disons que tu as tout à fait raison sur l'état dans lequel se trouvait Iris et pourquoi elle a commencé cette liaison. Mais ensuite, quelque chose se passe mal. Elle ne veut plus. Elle veut que son amant l'emmène loin de Castillac, pour commencer une nouvelle vie en Suisse, ou en Amérique... mais l'amant refuse, pour un million de raisons possibles. Peut-être qu'il ne voulait Iris que brièvement, pour prouver qu'il pouvait avoir la plus belle femme du village. Ou peut-être qu'il était marié, et incapable ou peu disposé à quitter sa femme.

Ils se disputent, et Iris est terriblement en colère et blessée et elle fait un geste pour le pousser, pas pour lui faire mal, juste pour exprimer sa frustration, et il s'écarte, purement par instinct, et elle dégringole dans les escaliers.

— Ou... Iris aurait pu rompre la liaison, et c'est l'amant qui l'a poussée.

— Ça aussi.

Ils étaient assis, regardant la tête tachetée de Bobo apparaitre et disparaitre dans les hautes herbes de la prairie, la queue remuant comme une folle.

— Nous avons beaucoup de travail à faire, dit Ben.

— Tu as raison. D'accord, à quelle heure sont les funérailles ? Tu veux qu'on y aille ensemble ?

Ben rit.

— Nous sommes probablement le seul couple en Dordogne à considérer des funérailles comme un excellent rendez-vous.

— C'est peut-être insensible, disait Maron à Monsour alors qu'ils remontaient l'allée de Pierre Gault le matin des funérailles de sa femme.

— Mais il est susceptible de ressentir sa perte ce matin, plus que tout autre. Nous voulons le voir quand la mort de sa femme le frappe durement.

Monsour hocha la tête. Il n'avait jamais eu affaire à un meurtre, hormis ceux qu'il avait vus dans des séries télévisées, et il avait hâte d'en finir rapidement avec ce mari coupable.

— Pas un mot de ta part, dit Maron. Laisse-moi parler.

Ils frappèrent à la porte. Maron sentit un filet de sueur couler sous son col. Il regretta de ne pas s'être fait couper les cheveux ; il détestait sentir ses cheveux humides sur sa nuque.

— Je n'entends rien.

— Je t'ai dit, pas un mot !

Maron pencha la tête, écoutant. De loin, il pouvait entendre des pas lents et lourds. Il imaginait Pierre descendant les escaliers, à moitié habillé, essayant d'avoir l'air aussi innocent que possible. Peut-être même en simulant quelques larmes.

La porte grinça en s'ouvrant.

— Oui, messieurs, que puis-je faire pour vous ?

— Nous voudrions vous parler. Je comprends que les funérailles d'Iris ont lieu aujourd'hui...

— ... dans un peu plus d'une heure...

— ... ce qui nous laissera amplement le temps. Désolé de vous déranger en ce jour qui doit être terrible et triste pour vous.

Maron observa attentivement Pierre.

Pierre haussa les épaules.

— J'ai besoin d'environ cinq minutes pour finir de me préparer, c'est tout. Faites ce que vous avez à faire.

Il entra dans le salon et fit signe aux gendarmes de le suivre.

— Je suppose que je n'ai pas besoin de vous dire que vous êtes dans une mauvaise posture, commença Maron.

Son estomac était agité et il regrettait de ne pas avoir mieux planifié ce qu'il allait dire.

Pierre fit un bref signe de tête. Il n'avait pas l'air inquiet.

— Pour commencer, pourriez-vous nous dire où vous étiez vendredi dernier ? Le soir du 11 juillet. De 19 à 23 h.

Pierre soupira. Il se gratta le front.

— Je travaille sur un chantier, chez les Lafont. La partie sur laquelle je suis actuellement est un escalier en colimaçon en calcaire. C'est assez délicat. Les gens n'apprécient pas l'ingénierie qui entre en jeu pour quelque chose comme ça, avec ces gros blocs de pierre qui doivent être soutenus alors que la structure s'élève dans les airs en colonne...

— Oui, je suis sûr que c'est très compliqué, dit Maron.

— Vos allées et venues ?

— J'étais chez les Lafont jusqu'après la tombée de la nuit, puis je suis passé Chez Papa avant de rentrer. J'ai installé des lumières pour ne pas être esclave du coucher du soleil. J'ai travaillé sur l'escalier jusqu'à environ 21 h, puis j'ai rangé après ça. Il faisait sombre, mais j'ai les lumières. Les clients sont plus satisfaits si vous gardez un espace de travail propre, et je le suis mille fois plus. Je ne supporte pas le désordre.

— Et donc vous avez quitté les Lafont à quelle heure ?

— Je n'ai pas regardé ma montre.

— Mais à un moment après la tombée de la nuit.

— C'est ce que j'ai dit, oui.

Maron et Monsour ne pouvaient pas manquer l'agacement de Pierre.

— Et quand vous êtes enfin rentré chez vous, qu'avez-vous trouvé ?

Pierre regarda Maron comme s'il avait deux têtes.

— Ma femme, allongée sur le sol de la cuisine. C'est ce que vous voulez dire ? C'est censé être un interrogatoire ? Parce que je ne peux m'empêcher de vous dire, officier Maron, que vous êtes très mauvais dans cet exercice.

Pierre semblait amusé.

— N'êtes-vous pas intéressé à attraper le meurtrier de votre femme, Monsieur Gault ? demanda Maron.

— Bien sûr. C'est pourquoi le fait que vous me fassiez perdre mon temps avec ces inepties le jour où je dois enterrer Iris met ma patience à rude épreuve.

— J'ai entendu dire que vous étiez un homme très patient, dit Monsour.

— Seriez-vous d'accord avec cela ?

Maron lança un regard noir à Monsour.

— Le travail de la pierre l'exige, répondit Pierre.

— Maintenant, si c'est tout ? J'aimerais être à l'heure. Je suis sûr que vous comprenez.

Maron et Monsour furent reconduits à l'extérieur dans la

chaleur, Maron se creusant la cervelle pour trouver d'autres questions à poser, quelque chose qui arrêterait cet homme arrogant dans son élan. Le fait que Gault ne se pliait pas en quatre pour aider l'enquête était très accablant aux yeux de Maron.

Quand il était à Paris, Maron n'avait peur de personne. Maintenant qu'il était responsable de la petite force de Castillac, il était constamment déstabilisé, sa confiance vacillante. *Je vais coincer Pierre Gault*, se dit-il alors que lui et Monsour retournaient à la gendarmerie. *Je vais prouver que je n'ai pas besoin que Dufort me tienne la main pour mettre ce type en menottes.*

Ça remettra les choses en ordre.

C'était curieux, du moins, pour certains.

Iris, dont les attributs physiques étaient si extraordinaires qu'elle aurait dû être emmenée à Hollywood, ou au moins défiler pour Chanel et faire la une de Vogue, avait des ambitions différentes. Elle voulait simplement une maison pleine d'enfants et une famille heureuse pour laquelle cuisiner, et un jardin où jardiner. Certains villageois espéraient toujours qu'elle partirait pour New York, Los Angeles ou Paris et rendrait le village fier, mais Iris n'avait jamais montré ne serait-ce qu'une étincelle d'intérêt pour tout cela.

Elle épousa le tailleur de pierre qui l'adorait et s'installa dans la maison que ses parents lui avaient laissée à leur mort. Tous ceux qui la connaissaient s'attendaient à ce que les grossesses suivent immédiatement. Mais elles ne vinrent pas.

Trois ans après le mariage, alors qu'Iris et Pierre étaient encore assez jeunes et que la beauté d'Iris n'avait pas diminué, Pierre avait disparu pour une mystérieuse course un samedi matin. Iris n'avait montré qu'une légère curiosité quant à l'endroit où il allait et s'était rendue au jardin pour commencer le travail de la journée.

À la boutique de fleurs de Mme Langevin, Pierre n'y avait pas acheté de fleurs, mais avait parlé à la propriétaire, dont une vieille amie à Paris était amie avec un dénicheur de talents pour une célèbre agence de mannequins. Il n'y avait que quelques liens de séparation, et ce n'était pas mal d'utiliser ses relations quand on en avait, n'est-ce pas ? Et surement, si les enfants désirés n'étaient pas apparus, pour quelque raison que ce soit, sa femme aurait voulu trouver autre chose à faire. Quelque chose qui aurait utilisé ses talents au mieux, avait pensait Pierre. Quelque chose qui lui aurait donné l'honneur qu'elle méritait.

Mme Langevin avait été ravie d'aider. L'ami d'un ami avait répondu présent, et, avec le nom et le numéro de l'agent en main, Pierre s'était rendu à l'agence de voyages pour organiser un séjour d'une semaine à Paris pour Iris et lui. Il n'avait jamais dépensé autant d'argent pour quelque chose d'aussi immatériel, mais cela lui avait procuré un frisson d'organiser une surprise pour sa femme, sachant à quel point elle se sentirait flattée et encouragée par son geste.

— Mon amour ! avait-il exclamé en rentrant à la maison et en la trouvant encore dans le jardin.

Une tache de boue assombrissait sa joue et il avait remarqué qu'elle avait enlevé ses gants comme elle le faisait souvent, préférant sentir la terre et les plantes à mains nues.

— Qu'y a-t-il ? avait demandé Iris, dépliant ses longues jambes et se levant avec un léger sourire.

— J'ai une sacrée surprise pour toi.

Pierre avait posé sa grande main sur son épaule et l'avait serrée. Il avait voulu prolonger ce moment d'anticipation, d'imaginer sa réaction heureuse.

— Eh bien ? l'avait-elle encouragé.

— Nous allons à Paris dans deux semaines. J'ai acheté les billets de train et réservé l'hôtel.

— Oh ! C'est... c'est adorable de ta part, avait dit Iris, sa voix faiblissant.

— Pour combien de temps? Nous ne voulons pas manquer la première floraison des roses. Je pense que, cette année, elles vont vraiment s'épanouir.

Pierre avait laissé retomber sa main de son épaule.

— Oublie les roses un instant. Le voyage n'est qu'une partie de la surprise. J'ai aussi organisé un rendez-vous pour toi avec un agent. Il travaille pour Élite, l'une des meilleures agences au monde si Madame Langevin s'y connait, et je pense que c'est le cas.

Iris avait levé les yeux vers ceux de son mari. Ils s'étaient regardés pendant un long, très long moment. Iris avait senti, comme si son sang s'était vidé de sa tête, imaginant l'espace d'un instant, qu'il s'était écoulé par la plante de ses pieds pour se répandre dans le sol où elle se tenait.

—Je pensais m'être expliquée, dit-elle doucement.

—Je... je ne veux pas de ça.

— Mais Iris! Tu dois savoir à quel point...

—Je te l'ai dit, être dans les magazines, tout ça... ça ne m'intéresse pas. Je n'ai aucune envie de partir d'ici. Est-ce que c'est l'argent, le problème? Je te l'ai dit, je serais plus que ravie de travailler. Je serais heureuse de trouver un emploi ici à Castillac.

— Non! avait crié Pierre.

— Ce n'est pas l'argent! L'argent n'a rien à voir!

Iris avait reculé. Elle avait baissé les yeux sur les tendres feuilles de rose qui s'étaient tout juste déployés d'un Comte de Chambord. Elle avait levé à nouveau les yeux, espérant voir une certaine douceur dans l'expression de son mari, ou au moins une volonté de comprendre ce qu'elle avait essayé de lui expliquer tant de fois. Elle n'aimait pas être le centre de l'attention; tout ce qu'elle voulait, c'était des bébés, et à défaut, travailler dans son jardin.

Mais Pierre avait fusillé du regard le Comte de Chambord et il avait tendu la main pour arracher une jeune pousse verte chargée de minuscules bourgeons, puis l'avait jetée sur le chemin du jardin et l'avait piétiné.

Iris avait contourné rapidement la maison, ramassant une paire de sécateurs au passage, et s'était affairée à tailler la glycine de la tonnelle de devant tandis que des larmes avaient coulé sur ses joues. Pierre était resté dans le jardin, complètement déconcerté, de minces filets de sang marquant l'endroit où les épines des roses avaient déchiré sa main.

17

Le dernier enterrement auquel Molly avait assisté était celui de Joséphine Desrosiers l'automne précédent. Il pleuvotait un peu, et il n'y avait qu'une poignée de personnes présentes (si on pouvait même les appeler ainsi, Joséphine n'étant pas connue pour sa chaleur et sa générosité). La cérémonie des Gault s'annonçait comme quelque chose de complètement différent; alors que Molly et Ben descendaient la rue des Chênes vers le petit cimetière du village, ils pouvaient voir une longue file de voitures garées, s'étendant presque jusqu'au village. Une foule se tenait près du portail en fer et une autre masse de gens était à l'intérieur. On aurait dit que tous les habitants de Castillac étaient présents.

— Tu vois Pierre ? murmura Ben en prenant la main de Molly.

Molly lui serra la main et secoua la tête.

— Le monde entier est là ! Elle devait être très populaire.

— Ou admirée. Ce n'est pas vraiment la même chose, n'est-ce pas ?

— Quand on est jeune, être admiré semble être exactement ce qu'on veut. Mais ça ne vaut pas grand-chose, je pense. Ça n'est rien comparé au fait d'avoir de vrais amis.

Ben hocha la tête. Il scrutait la foule et saluait les gens qu'il connaissait.

— Madame Bonnay, dit-il.

— Yves va bien ?

— Très bien, répondit Mme Bonnay.

— Mais ça... c'est injuste que nous soyons à l'enterrement d'Iris. Elle est partie trop jeune, beaucoup trop jeune !

Ben acquiesça et tira Molly derrière un mausolée.

— Si elle avait vraiment une liaison, chuchota-t-il, alors il sera là, presque certainement.

Molly hocha la tête.

— Séparons-nous. Nous pourrons observer plus de gens comme ça.

Alors Ben partit vers la gauche, en direction de la tombe de Joséphine Desrosiers, et Molly alla à droite, vers un frère et une sœur qu'elle n'avait pas vus depuis quelques mois.

— Michel ! Adèle ! Bonjour ! Vous êtes de retour en ville ?

Adèle, l'air plus élégante que jamais avec un sac à main magnifique au bras, fit la bise à Molly puis la serra dans ses bras.

— On ne fait que passer en fait, on a quelques papiers à régler. Oh, ça fait tellement plaisir de te voir !

— Moi aussi. Je dois dire que l'argent semble vraiment vous réussir à tous les deux.

— Ha ! dit Michel.

— Je pense que ça réussirait à n'importe qui. Écoute Molly, on achète une maison en Provence, et il faut absolument que tu viennes nous rendre visite. Tu promets ?

— Bien sûr que je viendrai ! Oh, ça a l'air merveilleux. Bon... je ne veux pas partir si vite, mais je suis...

— Elle travaille sur une affaire, Michel, dit Adèle.

— Tu vois ce front plissé ? La façon dont elle scrute la foule, cherchant quelque chose ? Je connais les signes.

— Pas besoin d'être un génie pour comprendre ça, frangine. Tout le monde sait qu'Iris a été assassinée.

Molly regarda vers la rue pour s'assurer que le corbillard n'était pas encore arrivé. C'était impoli de bavarder ainsi au bord de la tombe, mais, d'un autre côté, qui allait-elle offenser? Pas Iris, malheureusement. Et elle ne se souciait pas vraiment de ce que Pierre pensait.

— D'accord, écoutez, avant que je file... dites-moi ce que vous savez sur Pierre et Iris. Un couple heureux? Ou pas? Vous connaissez quelqu'un qui trainait avec eux?

— Ça fait beaucoup de questions, dit Michel en secouant la tête.

— Tout ce que je sais, c'est que quand Iris était plus jeune, tout le village était amoureux d'elle. Elle avait ces yeux incroyables, c'était comme regarder de l'eau étincelante...

— Michel avait le béguin pour elle, dit Adèle.

— Elle était plus âgée, et complètement inaccessible. Personne n'a pu croire qu'elle avait épousé Pierre.

— Comment ça?

— Eh bien, tu le connais, non? Ce n'est pas exactement Monsieur Excitation.

— Certaines personnes ne veulent pas ça chez un partenaire. Elles veulent de la stabilité, de la prévisibilité...

Adèle haussa les épaules.

— Le truc, c'est qu'Iris aurait pu avoir n'importe qui. Tu l'as rencontrée? Je suis sure qu'elle était encore attirante, dans la quarantaine. Mais quand elle était jeune? La circulation s'arrêtait, littéralement. C'était une *déesse*. Épouser un maçon qui ne veut parler que de pierres ne semblait pas être la meilleure utilisation de ses options.

— Peut-être qu'il l'aimait vraiment, dit Michel.

Adèle haussa à nouveau les épaules.

— Qu'est-ce que l'amour, de toute façon? J'imagine qu'à un certain point, être aussi belle deviendrait lassant. Ce n'est pas comme si ton apparence avait quoi que ce soit à voir avec qui tu es, pas vraiment. Ce n'est pas un accomplissement ou quelque chose pour lequel tu as travaillé dur, tu sais? Juste de la chance.

— Pas qu'on soit contre la chance, rit Michel, vu qu'on en a eu une belle part nous-mêmes.

— C'est vrai! dit Adèle.

— Tu es anormalement silencieuse, Molly, qu'est-ce qui se passe?

Molly utilisa ses deux mains pour soulever ses cheveux humides de son cou dans l'espoir que la légère brise la rafraichisse.

— J'écoute. Et je réfléchis à ce que vous dites. Bon, il faut que j'y aille. C'était si agréable de vous voir tous les deux. Appelez-moi pour la visite en Provence, j'accourrai au moindre signe!

Les gens se pressaient de tous les côtés et il n'y avait pas beaucoup de place pour se retourner, mais elle réussit à ne bousculer personne trop brutalement. Elle essaya de se rapprocher de la tombe, mais il n'y avait pas de place. Finalement, elle s'éloigna de la foule et monta une petite pente, d'où elle pouvait assez bien voir, même si c'était de loin.

Pierre se tenait près de la tombe. Il semblait regarder dans le trou, ses grandes mains pendant le long de son corps, les manches de son manteau un peu trop courtes. Il avait l'air stoïque. De pierre.

Derrière Pierre, un homme pleurait, le visage couvert par ses mains. Molly l'observa, se demandant qui il était. Elle pouvait entendre d'autres reniflements, d'hommes et de femmes, et, quand les porteurs entrèrent dans le cimetière avec le cercueil sur leurs épaules, les pleurs s'intensifièrent.

L'homme derrière Pierre baissa les mains, les yeux fixés sur le cercueil. C'était Pascal.

Avait-il lui aussi le béguin pour Iris? Ou était-ce plus que ça?

Elle sentit des doigts de fer se refermer sur son bras.

— Molly! haleta Nugent.

Son visage était contorsionné et elle pouvait voir de véritables sillons de larmes sur ses joues.

— Monsieur Nugent, dit-elle doucement.

— Je suis vraiment désolée.

Elle ne put s'empêcher d'être émue par son émotion brute.

— Vous la connaissiez? Elle était... elle était la perfection, Molly. Je...

Molly attendit, mais M Nugent avait baissé la tête et fondu en larmes. Elle était presque sure de n'avoir jamais vu autant d'hommes pleurer au même endroit. Les hommes en France pleuraient-ils plus facilement, ou Iris avait-elle jeté un sort sur tous les hommes du village de Castillac?

Le prêtre en soutane noire commença l'office. Molly murmura une excuse au pâtissier et dut se dégager de ses doigts qui agrippaient son bras; elle fit quelques pas de plus en montant la pente pour mieux voir.

Caroline Dubois était là, le visage cireux, les épaules affaissées. À côté d'elle se tenait Tristan Séverin, qui retenait, lui aussi, ses larmes, son bras entourant une femme bien habillée qui fixait le sol. Derrière eux se trouvaient Manette et son mari, la voisine de Molly, Mme Sabourin, et Alphonse de Chez Papa. Tous avaient l'air affligés, et beaucoup tamponnaient leurs yeux avec des mouchoirs.

Elle revenait sans cesse à Pierre, l'observant. Il semblait si seul malgré le fait d'être au centre d'une telle foule. Les gens lui parlaient, mais il ne recevait ni étreintes ni bras réconfortants autour de ses épaules. Il n'avait même pas l'air particulièrement triste. Allez *quoi*, pensa Molly. *C'est l'enterrement de ta femme! Tu ne peux pas au moins faire semblant d'être un peu bouleversé?*

Maron était là, juste derrière Pierre, et Molly aperçut un petit homme en uniforme à côté de lui, le remplaçant de Thérèse. Elle se demanda qui ils pensaient qui avait tué Iris, ou s'ils avaient déjà des explications possibles pour ce meurtre à ce stade. Elle fit quelques pas sur le côté pour voir un autre groupe de visages. Tous les yeux étaient rivés sur le cercueil, qui était recouvert d'une couverture de fleurs franchement magnifique. La fleuriste s'était vraiment surpassée.

Ce qui, par chance, donna à Molly la meilleure idée qu'elle avait eue depuis des jours.

130

❧ 18 ❧

L e lendemain, Molly fit quelques bricoles à La Baraque pendant quelques heures après s'être levée et avoir pris son café. Elle vérifia que tout allait bien pour les Hales, qui étaient, en effet, les clients les moins exigeants possibles. Ils étaient introvertis et débrouillards, et géraient les détails de leurs vacances sans aucune aide de Molly. Elle avait dû réfréner son instinct bavard une fois qu'elle avait compris que les Hales n'étaient pas intéressés par les bavardages, mais c'était un soulagement de savoir qu'ils se débrouillaient bien sans ses conseils ni son attention. Roger Finsterman était déjà parti, probablement quelque part en train de travailler dur avec son chevalet et sa palette.

Vers 10 h, elle estima que la boutique du fleuriste était ouverte et se rendit au village en scouteur, la brise étant merveilleuse puisque la canicule ne montrait aucun signe de répit.

La boutique n'avait pas l'air de grand-chose de l'extérieur. La vitrine était embuée et il n'y avait rien d'exposé dehors, ce qui était compréhensible étant donné la chaleur. Molly entra au son d'une clochette, reconnaissante de sentir une vraie climatisation, ce qui n'était pas courant dans le village.

— Bonjour, vous êtes la célèbre Madame Langevin ? dit Molly, arrivant à peine à détacher son regard des incroyables fleurs alignées dans des seaux en acier brillant.

— Oui, répondit la femme plus âgée.

— Et je crois que *vous* êtes la célèbre Madame Sutton, la détective célébrée par tout Castillac ?

Molly la regarda d'un air vif, pensant qu'elle était sarcastique. Mais Mme Langevin ouvrit les bras et sourit.

— Je vous taquine un peu, dit-elle.

— Nous sommes très reconnaissants pour ce que vous avez fait. Je suis amie avec la mère de Valérie Boutillier, ajouta-t-elle, faisant référence à une affaire précédente.

— Alors, dites-moi, que puis-je faire pour vous ? Voulez-vous que je fasse des bouquets spéciaux pour vos clients aux gites ? En cette saison, je pourrais le faire à un prix très raisonnable, et, bien sûr, rien ne fait se sentir plus spécial qu'un bouquet.

— Je suis tout à fait d'accord. En fait, c'est la raison pour laquelle je suis venue vous voir aujourd'hui, bien que ce ne soit pas pour les gites. J'ai vu les fleurs que vous avez faites pour le cercueil d'Iris Gault hier...

Mme Langevin secoua lentement la tête.

— Une terrible affaire.

— Oui. C'est sûr. Vous la connaissiez ?

Mme Langevin fit une pause, juste un instant.

— Oui. Pas très bien, ce n'était pas ce qu'on pourrait appeler une personne sociable, pour être honnête. Je ne veux pas dire qu'elle était désagréable ou quoi que ce soit de ce genre. Elle aimait juste rester dans son coin. Une jardinière très talentueuse, je lui demandais de temps en temps si elle envisagerait de cultiver des choses spéciales pour moi, cela aurait pu être lucratif pour nous deux. Ça ne l'intéressait pas.

Molly savait que Mme Langevin n'allait probablement pas vouloir lui dire ce qu'elle voulait savoir, et son esprit tournait en rond en essayant de trouver quelque chose à dire qui convaincrait la fleuriste de parler. Elle tendit la main vers des roses et frotta une feuille brillante entre ses doigts, puis passa ses cheveux derrière une oreille, réfléchissant.

— Eh bien, je vais être directe avec vous. Je suppose que ce ne serait pas une grande surprise d'entendre que j'essaie de découvrir ce que je peux sur le meurtre d'Iris ?

Mme Langevin hocha la tête, avec un petit sourire.

— Je ne pense pas pouvoir vous être d'une grande aide là-dessus.

— Ce que je me demande, et croyez-moi, je sais que c'est impardonnablement indiscret, mais vous comprenez que je demande parce que je cherche la vérité, pas pour colporter des ragots ou semer le trouble. Et il m'est venu à l'esprit que vous, plus que quiconque à Castillac, pourriez avoir une connaissance particulière des histoires romantiques du village. Celles qui se passent en coulisses, je veux dire.

— Vous voulez dire qui a des liaisons ? Et avec qui ?

Mme Langevin rit fort, puis alla vérifier l'un des seaux pour s'assurer qu'il y avait assez d'eau.

— Eh bien, c'est plutôt malin de votre part. Je connais… quelques petites choses ici et là… bien que, malheureusement, tous ceux qui sont impliqués dans une liaison amoureuse n'envoient pas de fleurs. Ils devraient absolument le faire, vous savez. Et vous seriez peut-être intéressée de savoir que, de nos jours, les femmes envoient des fleurs aux hommes plus souvent qu'on ne le pense.

— Ce que je serais *très* intéressée de savoir, dit Molly en se rapprochant de l'autre femme, c'est si des fleurs étaient envoyées à Iris Gault. Ou envoyées par elle, comme vous dites. Bien sûr, c'était une jardinière extraordinaire, mais, si elle tenait à la discrétion, elle aurait pu faire ses envois de fleurs par votre intermédiaire ?

Mme Langevin détourna le regard. Molly pouvait dire qu'elle savait quelque chose.

— Je sais qu'elle avait une liaison, dit Molly.

— Ce que je ne sais pas... c'est avec qui !

Mme Langevin continua de s'éloigner de Molly. Elle ne répondit pas tout de suite. Finalement, elle cueillit une rose blanche dans l'un des seaux en métal.

— Connaissez-vous le symbolisme des roses, Madame Sutton ?

— Je vous en prie, appelez-moi Molly. Rouge pour l'amour ? C'est à peu près tout ce que je sais.

— Le blanc est pour la pureté, comme vous pouvez le deviner. Aussi, pour le secret et le silence. Elle pinça une feuille fanée et remit la rose blanche avec les autres. Je suis désolée, mais je ne peux pas, en toute conscience, vous donner les informations que vous recherchez. Je... eh bien, je ne peux pas dire que je suis vraiment désolée, car je me considère comme rendant un service précieux au village, et si une partie de ce service consiste en la connaissance des fleurs, l'arrangement et le choix des fleurs les plus appropriées, etcétéra, une autre partie est ma discrétion.

Mes clients savent qu'ils peuvent me demander d'envoyer des fleurs à qui ils veulent, et que je ne trahirai jamais leurs confidences. Si je le faisais, quel froid glacial tomberait sur le village ! Et je ferais faillite, rit-elle, mais sans joie.

Molly étudia l'autre femme un moment. Elle était glamour, d'une manière modeste : sa peau bien soignée, ses cheveux balayés en arrière dans un chignon spectaculaire et soigneusement teints, son maquillage parfait et pas exagéré. Pendant un instant, Molly se demanda quelles étaient les liaisons amoureuses de Mme Langevin, comme elle les avait appelées, mais ensuite elle ramena son attention sur Iris Gault.

— Mais vous devez comprendre, nous pourrions parler de la personne qui l'a tuée, dit Molly.

Mme Langevin fit un geste de la main.

— Oh, peut-être, peut-être. J'ai entendu dire que ce n'était pas définitivement un meurtre de toute façon. Les gens trébuchent et tombent, vous savez.

Molly le savait. Elle était tombée à plat ventre l'autre jour, quand elle ne regardait pas où elle allait et avait trébuché sur une pelle. Mais il n'y avait rien dans cette affaire qui lui faisait croire que c'était ce qui était arrivé à Iris. Peut-être que c'était trop dépendre de l'intuition, elle ne pouvait pas le dire. Peut-être que c'est là où l'enquête finirait, avec rien d'autre que des impasses, et aucune conclusion à tirer autre que la pauvre femme avait subi un tragique accident.

Mais Molly n'en était pas encore là, loin de là.

LE SCOUTEUR ÉMIT un nouveau bruit inquiétant sur le chemin du retour vers La Baraque. Il continuait avec son habituel « pout-pout-pout », puis de temps en temps un léger grincement interrompait le rythme. L'activité de gite de Molly était solide, avec des réservations jusqu'en septembre, mais avec ses grands projets d'expansion, son budget restait vulnérable à toute dépense imprévue.

Peut-être qu'il a juste un petit rhume. Ça passera.

Elle le gara devant sa porte d'entrée et s'agenouilla pour recevoir l'accueil frénétique de Bobo. La queue battant comme une folle, léchant le visage de Molly, laissant échapper quelques jappements étranglés. *Oui, l'amour d'un chien est vraiment le meilleur. Peu susceptible de vous pousser dans l'escalier de service*, pensa-t-elle sombrement, agacée de n'avoir pas trouvé le moyen de faire parler Mme Langevin.

Mais la fleuriste n'était surement pas la seule personne en ville à avoir des yeux. Castillac n'était-elle pas connue pour sa population de commères incontrôlables ? Obtenir un nom était simplement une question de demander à la bonne personne.

Molly repensa aux funérailles et à tous ces hommes en larmes. L'un d'eux était probablement l'amant d'Iris. L'un d'eux était probablement le meurtrier d'Iris. Et que cette personne soit une seule et même... aucune idée.

Elle sortit son portable et passa un appel avant de pouvoir se dissuader. (Et était-elle la seule personne du village à avoir la Pâtisserie Bujold en numérotation abrégée?)

— Allo?

— Monsieur Nugent? dit-elle timidement.

Un court silence.

— C'est Madame Sutton? demanda-t-il.

— Je vous ai dit que le matin est préférable pour vos croissants, si vous en voulez d'un type spécifique. À cette heure-ci, après le déjeuner, la plupart de mon stock a été vendu.

Molly fut déconcertée par sa brusquerie. D'habitude, il semblait si ravi de l'entendre.

— En fait, je n'appelle pas pour des pâtisseries, dit-elle.

— Enfin, je veux dire, pas pour en acheter en tout cas. Vous aviez mentionné, peut-être la semaine dernière, que vous seriez prêt à me donner quelques leçons, pour que je puisse essayer d'en faire moi-même de temps en temps? Cette offre tient toujours?

Encore un court silence. Molly pensait qu'il sauterait sur l'idée.

— Oui, Madame, dit-il.

— Si vous voulez, vous pouvez venir ce soir, avant l'heure du diner. 18 h vous conviendrait?

— Oui! C'est parfait. J'ai hâte! Molly le remercia avec effusion et prit congé.

Mais pourquoi avait-il l'air si peu enthousiaste et si obligé? Après l'avoir pratiquement dévorée des yeux tous les jours depuis son arrivée à Castillac, elle pensait qu'il serait tout feu tout flamme à l'idée d'être seul avec elle du même côté du comptoir, pour une fois.

Les gens sont des mystères sans fin, pensa-t-elle en rentrant pour se faire un déjeuner tardif avec les délicieux restes qu'elle trouverait, et en promettant une friandise à Bobo.

❅ 19 ❅

Nico et Frances profitaient d'une rare journée de congé, ayant décidé à l'avance de la consacrer entièrement à ne rien faire de ce qu'ils étaient censés faire. Pas de corvées, pas de travail, rien d'autre que ce qui leur plairait sur le moment, conformément à l'intention de Franny de se concentrer sur le plaisir, pour le reste de l'été.

Le premier accroc apparut tôt, lorsqu'il devint clair que Nico et Frances avaient des envies différentes. Mais ils surmontèrent cela en prenant des tours. Ils firent un pierre-feuille-ciseaux pour voir qui commencerait, que Nico gagna, et ils s'installèrent dans des fauteuils à jouer à un jeu vidéo quand la sonnette retentit.

— Va ouvrir, dit Nico, peu disposé à laisser son sorcier quitter la bataille menée pour sauver le monde de la destruction.

— Avec plaisir, dit-elle en posant les manettes.

Elle ouvrit la porte au livreur de Mme Langevin, qui tenait un gigantesque bouquet de roses rouges.

— Nico ! cria-t-elle.

Il jeta un rapide coup d'œil et sourit.

— Bonjour, merci d'être passé.

Puis il retourna à son sorcier.

— Tu me laisses donner un pourboire pour mes propres fleurs ? dit Frances en riant.

— On ne fait pas vraiment ça ici, dit Nico en appuyant sur un bouton des commandes.

— Merci, dit Frances, utilisant l'un de ses seuls mots français, et le livreur sourit et partit.

— Elles sont spectaculaires, dit-elle en y enfouissant son nez.

— Pas d'odeur. Mais leur beauté compense. Chacune d'entre elles est parfaite, dit-elle en caressant doucement les fleurs du bout des doigts.

Molly lui avait appris à s'occuper des fleurs fraiches, et elle les emporta dans la kitchenette pour couper les tiges, puis mit les fleurs dans un vase avec de l'eau.

— Nico..., dit-elle.

— Je suis sur le point de tuer ce chamane, dit-il, les yeux toujours rivés sur le jeu.

— *Nico,* dit-elle avec une certaine urgence, puis elle s'effondra sur le sol, les yeux fermés.

— JE VAIS JUSTE APPRENDRE à faire de la pâtisserie. Ne t'inquiète pas pour moi, dit Molly en caressant les oreilles de Bobo.

— Et ne me regarde pas comme ça, dit-elle au chat roux qui la toisait depuis le dossier du canapé.

— Je sais parfaitement que tu te fiches que je vive ou que je meure, alors tu ne dupes personne. Je te donnerai de la crème quand je reviendrai.

Elle jeta un coup d'œil au-delà de la prairie vers le pigeonnier, mais il n'y avait aucun signe de Finsterman, et tout était calme au cottage. Alors, soucieuse d'être à l'heure, Molly sauta sur le scouteur (toujours en proie à une toux sèche) et fila à la Pâtisserie Bujold pour sa première leçon avec M Nugent.

— Ravi de vous voir, dit-il avec un large sourire quand elle entra dans la boutique.

— Vous êtes pile à l'heure. J'admire la ponctualité. Bon, j'ai réfléchi à cette entreprise. Je vais faire de mon mieux pour m'abstenir de vous faire la leçon : vous connaissez déjà mon opinion sur la futilité d'essayer d'apprendre rapidement un art qui prend des années à maitriser.

Nugent chercha quelque chose à ranger, mais tout était déjà rangé et en ordre.

— Je ne suis pas du tout sûr que vous ayez la persévérance requise, Madame Sutton, bien que je vous accorde l'amour nécessaire pour la pâtisserie. Personne ne pourrait dire que vous manquez de *cela*.

Son regard, comme d'habitude, s'attarda sur sa poitrine. Molly avait mis une chemise modeste, boutonnée jusqu'au cou, et elle se demanda pourquoi elle s'était donné cette peine. Il allait probablement faire une chaleur torride, à travailler autour de ces grands fours.

— Tout d'abord, dit-il en tendant un tablier à Molly, ce projet dans lequel nous nous embarquons... je vous préviens, c'est intime. On ne peut pas faire de la bonne pâtisserie uniquement avec l'esprit et les mains. Cela demande de l'émotion ; cela demande des *sentiments*.

Molly déglutit avec difficulté. Elle hocha la tête, reculant d'un pas.

— J'espère que vous ne trouverez pas impertinent si je suggère que nous nous tutoyions, ainsi que de nous appeler par nos prénoms ? Je suis Edmond, dit-il, avec une petite révérence.

— C'est d'accord, dit Molly, voulant passer directement à sonder Edmond pour des ragots du village, mais trouvant un brin de maitrise de soi.

— Alors, quelle est la première étape ?

— Oh, Molly, je savais cela de toi. Tu *te précipites*. Tu es chroniquement *pressée*. Et cela..., ce n'est pas bon pour la pâtisserie. Je te demande, avant que nous commencions : as-tu la capacité d'aller lentement ? De me permettre de te guider, ma chère, sur les chemins que nous devons suivre, consciemment, délibérément, dans la réalisation de ce parangon de la cuisine française ?

Je préférerais creuser à mains nues dans un marais à la recherche de cadavres infestés d'asticots.

Mais elle pensa à Iris et répondit :

— Oui, Edmond, je peux faire ça. Montre-moi !

Méticuleusement, il montra à Molly comment mesurer et tamiser la farine, puis mélanger la pâte. Avec une extravagance de verbiage, il parla de l'importance d'étaler le beurre froid sur le rectangle de pâte et de le plier, puis encore, et encore. Il inséra des bribes d'histoire au fur et à mesure, lui racontant que le prédécesseur du croissant était apparu pour la première fois au XIVe siècle en Autriche, comment la forme en croissant avait pu être inspirée par le croissant du drapeau turc, des effets des prix du sucre et de Marie-Antoinette.

Molly trouva l'histoire et le travail plutôt hypnotisants. C'était très impliquant, assez physique et avec de nombreuses étapes, si bien qu'elle oublia complètement le résultat final et se concentra uniquement sur ce qu'ils faisaient à ce moment-là, puis, sur la préparation de l'étape suivante. Tout dans le bon ordre, car c'était la seule façon d'obtenir les bulles d'air qui monteraient à la cuisson de la pâte.

— Bien sûr, nous faisons un croissant nature aujourd'hui, mais faire la version aux amandes n'est pas difficile une fois que tu comprends la méthode de base, dit Nugent.

— Est-ce que tout le monde dans le village est ton client ? demanda Molly, cherchant un moyen d'introduire Iris dans la conversation.

Nugent rit.

— Pas tout le monde, admit-il.

— Mais il est possible que les retardataires aient des liens familiaux avec certains de mes concurrents et ne veuillent pas risquer de blesser des sentiments. Ou bien ils ne sont tout simplement pas entrés pour gouter ce que je peux faire, et font donc leurs choix sans les baser sur des preuves réelles.

— Les Gault sont-ils tes clients ?

Elle savait que la transition était maladroite, et probablement transparente, mais elle était à bout de patience.

Nugent se raidit. Il serra les dents et se tourna vers Molly avec une expression d'angoisse.

— Je préfèrerais éviter ce sujet, dit-il, s'accroupissant et faisant semblant de chercher quelque chose sur une étagère basse.

Mais Molly insista, lançant ce qu'elle espérait être un appât irrésistible.

— Je me demandais, parce que j'ai entendu une rumeur, et je n'ai aucune idée si c'est vrai ou non. Et je me suis dit, eh bien, qui voit plus de villageois qu'Edmond, jour après jour ? Peut-être que certains d'entre eux se confient à toi ? Ou peut-être que tu remarques des choses, je ne sais pas... comme quelque chose entre deux personnes, qu'ils pensent cacher, mais qu'en réalité ils ne cachent pas très bien.

— Je connais mes clients mieux qu'ils ne se connaissent eux-mêmes, dans certains cas. Ils me font des confidences, oh oui, mais ils ne réalisent pas qu'ils le font. Je sais quand ils sont contrariés, quand la vie leur a lancé des difficultés. Quand quelqu'un a mangé des palmiers pendant des années et passe soudainement à une tarte aux pistaches ? Oh, cela signifie quelque chose, Molly, cela signifie quelque chose.

— Je voulais dire... plutôt que tu entends probablement des conversations parfois.

— Ça aussi, dit Nugent en se redressant.

— Et peut-être que quand les gens sont excités... ou amoureux... ils veulent faire des folies ? Peut-être qu'ils commandent un gros gâteau ou une tarte sophistiquée alors qu'ils ne le font pas d'habitude ?

— En effet, dit Nugent, en tendant un grand bol en céramique à Molly.

— Donc tu pourrais voir ça, si deux personnes entraient... qu'elles étaient amoureuses? Ou peut-être même... juste du désir?

Nugent se leva, les yeux étincelants.

— Je n'ai rien remarqué de tel! Et qu'elle choisisse ce... cet *homme-enfant*! C'est inconcevable. C'est au-delà de l'entendement!

Ah, nous y voilà. Le poisson a mordu à l'hameçon, il ne me reste plus qu'à le ferrer.

— Je ne connaissais pas bien Iris, dit Molly prudemment.

— Mais j'ai été surprise aussi. Je ne l'aurais jamais deviné.

— Les gens ont des liaisons tout le temps, dit Nugent, agitant sa main pleine de farine.

— C'est une partie de la vie, le piment! C'est son choix qui choque.

— Oui, dit Molly.

Elle retint son souffle, priant pour que Nugent continue de parler.

— Elle a fait une terrible erreur en choisissant ce ridicule Tristan Séverin, dit-il, les dents toujours serrées.

Bingo!

— Je pensais qu'elle était la plus belle femme que j'aie jamais vue, bien que, bien sûr, sans comparaison avec vous, Madame Sutton. Mais quand j'ai entendu parler de Séverin, j'avoue que j'ai perdu un peu de respect pour elle. Nous sommes définis par nos choix, vous savez.

Molly hocha la tête, son esprit tournant à toute vitesse, formulant déjà un scénario dans lequel Iris rompait avec Séverin et il la tuait dans un accès de rage. Il avait semblé être un homme plutôt convenable, même doux, mais Molly croyait que presque tout le monde était capable de meurtre si on appuyait sur le bon bouton, et peut-être que perdre Iris avait été celui de Séverin.

Ou, bien sûr, cela pouvait être Pierre, agissant dans une furie de jalousie. Dans tous les cas, la liaison était la clé de ce qui s'était passé, et elle l'avait bien en poche.

— Que fais-tu? hurla Nugent.

— Molly, tu ne peux pas presser la pâte si brutalement ou le beurre va percer et tout sera perdu!

Molly sursauta.

— Je suis désolée, j'ai été distraite un moment. Avons-nous presque terminé?

— Tu es tellement impatiente, ma chère. J'essaie de te faire comprendre que faire de la pâtisserie, c'est comme faire l'amour lentement et longuement... on ne peut pas se précipiter! Tu dois, par-dessus tout, *respecter* la pâte.

Elle soupira intérieurement. Même si elle était coincée avec Edmond pour plusieurs heures encore, l'entreprise en valait totalement la peine. Elle avait le nom de l'amant d'Iris et était convaincue que Pierre allait subir un interrogatoire serré. Une arrestation n'était peut-être pas pour tout de suite, mais il y avait du progrès.

Petit à petit. Mais petit à petit valait beaucoup mieux que rien du tout.

❧ 20 ❧

Elle n'en était pas fière, mais Molly n'avait pas appelé Ben immédiatement pour lui révéler le nom de l'amant d'Iris. Elle savourait le fait d'avoir cette information pour elle seule, ne serait-ce que pour quelques heures : elle la retournait dans sa tête, imaginant comment la liaison avait commencé, se demandant qui d'autre dans le village était au courant. *Et cette liaison avait-elle apporté à Iris ce qu'elle recherchait*, se demandait Molly. Son propre mariage s'était fracassé sur les récifs lorsque son mari avait eu une aventure, mais, une fois qu'elle avait dépassé la première couche de douleur et d'humiliation, elle avait compris que l'infidélité était plus un symptôme qu'une cause.

Bien qu'elle se méfiât d'appliquer son point de vue américain à quelque chose que les Français percevaient de manière très différente.

Et qu'en était-il de Mme Séverin ? N'était-elle qu'une considération secondaire, si tant est qu'elle en fût une ? Ou sa santé et son humeur étaient-elles si mauvaises et intraitables qu'on pouvait comprendre que son mari veuille trouver l'amour ailleurs ? Tant de questions, et une situation si complexe, mais si courante...

Le lendemain matin, après sa première tasse de café, elle

145

appela Ben et lui demanda de venir, puis elle attendit sur la terrasse, sentant la chaleur monter. Bobo était avachie à l'ombre, faisant une sieste.

En moins de quinze minutes, elle entendit la voiture de Ben s'engager dans l'allée et Bobo se leva pour trotter autour de la maison pour l'accueillir. Molly était très heureuse de le voir. Après s'être fait la bise, elle l'attira dans une étreinte et le garda ainsi un long moment, appréciant sa présence solide et digne de confiance.

— Eh bien, bonjour à toi, dit-il avec un sourire.

— Alors, qu'as-tu découvert ?

— Comment sais-tu que j'ai découvert quelque chose ?

— Je crois que l'expression anglaise est « le chat qui a mangé l'oiseau » ?

— Le canari, rit Molly.

— Bon, d'accord Sherlock, j'ai *effectivement* appris quelque chose. Tu veux jouer aux Vingt Questions ? Qui était l'amant d'Iris Gault ?

— Je ne veux pas jouer. Dis-moi.

— Tristan Séverin.

Ben hocha lentement la tête.

— Qui te l'a dit ?

— Nugent, figure-toi.

— Oui. Je peux le concevoir, je suppose. Bien que tu comprennes qu'à ce stade, tu n'as qu'une rumeur ? Juste parce que Nugent l'a dit, c'est du ouï-dire, pas une preuve.

— Le monde tourne grâce au ouï-dire, rétorqua Molly.

— Une fois que ce sera de notoriété publique, est-ce que tous les hommes du village mépriseront Séverin autant que Pierre ?

Ben haussa les épaules.

— Je ne pense pas, non. Bien sûr, Iris était toujours très belle, et tu sais que les hommes français n'admirent pas que les femmes de vingt ans.

Il agita les sourcils en direction de Molly.

— Mais une liaison... ce n'est pas la même chose que de l'épouser quand elle était encore jeune, tu comprends?

— Pas autant comme planter son drapeau en territoire conquis?

— Une image violente et pas très charitable, chérie. Tristan, il est très aimé par les parents du village. Je n'ai jamais entendu un mot contre sa gestion de l'école. Et ce n'est pas un travail facile, non plus.

— J'en suis sure. Je l'ai apprécié, ainsi que son assistante. Tu veux du café? J'ai même des croissants rassis si tu as faim.

— Ceux que tu as faits? Comment s'est passée la leçon, à part soutirer des informations au pauvre homme?

— C'était interminable... mais ça en valait la peine. Je pense que je pourrais faire un croissant décent, avec de la pratique. Et Nugent a craché le morceau facilement une fois que j'ai un peu insisté. Il est très bouleversé par Iris. Je suppose que ce n'est pas une surprise qu'il soit l'un de la légion qui avait un énorme béguin pour elle.

Ben se servit du café et regarda le pré, pensif.

— Donc la conclusion évidente est que Pierre l'a tuée par jalousie, ou peut-être, mais moins probable, Séverin l'a fait lors d'une querelle d'amants, dit Molly.

— Je pensais que Pierre l'avait fait pour l'argent de l'assurance, dit Ben avec une pointe de sarcasme.

— Rien n'empêche d'avoir deux motifs.

— Et Nugent? Il aurait pu le faire par colère, parce que quand Iris a finalement pris un amant, elle ne l'a pas choisi, lui, dit Ben.

Les yeux de Molly s'écarquillèrent.

— Je sais que tu plaisantes. Mais... c'est en fait plausible...

— Et si tu allais parler à Caroline? Si un patron a une liaison, l'assistante sera surement au courant. Peut-être qu'elle a une idée de son état d'esprit de ces derniers temps.

— Je m'en occupe!

Elle était ravie d'avoir une mission, et reconnaissante que Ben semblait apparemment penser que Caroline s'ouvrirait plus facilement à elle qu'à l'ancien chef des gendarmes.

— D'accord, alors, je sais que je t'ai demandé de venir, mais j'aimerais passer un coup de peigne dans ce nid d'oiseau sur ma tête et puis m'y mettre. Il n'y a pas une minute à perdre !

❧

SANS Y RÉFLÉCHIR CONSCIEMMENT, Molly s'habilla selon le style de Caroline avant d'aller la trouver. Elle portait une jupe gris crayon anthracite qu'elle n'avait pas mise depuis qu'elle avait quitté Boston, un chemisier ajusté, et même des sous-vêtements plus élégants. La jupe était un peu un défi sur le scouteur, mais elle la remonta et se débrouilla. Une demi-heure après avoir dit au revoir à Ben, elle se garait dans le grand parking devant l'école et aperçu Caroline au travail dans le bureau de l'école.

Heureusement, elle ne vit pas Séverin. *Il est peut-être juste sorti un moment*, pensa Molly, se dépêchant d'entrer pour parler à Caroline avant qu'il ne réapparaisse.

— Bonjour, Caroline ! dit Molly en frappant à la porte ouverte tout en parlant.

— Ah ! Vous m'avez fait peur. Bonjour, Molly, comment allez-vous ?

— Tout va bien. Un peu chaud, quand même.

Elle s'éventa le visage et sourit.

— Je me demandais si vous aviez une minute pour parler ? J'ai juste quelques questions. Ce serait immensément utile si vous pouviez m'aider.

Beaucoup de gens s'illuminent quand on leur demande s'ils peuvent parler. Ils aiment l'interaction, le contact social, et, bien sûr, presque tout le monde aime parler de soi.

Apparemment, pas Caroline.

D'abord elle hésita, puis remua quelques papiers sur son bureau comme s'ils étaient si importants qu'elle ne pouvait pas s'arrêter ne serait-ce qu'une seconde. Puis elle redressa sa posture déjà droite et dit :

— Oui ! Bien sûr. Tout ce que vous voulez. Ça ne vous dérangerait pas si on marche en même temps ? J'en ai assez d'être à l'intérieur toute la journée, juste assise à un bureau.

— Bien sûr, dit Molly, se demandant pourquoi Caroline était nerveuse.

Elles bavardèrent du temps et des légumes de saison au marché de la semaine précédente. Elles passèrent devant la mairie, une pâtisserie que Molly n'avait jamais essayée, une mère avec son bambin. Finalement, Molly dit :

— Écoutez, je vais aller droit au but. J'ai eu des informations sur quelque chose et je cherche juste une corroboration, c'est tout.

Caroline ne dit rien.

— Monsieur Séverin. Vous travaillez avec lui depuis longtemps ?

— Pas si longtemps que ça. Environ trois ans.

— Vous l'aimez bien ? C'est un bon patron ? Croyez-moi, j'ai eu des patrons cauchemardesques, alors s'il est difficile, je comprends ce que c'est. Et sachez que je ne lui rapporterai rien de ce que vous me direz. C'est une conversation confidentielle.

Caroline hocha la tête.

— Euh, oui, on s'entend bien. En fait, on est plutôt complémentaires. C'est le type brillant, éparpillé et extraverti, et, moi, je suis très organisée. Je m'assure que les formulaires sont remis à temps, ajouta-t-elle avec un sourire crispé.

Molly acquiesça.

— Je comprends. Et... j'espère que ça ne vous met pas mal à l'aise, mais je dois vous poser des questions sur... sa vie privée. J'ai cru comprendre que son mariage...

— Eh bien, sa femme est malade, ce n'est pas un secret. Dépression. Elle refuse toute aide et c'est évidemment difficile pour Tri... Monsieur Séverin.

— D'accord. Totalement confinée chez elle, c'est ce que j'ai entendu?

— Agoraphobe, entre autres. Terrifiée à l'idée de quitter la maison.

Elles continuèrent à marcher, traversant la rue pour être à l'ombre.

— Et... avez-vous connaissance d'une liaison? Soit actuellement, soit par le passé?

Caroline secoua la tête.

— Non, rien de tel. Je ne dirais pas qu'il s'est comporté comme mère Teresa face à sa situation, il se frustre comme n'importe qui le ferait, mais dans l'ensemble, je pense qu'il a été bon envers sa femme. Il fait ce qu'il peut, même si elle ne le laisse pas faire grand-chose.

Molly fut déconcertée. Elle s'était laissé aller, s'attendant à pouvoir rayer la confirmation de la liaison de sa liste.

— Vous en êtes sure? Pensez-vous qu'il serait possible qu'il ait une liaison et vous le cache?

Caroline rit.

— Je ne crois pas que vous compreniez à quel point il est désorganisé. Il aurait besoin de moi pour garder une trace de quand et où il la rencontrerait!

Molly rit sincèrement à cela, se sentant perplexe. Nugent se serait-il trompé d'homme? Et comment Nugent avait-il obtenu ces informations, d'ailleurs?

❦ 21 ❦

Ben était parti avant le déjeuner et Molly avait des tâches ménagères qu'elle voulait éviter. Frances était toujours de bon conseil pour procrastiner, alors Molly l'appela, mais n'obtint pas de réponse. Elle prit un bon déjeuner composé de fromage, de pâté et de salade, accompagné d'un verre de rosé rafraichissant. Elle s'allongea dans l'herbe du jardin et caressa Bobo jusqu'à ce que le chien en ait assez et parte à la recherche d'un coin d'ombre tranquille.

Il faisait chaud. Trop chaud pour travailler dans le jardin ou faire quoi que ce soit dehors.

Molly se mit à jour avec ses e-mails, s'assurant que son agenda avait correctement enregistré toutes les réservations à venir. Elle était sur le point d'aller nettoyer les salles de bains et d'examiner la partie molle du sol dans le couloir lorsqu'une idée lui vint. Ben avait raison : à ce stade, elle n'avait aucune preuve concrète qu'Iris et Tristan avaient eu une liaison. Ce n'était que des rumeurs, et peut-être rien de plus que le fantasme lubrique d'Edmond Nugent. Mais elle croyait obstinément que cette liaison était la clé de tout, si elle était vraie, et elle avait donc besoin de preuves avant de passer à l'étape suivante. (*Tout comme pour faire de la pâtisserie*, pensa-t-elle en riant.)

Évidemment, confronter Tristan directement avait peu de chances d'être productif ; il nierait presque certainement tout à moins qu'elle ne puisse lui montrer quelque chose qu'il ne pourrait pas expliquer. Elle avait besoin de quelque chose de tangible, quelque chose pour lequel il ne pourrait pas trouver d'excuse. *Hmm.*

Son bureau. *C'était* l'endroit où chercher. Elle était prête à parier que le bureau de Tristan, à l'école, contenait quelque chose qui lui donnerait la preuve dont elle et Ben avaient besoin : une note, une lettre, une photographie, n'importe quoi. Les amants sont comme des pies, collectionnant des petits bouts de ceci et de cela, des trésors et des gages pour marquer leur amour. Puisque Séverin était marié, son bureau semblait être l'endroit le plus probable pour les trouver.

Mais elle avait besoin de renfort, ou d'un guetteur, ou simplement d'un complice dans cette infraction à la loi. Qui d'autre que Frances ? Molly essaya à nouveau son portable, mais n'obtint toujours pas de réponse, alors elle s'assura que le bol d'eau de Bobo était plein, puis sauta sur le scouteur et fila chez Nico, rue Pasteur.

Castillac était toujours magnifique sous la chaleur, bien que la lumière éblouissante se reflétait sur les pavés et que le calcaire doré était si brillant qu'il lui faisait mal aux yeux. Les rues étaient vides et calmes. Elle avait de la peine pour les commerçants, tous leurs clients restant chez eux à cause de la chaleur, personne ne s'aventurant dehors, sauf pour le nécessaire.

Molly frappa à la porte de Nico. Son logement se trouvait dans une ancienne écurie rénovée, un bâtiment ancien avec des colombages au premier étage. Pas de réponse.

Qu'est-ce qui se passait ? Frances était généralement occupée à écrire des jingles ou à flâner avec un livre à cette heure de la journée. Où pouvait-elle bien être ?

Elle retourna en scouteur Chez Papa, pensant qu'elle et Nico devaient y être. Elle se gara juste devant la porte et entra avec soulagement, fuyant le soleil.

— Nico ! J'essaie de trouver Frances depuis des heures. Où est-elle ?

Nico secoua la tête.

— Oh, Molls.

Puis il mit son visage dans ses mains et gémit.

Les genoux de Molly faiblirent.

— Quoi ? Quelque chose est arrivé ?

— Oui, attends, non, dit-il, en se ressaisissant.

— Elle va bien maintenant. Oui, quelque chose est arrivé. J'ai acheté des fleurs à Frances, elle est si adorable, elle aime vraiment recevoir des fleurs, tu sais ? Et elle les a mises dans un vase comme tu lui as montré et puis elle a croassé mon nom et s'est effondrée sur le sol. Dieu merci, je n'ai pas pensé qu'elle plaisantait ! J'ai appelé l'ambulance immédiatement et Dieu merci, encore, ils sont venus vite. Au début je pensais que c'était peut-être une réaction aux fleurs d'une manière ou d'une autre, mais non, c'était une abeille. Une abeille est entrée avec le bouquet, l'a piquée, et elle a fait une réaction allergique.

— Un choc anaphylactique ?

— C'est ça, dit Nico.

— Je te le dis, Molly, c'était la chose la plus terrifiante que j'aie jamais vue. Frances est toujours pâle, mais après la piqure, sa peau était comme du marbre. Elle ne pouvait pas respirer, elle transpirait... absolument terrifiant.

— Mais elle va bien ? Où est-elle maintenant ?

— J'ai insisté pour qu'elle vienne travailler avec moi. Elle est dans l'arrière-salle.

Molly courut voir Frances allongée sur une banquette, lisant sur sa tablette.

— Franny ? Qu'est-ce qui s'est passé ?

— J'ai failli mourir ! dit joyeusement Frances en se redressant.

— Nico a été incroyable. Il n'a pas perdu une seconde! Et heureusement, le gars de l'ambulance a dit que s'il n'avait pas appelé aussi vite, je serais en train de manger les pissenlits par la racine.

Molly était sans voix. Elle serra son amie dans ses bras et ne voulait plus la lâcher.

— Ne meurs pas, murmura-t-elle.

— Je... je ne suis pas du tout prête pour ça.

— Moi non plus, dit Frances en l'embrassant sur le front.

— Je ne me souviens pas de grand-chose de ce qui s'est passé. J'ai arrangé les roses, je me souviens de la piqure, et la chose suivante dont je me souviens, c'est de me réveiller par terre avec des visages penchés sur moi. Ça a fichu une sacrée trouille à Nico, ajouta-t-elle en souriant.

— On dirait que tu as plutôt apprécié toute cette histoire.

— Eh bien, parfois les choses à Castillac peuvent devenir un peu monotones, n'est-ce pas? Ce n'est pas terrible d'avoir un peu de drame qui se termine bien. Surtout si tu peux voir ton homme en action. Comme un chevalier sur son destrier blanc, c'était mon Nico!

Molly secoua simplement la tête.

— Alors, tu vas bien maintenant? Tu n'es pas censée rester au lit ou quoi que ce soit?

— Est-ce que je vois une lueur dans tes yeux?

— Peut-être. J'ai une petite... escapade en tête. J'ai pensé à toi en premier, naturellement.

— Oh, ça a l'air bon. On va devoir se faufiler par derrière

— Nico est si gentil, mais un peu surprotecteur. Alors quoi? Quel plan diabolique as-tu concocté?

— Pas diabolique. Mais on va devoir faire passer le temps jusqu'à la nuit tombée.

— Ça semble de mieux en mieux. Va chercher un kir et reviens *tout* me raconter.

✿

— Je ne comprends pas, disait Tristan Séverin à Caroline, qui lui tournait le dos.

— On s'est toujours bien entendus, tous les deux. Ai-je fait quelque chose qui t'a contrariée ?

Caroline se retourna vers lui, le fusillant du regard.

— Oui. Tu l'as fait. Mais pour de nombreuses et très bonnes raisons, je ne veux pas en discuter. Pouvons-nous simplement nous remettre au travail, s'il te plait ?

Elle s'assit sur sa chaise, le dos bien droit.

— Je m'en remettrai, dit-elle en agitant la main.

Tristan continua à la regarder d'un air perplexe. Il avait besoin d'une coupe de cheveux et sa chemise était froissée.

— Très bien, Caroline, dit-il doucement.

— Mais si tu changes d'avis, je serai ravi de parler de ce qui te tracasse. Je veux que l'air soit pur entre nous.

Caroline répondit par une rafale de frappes, ses doigts volant sur le clavier si rapidement que Tristan crut un instant qu'elle faisait semblant, tapant simplement du charabia. Mais ce n'était pas du charabia, c'était le rapport que Tristan aurait dû terminer la semaine dernière et qu'il avait oublié, et Caroline, comme elle le faisait souvent, s'en occupait pour lui.

— Je me sens un peu désœuvré, avec les enfants partis, songea-t-il en regardant la cour de récréation vide.

Caroline ne répondit pas, mais continua à taper à un rythme effréné.

Tristan se leva et passa quelques minutes à regarder les livres sur l'étagère.

— C'est vraiment quelque chose que j'ai fait ? Je sais que les choses ont été un peu compliquées ici dernièrement, mais nous sommes amis depuis si longtemps, Caroline.

— Tristan ! cria Caroline, élevant la voix au travail pour la première fois de sa vie.

— Laisse tomber, veux-tu ?

— Hector était censé réparer cet évier à la cantine. Je vais aller vérifier, dit-il.

Il laissa la porte ouverte et traversa la cour de récréation brulante jusqu'à la cantine. Aucune lumière n'était allumée et il les laissa ainsi. Il se tint juste à l'embrasure de la porte, se souvenant d'Iris, la manière dont elle sortait de la cuisine et accueillait les enfants à leur arrivée, leur parlant du menu du jour, les taquinant sur ceci ou cela.

Il se rappelait la manière dont elle lui avait souri parfois, si timidement, les cils baissés, comme un personnage d'un roman de Jane Austen. Il ferma les yeux, souhaitant qu'elle soit vivante, magiquement là, dans la cantine avec lui.

Chaque minute, elle paraissait si belle, si pleine de vie. Ses cheveux bouclés par l'humidité de la cuisine, ses joues rosées, toujours avec ce tablier blanc attaché autour de sa taille fine. Son Iris. Il ne pensait pas qu'il se remettrait un jour de sa perte. C'était plus que tragique. Et maintenant, devoir rentrer chez lui auprès de sa femme, sans plus jamais avoir Iris à attendre... c'était presque trop dur à supporter.

Il entendit un bruit métallique provenant de la cuisine et y entra pour voir si Hector avait, pour une fois dans sa vie, fait ce qu'il était censé faire.

❧   22   ❧

Elles durent attendre bien après 22 h, tellement il faisait clair en juillet. Molly portait un short bleu marine et un teeshirt noir, et Frances une jupe noire tourbillonnante avec un débardeur gris foncé.

— Je ne suis pas sure que tu sois habillée de façon appropriée, dit Molly.

— Je pense à l'avance, quand on se fera arrêter pour effraction. C'est bien de faire une entrée glamour quand on se fait embarquer au poste. Et franchement, où as-tu eu l'idée que le bleu marine et le noir étaient une combinaison qui tue?

Molly leva les yeux au ciel.

— Bon, allons-y. Je pense qu'on devrait marcher. On sera moins repérables que si on prend le scouteur.

Elles partirent en direction de l'école par la rue des Chênes, Molly expliquant à Frances ce qu'elle espérait trouver et le rôle qu'elle voulait que Frances joue.

— Est-ce que Ben est au courant de ce plan? demanda Frances.

— Pas exactement.

— Tu sais qu'on pourrait vraiment se faire arrêter pour ça.

— Tu dis que tu ne peux pas gérer ?

— Ha ! Bien sûr que non. Je me demande seulement si, *toi*, tu peux gérer.

— On ne va pas se faire prendre, dit Molly avec assurance.

— Et si l'école est complètement verrouillée ? Tu prévois de casser des vitres ? Y a-t-il un système d'alarme ?

— Tu as si peu foi en moi.

— Qu'est-ce que tu insinues ?

— Tu verras. J'ai... fait un peu de préparation plus tôt aujourd'hui.

— Tu as caché des pieds-de-biche et des crochets sous un buisson ?

— J'aimerais savoir crocheter les serrures. Ça semble être une compétence pratique à avoir.

— Tu n'as pas la patience pour ça.

— Je ne peux pas te contredire. Le village n'est-il pas incroyable à cette heure ? Si paisible. Je suis toujours étonnée de voir à quel point c'est différent, ici en France.

— Je suis toujours étonnée d'être venue pour une visite d'un mois et de ne pas être encore partie.

Molly commença à fredonner « *Isn't it Romantic* ». Frances lui donna un coup de coude dans les côtes.

Les deux femmes marchèrent un moment en silence, serpentant à travers Castillac, écoutant le tintement de la vaisselle alors que les villageois finissaient leur diner, le murmure de la télévision, ponctué par le cri occasionnel d'un bébé. Des hirondelles plongeaient dans le ciel s'assombrissant et elles entendaient le raclement des assiettes et des conversations murmurées. C'était si beau dans son ordinaire, et Molly avait du mal à croire que sous ce calme, il y a à peine une semaine, les passions dans le village s'étaient élevées jusqu'au meurtre.

— Nous y voilà, dit Molly, alors qu'elles tournaient un coin et que l'école apparaissait.

— Tu es toujours partante ?

— Bien sûr que je suis toujours partante.

Frances examina le bâtiment.

— Joli endroit. Tu es sure que personne ne va se pointer pour rattraper du travail administratif ou autre ?

— Euh, sure à 95 %. En été, il n'y a que Tristan, Caroline, et peut-être le plombier, et évidemment, aucun d'eux n'est là, maintenant. Je pense qu'on est tranquilles.

Moderne et d'un seul étage, l'école s'étendait presque sur toute la longueur du pâté de maisons. La cour de récréation était une cour intérieure, rien de fantaisiste, avec la cantine sur le côté opposé. Les salles de classe et le bâtiment administratif avaient de grandes fenêtres côté rue et côté cour, gardant les pièces lumineuses pendant la journée et n'offrant pas beaucoup d'intimité dans les deux sens.

Molly conduisit Frances à un portail au bout du pâté de maisons qui s'ouvrait sur la cour de récréation. La cantine était sur la droite et elle y jeta un coup d'œil, puis se dirigea vers le bâtiment de l'école et ouvrit la porte.

— Comment savais-tu que ce serait déverrouillé ? dit Frances d'un air soupçonneux.

— Du ruban adhésif, dit Molly en souriant et en pointant le pêne, qui était maintenu en arrière avec une section soigneusement appliquée de ruban argenté.

— Comment as-tu...

— Tu sais à quel point le déjeuner est important en France, n'est-ce pas ? J'ai juste attendu que Caroline et Tristan soient partis manger. C'était facile de les espionner par la fenêtre, et l'école est fermée donc il n'y a pas d'enseignants ou d'élèves dans les parages, et je suis entrée tranquillement et j'ai scotché la porte. Ils ne ferment pas à clé pendant la journée, seulement à la fin de la journée quand ils rentrent chez eux. En fait, je n'en suis même pas sure, mais j'ai l'impression que les gens à Castillac ne se donnent généralement pas la peine de fermer leurs portes à clé. Peut-être que l'école est pareille ? Je voulais être du bon côté.

— Je n'avais aucune idée que tu avais de véritables compétences de cambrioleur. Je m'incline devant toi, dit Frances.

Elles entendirent un bruit et se figèrent.

Elles avaient juste passé la porte, debout dans le couloir, leurs silhouettes facilement visibles depuis la cour ou la rue. Instinctivement, elles se baissèrent, bien que les fenêtres descendaient si bas que leurs dos étaient encore visibles.

Un bruit de raclement, du métal sur du béton, des pas.

Frances jeta un coup d'œil par la fenêtre côté rue.

— C'est juste quelqu'un qui traine une poubelle sur le trottoir, chuchota-t-elle.

— Ce qui est un comportement assez louche, en fait. Peut-être qu'on devrait le suivre.

Molly prit une grande inspiration et se redressa.

— D'accord, finissons-en. Je suis au bord de la crise cardiaque.

Elles se faufilèrent dans le bureau. Peu de lumière venait de la rue, alors Molly sortit son téléphone et activa l'application lampe de poche pour voir ce qu'elle faisait.

— Molls, cette lumière tremblotante va paraitre sacrément suspecte depuis la rue...

Molly haleta et l'éteignit. Elle n'avait pas vraiment pensé à quel point le bureau était exposé.

— J'étais tellement concentrée sur le fait d'entrer que je n'ai pas vraiment fait attention que, n'importe qui passant par là, pouvait nous voir.

— Fais juste ça, dit Frances, en se dirigeant vers le bureau de Tristan.

Elle bougea la souris et l'écran s'alluma, projetant une douce lueur sur elles.

— Brillant ! chuchota Molly.

— OK, tu montes la garde pendant que je fouille ses tiroirs.

Frances gloussa.

— Oh, tais-toi, dit Molly, riant aussi.

Elle ouvrit d'abord le long tiroir étroit. Il était si rempli qu'il ne glissait pas facilement. Trombones, stylos, crayons cassés, gommes, une bouteille d'encre liquide, des cartouches d'encre, des élastiques, quelques brindilles, un paquet de cigarettes froissé, un rouge à lèvres.

Un rouge à lèvres ?

— Eh bien, dit Molly en le tenant.

— Soit Tristan aime un peu le travestissement, soit ça appartenait à Iris, dit-elle.

— Je doute fortement que ce soit celui de sa femme.

— Cent pour cent d'accord. Pourrait-on le tester pour l'ADN ?

— Aucune idée. Mais avoir son rouge à lèvres, est-ce vraiment si accablant ? Il pourrait facilement inventer une histoire innocente pour l'expliquer. Tu sais, du genre : « Je l'ai croisée au marché, j'ai remarqué le rouge à lèvres par terre après qu'elle soit partie... »

Il y avait une rangée de trois tiroirs sur la droite, et Molly ouvrit le premier. Il était rempli de papiers et de cartouches d'encre pour une imprimante. Elle ouvrit le deuxième.

— Des tendances certaines à l'accumulation, rapporta Molly, en sortant un pot de yaourt sale.

— La voie est toujours libre ?

— Je te le dirai si ce n'est plus le cas, dit Frances en se rongeant un ongle.

Le troisième tiroir était rempli de livres. Molly prit celui du dessus, un mince recueil de poésie de Louis Aragon. Un bout de papier en dépassait, et Molly ouvrit le livre pour voir de quoi il s'agissait.

— Molly ! chuchota Frances.

— Des gens arrivent dans la rue !

Elle se précipita vers le bureau de Caroline et se tapit derrière.

Molly se laissa tomber au sol, espérant que la lueur de l'ordinateur de Tristan ne la trahirait pas.

Elles entendirent des voix. Quelqu'un se mit à chanter. Cela leur parut une éternité avant qu'ils ne passent. Molly retint son souffle, imaginant déjà les sirènes et Maron lui passant les menottes.

Ben secouant la tête, pas du tout amusé. Peut-être même furieux.

Mais lentement, le bruit des pas s'estompa. La personne qui chantait s'arrêta.

— Dépêche-toi, tu veux ? dit Frances.

— Tu ne trouves rien ?

— Pas pour l'instant, chuchota Molly.

— Son bureau est un vrai fouillis !

Elle se releva, se penchant dans la lumière de l'ordinateur, et regarda le bout de papier.

— Eh bien, eh bien, dit-elle.

— Quoi ? Qu'est-ce que c'est ?

— Un poème d'amour. Avec le nom d'Iris dedans.

— Excellent, Inspecteur ! Tu as besoin de plus de temps ? Tout est calme pour le moment...

— Je veux juste vérifier que c'est bien son écriture. Un griffonnage impossible à déchiffrer, je te le dis.

Molly feuilleta d'autres papiers jusqu'à ce qu'elle trouve des notes manuscrites dans la marge.

— Ouais, on dirait bien son écriture. Ok, on peut partir dès que j'aurai vérifié ces derniers tiroirs... tais-toi, Franny.

— Je commence à être nerveuse. Allez, sortons d'ici.

Molly réfléchit un instant et décida que le poème suffisait. Après tout, il mentionnait le nom d'Iris, et il était suffisamment amoureux pour que personne ne puisse le confondre avec une simple amitié. Elle referma soigneusement les tiroirs, bien que quelques papiers dépassaient encore du haut du dernier. Elle glissa le poème dans la poche de son short et rejoignit Frances à la porte.

Une fois arrivées à la cour de récréation, elles se mirent à courir. La peur d'être vues, voire arrêtées, les rattrapa et tout ce qu'elles voulaient était de s'éloigner le plus possible de la scène du crime. Environ cinq pâtés de maisons plus loin, elles s'arrêtèrent, haletantes, et Molly sortit le poème pour qu'elles puissent le lire sous un réverbère.

— Eh, mon français n'est toujours pas au point. C'est le moins qu'on puisse dire, dit Frances, abandonnant rapidement.

— Hum, dit Molly, toujours en train de l'étudier.

Le poème se composait de trois strophes aux vers plutôt courts. Il ne rimait pas. L'écriture était enfantine et brouillonne, mais lisible.

Et le poème était, si le français de Molly était fiable, très érotique. Graphique dans sa description de ce que l'auteur voulait faire physiquement avec Iris. L'amour était mentionné. L'auteur semblait sur le point d'être complètement submergé par la profondeur de ses sentiments pour elle.

D'un côté, le poème était assez hilarant dans sa franchise crue. Et de l'autre, eh bien, Molly pouvait comprendre l'attrait d'être désirée si ardemment. Qui ne le serait pas?

— C'est une sorte de poème de luxure, si ça existe. Mais quand même assez romantique, d'une certaine façon, tu ne trouves pas? dit Molly à Ben alors qu'ils prenaient leur petit-déjeuner au Café de la place.

Les cheveux de Ben étaient encore humides après sa douche qui avait suivi son jogging matinal, mais l'exercice n'avait apparemment pas réussi à le détendre.

— Peu importe comment tu le caractérises, ça ne change rien au fait que tu as volé quelque chose dans ce bureau, dit Ben.

Molly attendit qu'il sourie, mais il n'en fit rien.

— Je croyais que tu disais avoir fait carrière en regardant des séries policières américaines. Tu n'as pas appris que les preuves obtenues illégalement sont compromises? Irrecevables?

Molly était mortifiée, mais ne voulait pas l'admettre.

— Écoute. Si je n'avais pas mis la main sur ce poème, on ne saurait toujours pas à 99 % sûr, que l'amant d'Iris était Tristan Séverin. D'accord, j'ai compris, on ne peut pas le remettre à Maron pour qu'il l'enregistre comme preuve. Mais on peut toujours l'utiliser comme moyen de pression. Un moyen de pression assez puissant, si tu veux mon avis. Je parie n'importe quoi que Séverin va s'effondrer comme un château de cartes quand tu lui montreras ce poème.

— Peut-être.

Ben fixait son café d'un air sombre, les bras croisés sur sa poitrine.

— Il y a aussi la question de l'effraction.

— On n'a rien cassé! Même si, avec le recul, on aurait probablement dû porter des gants.

Ben ne sourit pas.

— Je veux que tu comprennes, Molly. Nous ne pouvons pas être partenaires si tu continues à enfreindre la loi.

— Tu veux dire... partenaires dans l'enquête? Ou partenaires tout court?

— Je parlais de l'enquête. Mais...

Elle comprit soudainement, et trop tard que son intrusion illégale avait franchi une ligne, et qu'il considérait son action non seulement illégale, mais aussi irrespectueuse envers lui. Au lieu de continuer à se défendre, Molly se répandit en excuses sincères, promettant que, la prochaine fois qu'elle aurait une grande idée pour recueillir des preuves, elle lui en parlerait d'abord.

— Je n'ai pas envie de te rendre visite en prison, dit-il, et enfin, avec soulagement, Molly vit une légère lueur dans son regard.

— Tu crois que Maron nous aurait vraiment arrêtées, si Franny et moi avions été prises? Je ne cherche pas à me justifier, juste à savoir.

— Oui, je le pense. Et je crois qu'il aurait beaucoup apprécié.

Ben se pencha en arrière sur sa chaise, perdu dans ses pensées.

— Et le nouveau gendarme, Monsour? Il ne demande qu'à mettre quelqu'un en prison. C'est un type particulier qui est attiré par les forces de l'ordre qui savourent l'aspect autoritaire. On peut le repérer chez Monsour à des kilomètres.

— Beurk.

Ben haussa les épaules, et Molly ne put s'empêcher de sourire en voyant à quel point il semblait suprêmement gaulois à cet instant.

— Alors, voici une question..., poursuivit Molly. Pourquoi penses-tu que Caroline m'a menti ?

— Elle était catégorique sur le fait que Séverin n'avait pas de liaisons ?

— Absolument. Elle a même dit qu'elle le saurait forcément.

Ben haussa les épaules.

— Qui sait. Peut-être rien de plus que de la loyauté envers son patron.

Molly resta silencieuse, mangeant son croissant. Puis elle éclata de rire, faisant sursauter les gens à la table voisine.

— C'est juste... le poème ! Il est tellement *cru* !

Ben sourit.

— Ce n'est certainement pas ce à quoi je me serais attendu de la part de Séverin. Je l'ai toujours considéré comme... un innocent, en fait. Il faut que quelqu'un examine son ordinateur. Je vais aller parler à Maron après le petit-déjeuner, m'assurer qu'il prend l'ordinateur de l'école et qu'il vérifie ce qu'il pourrait y avoir d'autre dessus. Ses e-mails pourraient être une mine d'or.

Molly acquiesça vigoureusement.

— Oh oui, j'adorerais jeter un œil aux e-mails de Séverin. Et à ceux d'Iris. À ceux de Pierre aussi, d'ailleurs. Même si ce serait sans doute trop espérer que de trouver quelque chose du genre : « Tu m'as humilié alors je vais te pousser dans les escaliers ».

— Probablement, dit Ben, sans lueur dans le regard cette fois.

— Tu sais, pour un couple, Dufort et toi ne semblez pas passer beaucoup de temps ensemble, dit Lapin, debout à côté de Molly et Lawrence au bar de Chez Papa, le vendredi soir.

— Je pense que notre Miss Marple pourrait bientôt être de nouveau sur le marché, qu'en dis-tu, Larry ?

Lawrence leva un sourcil, mais resta concentré sur son Negroni.

— Je ne mords pas à cet hameçon, dit Molly joyeusement, bien qu'elle ressentit, malgré elle, une légère douleur à la suggestion que quelque chose n'allait pas tout à fait entre elle et Ben.

— C'est juste qu'il aime rester à la maison et lire en fin de journée, et, moi, j'aime sortir et voir des gens. Même si vous êtes tout ce que je peux trouver.

— Aïe, dit Lawrence en souriant.

— Je croyais que tu ne mordais pas à l'hameçon, Sutton, dit Lapin, souriant encore plus.

— Et je ne suis *pas* Miss Marple non plus. Elle avait au moins quelques décennies de plus que moi. Maintenant, au lieu de parler de moi, si on parlait d'Iris? Lapin, tu es généralement au cœur de tous les meurtres à Castillac. Quel est ton angle cette fois-ci?

— Très drôle, Molly.

Lapin prit une longue gorgée dramatique de sa bière.

— L'un de vous savait-il qu'elle avait une liaison avec Séverin? demanda Molly.

Lawrence ne dit rien, mais Molly pouvait lire « oui » dans ses yeux. Lapin avait l'air dégouté.

— Je ne comprends pas pourquoi elle ne m'a pas choisi, dit-il en se frottant le ventre d'une main.

— J'ai toujours pensé qu'il y avait une étincelle entre nous.

Molly et Lawrence se sourirent.

— Vous pensez que Pierre était au courant? Est-ce que ça l'aurait poussé au meurtre dans un accès de jalousie? demanda-t-elle.

— Franchement, je n'ai jamais vu Pierre dans un accès de quoi que ce soit. Pas même proche. C'est l'homme le plus équilibré que je connaisse, tu ne trouves pas? dit Lawrence.

Molly réfléchit à cela. Il était vrai qu'elle ne l'avait jamais vu perdre son sang-froid, mais elle n'avait pas non plus passé beaucoup de temps avec lui. Elle voulait entendre les impressions de ceux du village qui avaient grandi avec lui, qui l'avaient côtoyé régulièrement pendant des années et des années.

Au fond d'elle-même, elle savait qu'elle était têtue, mais elle restait persuadée qu'il était coupable. La découverte de la liaison avec Séverin et du poème d'amour ne faisait que renforcer son opinion. C'était agaçant que personne d'autre ne semblait partager sa certitude.

— Donc tu dis que tu ne penses *pas* que c'était Pierre? demanda-t-elle.

Lawrence et Lapin buvaient leurs verres et ne répondirent pas tout de suite.

— Je vais te donner ma réponse habituelle quand tu poses ce genre de questions, dit finalement Lawrence.

— Je ne sais pas. Je ne sais pas grand-chose sur quoi que ce soit, à vrai dire. Je ne peux pas expliquer pourquoi Iris a épousé Pierre en premier lieu. Je ne peux pas expliquer pourquoi, parmi tous les hommes qu'elle aurait pu avoir, elle a choisi Tristan Séverin. Je ne peux pas expliquer pourquoi, pendant ses funérailles, Pierre avait l'air plus ennuyé qu'autre chose.

— Tu as remarqué ça? J'ai pensé la même chose, dit Lapin.

— Je jure qu'il ne l'a jamais méritée. Une telle déesse…

— C'est le mot que tout le monde n'arrête pas d'utiliser, dit Molly.

— Est-ce juste une façon de parler, ou avait-elle vraiment l'air pas humaine?

— Je ne saurais dire. Je n'ai jamais eu le courage de lui adresser la parole.

— Si c'est comme ça que beaucoup de gens la percevaient, elle devait être très seule, suggéra Lawrence.

— Une autre tournée? demanda Nico, regardant Molly sans beaucoup de chaleur.

Il n'était pas ravi de l'escapade à l'école, s'inquiétant que Frances aurait pu se faire prendre et expulser. Arrivant juste après l'incident des abeilles, ses nerfs étaient un peu à vif.

— Donc demain, c'est le Jour de rotation, n'est-ce pas ? demanda Lawrence.

— Il y a de nouveaux arrivants demain ?

— Oui. Les Hale partent et une certaine Miss Eugenia Perry de Louisiane arrive, une femme plus âgée, voyageant seule. Merci d'en parler, il faut que j'envoie un message à Constance pour lui rappeler de venir. Et… euh, maintenant que tu m'y fais penser, il y a des carreaux qui se détachent dans la salle de bain du gite. Je devrais vraiment rentrer tout de suite et les jointoyer, laisser une nuit pour que ça prenne. Les Hale sont tellement accommodants, je ne pense pas que ça les dérangera.

— Hélas ! Je ne voulais pas te mettre à la porte.

— Oh, je sais bien, dit-elle en l'embrassant sur le front.

— Parfois, la gestion du gite se perd un peu dans tout ce travail de détective, et, si je ne fais pas attention, je vais avoir des clients mécontents.

— Et plus de gite du tout, ajouta Lapin.

— En effet. D'accord, maintenant tu me fais froid dans le dos. Bonne nuit à vous deux ! Et, euh, si vous entendez quelque chose qui pourrait m'intéresser, faites-le-moi savoir, d'accord ?

— Bien sûr ! Va t'occuper de ton joint, dit Lawrence, faisant signe à Nico et tournant son doigt pour demander un autre verre.

Molly était à deux pas de la porte, quand Tristan Séverin entra.

— Oh ! dit Molly, son visage devenant instantanément rouge.

Avoir lu le poème qu'il avait écrit pour Iris semblait soudain une telle violation, même si elle n'aurait renoncé au cambriolage pour rien au monde.

Reprends-toi !

— Bonsoir, Tristan, dit-elle.

— Je pars jointoyer une salle de bain. Passez une bonne soirée, tout le monde !

Elle espérait que cela n'avait pas sonné trop faux.

Alors qu'elle rentrait chez elle en scouteur, Molly ne pensait ni au joint ni à ses nouveaux clients, mais se demandait plutôt si ça valait la peine de rendre visite à Mme Séverin.

$\maltese$ 24 $\maltese$

Le samedi matin, à la première heure, Molly sauta du lit et s'apprêta à aller vérifier le joint dans le cottage avant de réaliser que les Hale étaient probablement encore endormis, profitant de leur dernier jour à La Baraque. Les invités se divisaient en deux catégories : ceux qui dormaient très tard le dernier jour, essayant de tirer le maximum de détente de leurs vacances, et ceux qui se levaient tôt, anxieux de tout terminer et d'être prêts pour la prochaine étape de leur voyage.

Puisqu'elle était déjà debout, Molly prépara du café et en but une tasse sur la terrasse. Il ne faisait pas si chaud à cette heure-là, et Bobo était aussi remuante que d'habitude. Molly prit son téléphone et commença à dresser une liste de toutes les réparations et projets qu'elle voulait réaliser à La Baraque :

calfeutrer le carrelage jointé dans le cottage

comprendre pourquoi le sol dans le couloir a ce point mou

planter quelques arbres fruitiers

reconstruire la grange.

Eh bien, zut. Si Pierre est en prison, cette grange ne sera jamais reconstruite, pensa-t-elle, immédiatement consternée par son égoïsme.

Elle entendit le bruit des pneus sur le gravier, Bobo aboya à tout-va, et Constance apparut sur le côté de la maison.

— Bonjour, Molly! lança-t-elle gaiment, ses cheveux tirés en arrière dans sa queue de cheval habituelle, prête pour le travail.

— Bonjour Constance. Tu es en avance. Tu veux du café? Je n'ai pas encore vu les Hale ou Finsterman.

— Je crois que Finsterman s'est installé pour de bon. Il ne partira jamais.

— Il semble heureux ici. Mais j'ai un couple qui séjourne dans le pigeonnier dans deux semaines, donc il ne peut pas rester au-delà de ça. Si on le voit, je me disais qu'on pourrait lui demander si on peut entrer rapidement pour faire un petit nettoyage.

— Comme tu veux, Patron, dit Constance joyeusement.

— Ça se passe bien avec Thomas?

— Je pensais que tu ne le demanderais jamais! On parle d'emménager ensemble, dit-elle, rayonnante.

— C'est bien? Si tu es heureuse, je suis heureuse, dit Molly.

— Attends, quoi? Tu penses que c'est une terrible idée?

— Je n'ai pas dit ça!

— « Si tu es heureuse, je suis heureuse »... tout le monde sait que ça veut vraiment dire « tu fais une terrible erreur, mais, tant que tu ne t'en es pas rendu compte, je ne vais rien dire ».

Molly commença à ricaner puis éclata de rire.

— Tu es excellente, Constance, dit-elle.

— Tu as tout compris. Mais honnêtement, vraiment, je ne voulais rien dire d'autre que ce que j'ai dit. Tu *es* heureuse?

Constance hocha vigoureusement la tête.

— Alors moi aussi. Vraiment.

Elle se leva et s'étira.

— Allons voir si quelqu'un est réveillé. J'aimerais qu'on finisse le nettoyage dès que possible, et ensuite aller au marché. On fait les choses un peu à l'envers cette fois.

Elle ne dit pas qu'elle était réticente à aller à la Pâtisserie Bujold, maintenant que Nugent s'attendrait à ce qu'elle organise le moment de sa prochaine leçon de pâtisserie. Elle n'avait suivi la première que pour voir s'il savait avec qui Iris avait une liaison, et, maintenant qu'elle le savait, la dernière chose qu'elle voulait faire était de passer une autre longue soirée avec lui et ses sous-entendus. Bien que le résultat final délectable, tout chaud sorti du four, rendait presque n'importe quelle indignité supportable.

Alors qu'elle et Constance sortaient l'aspirateur, les seaux et la serpillière, elle réalisa qu'elle se sentait un peu mal d'avoir profité de Nugent de cette façon. Elle avait été une manipulatrice, pour ne pas y aller par quatre chemins. Toute cette enquête, c'était certainement excitant et satisfaisant, mais cela signifiait aussi que parfois elle agissait comme une idiote.

Mais ça en valait la peine, non ? pensa Molly. *Si j'étais Iris, ne serais-je pas plus qu'heureuse que les gens se comportent mal si cela signifiait capturer mon meurtrier ? La pureté morale, c'est bien beau, mais ce n'est pas très utile pour faire parler quelqu'un.*

Les deux femmes se dirigèrent vers le cottage. Le chat roux était roulé en boule sur le pas de la porte, contre la porte, l'air presque doux dans son sommeil. Aucun bruit de l'intérieur.

— Je ne veux pas les déranger, je les ai déjà interrompus hier soir. Ils ont eu assez de désagréments. Bon, essayons le pigeonnier. Je pense que Finsterman est généralement déjà parti avec son chevalet et sa boite de peinture à cette heure-ci.

— Imagine, Molly. Il pourrait devenir un artiste célèbre un jour, parlant de l'inspiration qu'il a trouvée à La Baraque !

— Ha ! Je ne suis pas sure que Finsterman ait de si hautes ambitions. Bien que je devrais peut-être lui suggérer de jeter un œil à L'Institut Degas pour voir si ça l'intéresse. Je serais plus que ravie d'avoir un locataire à long terme pendant qu'il ferait ses études.

Molly frappa à la porte. Pas de réponse. Elle recula et observa l'extérieur du pigeonnier, remarquant, comme elle le faisait à chaque fois, quel travail incroyable Pierre avait réalisé. On aurait presque dit du Le Corbusier. Le mur de la structure circulaire avait une légère ondulation qui était agréable, presque comme s'il y avait du muscle sous la peau du mur, ça donnait envie de passer la main dessus, de le caresser. Le bâtiment semblait presque vivant. Et la nuit, quand les petites fenêtres étaient éclairées de l'intérieur, c'était absolument magique. Quoi qu'il en soit d'autre, Pierre était un artiste, et un artiste inspiré.

— Monsieur Finsterman ? appela Molly.

— Comme je l'ai dit, je suis presque sure qu'il est sorti.

Elle poussa le loquet et passa la tête à l'intérieur, appelant à nouveau et n'obtenant aucune réponse.

— D'accord Constance, entre. Je m'occupe de la salle de bain et de la cuisine, tu fais un rapide dépoussiérage et passes l'aspirateur. On aura fini en un rien de temps.

Constance hocha la tête et entra avec une poignée de chiffons à poussière tandis que Molly allait dans la salle de bain.

— Merde ! cria-t-elle.

— Encore un robinet qui fuit ! Je jure que ces trucs sont faits pour se casser au bout de six mois.

Elle réfléchit un instant.

— Écoute, je vais devoir aller chercher des rondelles, alors autant que j'aille faire les courses pendant que j'y suis. Tu veux quelque chose ? Ça ne te dérange pas de faire ma part ici en plus de la tienne ?

— Tout ce que tu veux, Patron, dit Constance en souriant.

L'amour, pensa Molly, en se dirigeant vers le scouteur. *Quand ça va bien, ça rend même le nettoyage des salles de bain amusant.*

Pour la plupart des Castillacois, le samedi était consacré aux tâches ménagères, aux courses, aux visites entre amis et à la cuisine. Certains faisaient de longues promenades à la campagne, d'autres peignaient, écrivaient ou lisaient. Mais presque personne ne choisissait de travailler si son emploi ne l'exigeait pas.

Pierre avait l'habitude d'être l'exception. À l'école, il avait mieux réussi que la plupart de ses camarades, et, bien qu'il s'entendît assez bien avec eux, il n'avait pas noué d'amitiés proches. Son professeur d'histoire l'avait encouragé à suivre la voie académique, affirmant qu'il avait les capacités pour enseigner à l'université s'il le souhaitait, mais Pierre savait qu'il serait un terrible enseignant, et, de toute façon, il connaissait sa vocation depuis son plus jeune âge.

Les pierres et les roches, les murs et les escaliers. C'était ce qu'il avait aimé depuis aussi longtemps qu'il s'en souvenait. Il n'était jamais plus heureux que lorsqu'il était absorbé dans un projet, plus il était complexe, mieux c'était, et, pour lui, c'était une grande chance que les gens le payaient réellement pour faire un travail qu'il appréciait si profondément.

Ses outils étaient déjà chez les Lafont, il n'avait donc pas besoin de beaucoup de temps pour se préparer. Il but rapidement un café, était dans son camion à 8 h, et sur le chantier à 8 h 15. Au fil des années, il avait appris que peu importe l'empressement d'un client à voir quelque chose terminé, ils se fâchaient s'il commençait à frapper son ciseau avec son maillet avant 10 h du matin un samedi. Les gens étaient déroutants, mais Pierre avait fini par accepter cette contradiction et appris à travailler avec.

Et en fait, comme beaucoup d'artistes, il avait appris à apprécier cette contrainte. Devoir passer quelques heures à réfléchir à ses plans, à examiner attentivement la pierre qu'il allait utiliser ce jour-là, sans s'autoriser à faire plus, cela faisait monter en lui le désir de créer avec une sorte de pression agréable. Et ce samedi-là, à peine une semaine après la mort de sa femme, l'anticipation plaisante n'était pas différente.

La maison des Lafont n'était pas particulièrement grandiose, ce qui convenait à ses propriétaires. Construite aux XVIe et XVIIe siècles, elle avait de minuscules fenêtres et était donc assez sombre à l'intérieur, et avait conservé de nombreux détails de ces époques, y compris un évier en pierre sèche. Pierre comprenait l'affection que le couple portait à leur maison. La maçonnerie était manifestement de haute qualité, ayant duré des siècles avec seulement des réparations mineures, et bien sûr, le calcaire doré du Périgord était l'un de ses favoris — à son avis, bien plus précieux et beau que d'avoir les pièces lumineuses qui étaient plus dans le style actuel.

Vêtu d'un teeshirt et d'un short en toile, il s'accroupit à côté d'un tas de pierres et les observa. Il laissa ses yeux errer sur elles, remarquant leur topographie, ne s'autorisant pas à les toucher de suite. Puis, il entra dans la structure, c'était une extension de la maison des Lafont, il pouvait donc y entrer sans les déranger, et inspecta les escaliers, qui avaient été si délicats à mettre en place, la pierre étant si lourde et l'espace pour les escaliers si exigu.

Quand il était plus jeune, Pierre avait voyagé dans tout le département et au-delà, visitant des cathédrales et des châteaux, partout où il y avait de la pierre à étudier. Il avait emmené Iris lors de nombreux de ces voyages, bien qu'elle ne jetât généralement qu'un coup d'œil rapide aux bâtiments avant d'aller voir le jardin à proximité. Ça avait été une déception pour lui, qu'elle ne comprenne pas sa fascination pour les roches.

Enfin, il était 10 h, et les doigts presque frémissants à cette perspective, il sélectionna un ciseau et prit son maillet pour se mettre au travail, éliminant une protubérance par-ci, lissant une partie rugueuse par-là. Il ne pensait pas à Iris, mais seulement à la texture et à la forme des pierres sur lesquelles il travaillait, sans jamais perdre de vue la façon dont elles s'intègreraient dans son design.

Il continua à frapper son maillet contre son ciseau pendant plusieurs heures, jusqu'à ce que Mme Lafont pense qu'elle était sur le point de perdre la tête, et que M Lafont lui verse un fond de Cognac pour la calmer, bien que ce fût encore avant le déjeuner.

&.

MOLLY LAISSA CONSTANCE dans le pigeonnier, sauta sur le scouteur, et... rien. Le moteur toussa, cracha et s'arrêta.

— Allez, s'il te plait, lui dit-elle en caressant la peinture rayée du réservoir d'essence.

— Tu ne peux pas juste me conduire jusqu'au village ? Je te promets de t'emmener chez le docteur dès que possible.

Mais le scouteur ne montrait aucun signe de vie. Se rappelant qu'elle s'était très bien débrouillée sans aucun moyen de transport pendant de nombreux mois, elle descendit à pied la rue des Chênes, faisant mentalement la liste de tout ce qu'elle avait à faire.

Un orage approchait. Le ciel au-dessus de la moitié du village était sombre et menaçant, et une brise chaude s'était levée. Molly accéléra le pas, planifiant l'itinéraire de ses courses, et se disant de ne pas trop s'attarder à bavarder avec tout le monde.

Mais Rémy avait de loin les meilleures tomates, et il était toujours si intéressant à écouter : elle ne connaissait personne d'autre qui se délectait autant qu'elle et Rémy d'une conversation sur le fumier. Bien sûr, elle devait tout écouter sur ce que faisait Manette, comment allait sa belle-mère, perpétuellement malade, et sa ribambelle d'enfants aussi. Au moment où elle était prête à aller à la Pâtisserie Bujold et à parler à Nugent, elle était chargée de nourriture et plus de deux heures s'étaient écoulées, mais, au moins, la pluie n'était pas encore tombée.

Elle avait obtenu l'adresse des Séverin plus tôt, et pensait passer devant leur maison — c'était sur le chemin de la pâtisserie, après tout — juste pour voir si, par hasard, Mme Séverin était chez elle et disposée à répondre à quelques questions.

Eh bien, puisque la femme était agoraphobe, il y avait de grandes chances qu'elle soit chez elle. Mais était-elle seule, et accepterait-elle de parler ? Molly n'était pas sure d'être prête à être totalement odieuse et à harceler quelqu'un qu'elle n'avait jamais rencontré, et une dépressive de surcroit, au sujet de la vie amoureuse de son mari. Elle ne savait pas vraiment ce qu'elle cherchait, elle pensait simplement que plus elle parlerait à des gens ayant un lien avec Iris, même indirectement, mieux elle comprendrait comment la belle femme avait fini par être poussée dans les escaliers.

Molly avait tellement de sacs qu'elle devait s'arrêter de temps en temps pour les réajuster et détendre ses mains. Elle tourna dans la rue Saterne et vit Mme Tessier, assise dans son fauteuil habituel à côté de sa porte d'entrée, observant tout ce qui se passait dans sa rue.

— Bonjour, Madame Tessier, dit Molly.

— Comment allez-vous ?

— Bonjour Molly, dit la vieille dame en fronçant les sourcils.

— Vous savez, je viens de réaliser que votre arrivée au village coïncide avec le début de tous ces meurtres. Je pense que vous pourriez porter malheur !

Molly fut prise au dépourvu jusqu'à ce qu'elle comprenne que Mme Tessier plaisantait.

— Alors, dites-moi comment avance votre enquête, demanda la vieille femme.

— Et n'essayez pas de me dire que vous n'y travaillez pas. Je sais déjà que vous avez parlé aux gens du village et que vous pensez que le mari d'Iris est le tueur.

Molly sourit.

— Vous avez de bonnes informations, dit-elle.

— Très impressionnant. Eh bien, je suis tout ouïe si vous avez d'autres idées en dehors de Pierre. Vous savez que j'ai le plus grand respect pour votre opinion.

Molly avait deviné, dès sa première rencontre avec Mme Tessier, qu'elle était sensible à la flatterie, et elle ne s'était pas trompée.

— Je me demande si vous n'en arrivez pas à cette conclusion simplement parce qu'il y a tellement de mauvais maris dans le monde, dit Mme Tessier.

— Mon Albert, lui, n'est pas du tout comme ça. Doux comme

un agneau, et très aimant aussi, ajouta-t-elle avec un haussement de ses sourcils soigneusement épilés.

Molly rit.

— Vous avez de la chance. Eh bien, je ne doute pas que Maron et le nouveau gendarme, Monsour, je crois, prennent des déclarations et interrogent des témoins, et peut-être que cela permettra d'éclaircir davantage les possibilités. J'ai entendu dire que l'alibi de Pierre est un peu fragile.

— Ben vous dit tout ? Oui, bien sûr que je sais que Pierre l'a engagé, dit-elle en jetant la tête en arrière et en gloussant.

— Molly ! Je sais *tout* ce qui se passe dans ce village !

— Alors, dites-moi : qui a tué Iris ?

Mme Tessier parut agacée.

— Je ne vais pas le dire. C'est encore tôt. Je dirai ceci, cependant : si ça s'avère être Pierre, je serai très surprise.

Molly la remercia pour la conversation et lui dit au revoir, tournant à gauche dans la rue des Anges, à la recherche de la maison des Séverin.

Et juste à ce moment-là, le ciel se ferma d'un coup, et Molly fit demi-tour en courant pour s'abriter à la Pâtisserie Bujold. *Eh bien, il y a de pires endroits pour attendre qu'une averse passe,* pensa-t-elle, anticipant déjà le plaisir de siroter un espresso chaud et de s'attarder devant la vitrine, essayant de décider quoi prendre avec.

Peut-être qu'Edmond me dira qui lui a donné les informations sur Séverin, pensa-t-elle. Et peut-être... peut-être que, dans ce cas, savoir qui lui a dit, s'avèrera plus important que ce qu'on lui a dit.

❧ 25 ☙

Le lundi matin, Ben et Molly se rendirent à l'école, déterminés à confronter directement le directeur au sujet de sa liaison avec Iris et voir ce qu'il avait à dire pour sa défense.

— C'est bien la voiture de Séverin, non ? demanda Molly, en pointant du doigt une Citroën bleue sur le parking de l'école.

— Je crois bien.

Ben fit un détour et jeta un coup d'œil à l'intérieur.

— Pas très ordonnée, dit-il.

— J'aimerais aller voir, mais je ne veux pas qu'il nous aperçoive. Il habite dans le village, non ? Pourquoi prendrait-il sa voiture par un si beau temps ?

Dufort haussa les épaules.

— Demande-lui.

Ils passèrent devant la fenêtre du bureau de l'école et aperçurent Caroline et Séverin à leurs bureaux. Dufort ressentit un pincement momentané, regrettant de ne plus être le chef de la gendarmerie, avec la déférence et l'autorité qui accompagnaient ce poste.

— Excusez-moi, dit-il en frappant à la porte ouverte du bureau.

— Je suis désolé de vous déranger. Auriez-vous un moment pour nous parler ?

— J'ai bien peur qu'une échéance ne soit imminente, et Monsieur Séverin risque de la manquer. Peut-être une autre fois...

— Oh, Caroline, je suis sûr que nous y arriverons, ne t'inquiète pas. Entrez donc, Madame Sutton, Ben. Asseyez-vous ! Nous n'avons pratiquement rien à faire pendant les vacances, comme vous pouvez l'imaginer. En réalité, nous tournons nos pouces en attendant que les enfants reviennent et que cet endroit reprenne vie, dit-il en faisant un geste vers la cour de récréation.

— Alors, qu'est-ce qui vous amène ?

Il s'adossa confortablement dans son fauteuil et croisa les mains derrière sa tête.

— Comme vous le savez, nous enquêtons sur la mort d'Iris Gault. Et il y a quelques incohérences que nous aimerions éclaircir, juste quelques petites choses pour nous aider à avoir une image plus claire de ce qui s'est passé, dit Ben.

— Je vais sortir un moment, Monsieur Séverin, dit Caroline.

— Nous n'avons plus de...

— Mademoiselle Dubois, interrompit Dufort, je vous demanderais de rester.

— Je ne suis plus officier, comme vous le savez, donc je ne peux pas vous y obliger. Mais je vous le demande comme une petite faveur, pour Iris.

Caroline se rassit lentement.

Tout le monde attendait que Dufort continue, mais il se sentait un peu déstabilisé dans son nouveau rôle de détective privé. Il reconnaissait que sa position était différente, mais il n'avait pas encore trouvé sa voix et ne savait pas comment procéder.

Molly lâcha brusquement :

— Eh bien, vous comprendrez que si nous essayons de déterminer qui a tué Iris, nous devons savoir ce qui se passait dans sa vie avant sa mort. Comment elle passait son temps, l'état de son mariage, ce genre de choses.

Elle fit une pause, jeta un coup d'œil à Dufort, et se lança.

— Nous vous demandons de confirmer que vous entreteniez une relation romantique avec Iris, Monsieur Séverin.

Séverin soupira.

— Avec Iris? Qui diable vous a dit ça?

— Vous savez comment c'est dans le village, dit Dufort.

— Les gens observent. Ils parlent.

Un silence s'installa, pendant que Molly et Ben attendaient de voir si l'un d'eux allait se montrer plus communicatif. Ce ne fut pas le cas.

— Et... il y a aussi la question de ce poème, dit Molly, en tendant le bout de papier pour qu'ils puissent voir de quoi il s'agissait.

CAROLINE LAISSA ÉCHAPPER un sanglot étranglé et se leva d'un bond de sa chaise, faisant les cent pas devant la fenêtre. Ben et Molly la regardaient, les yeux écarquillés.

— Où avez-vous eu ça? dit-elle, avec un regard furieux vers Séverin.

— N'y a-t-il plus aucune intimité? Les gens sont autorisés à prendre ce qu'ils veulent et à le faire circuler? Il n'y a plus de *règles*?

Séverin baissa la tête puis regarda Caroline avec tendresse.

— C'est *mon* poème, dit Caroline.

— Je l'ai écrit, bien que je n'aie jamais eu l'intention qu'Iris, ou qui que ce soit le lise. Évidemment, c'est... c'est très personnel.

Des larmes brillaient aux coins de ses yeux, mais elle restait défiante.

— Mais écoutez. Je n'ai pas honte de le dire... si vous l'avez lu, vous le savez déjà, je l'*aimais*. Comme la moitié du village. Oui, j'aimais Iris Gault de tout mon cœur. Ce qui, à ma connaissance, ne regarde personne d'autre et n'est certainement pas un crime.

Ben et Molly étaient stupéfaits.

— *Vous* l'avez écrit? finit par dire Molly, étonnée.

— Vous étiez amie avec Iris? demanda doucement Dufort.

— Oui, nous étions amies, *bien sûr* que nous étions amies. Elle travaillait ici, à la cantine, comme vous le savez très bien. Je la voyais chaque jour d'école depuis trois ans. Je déjeunais avec elle, je prenais mes pauses avec elle, je buvais un café tous les après-midis avec elle. Elle était belle, c'était la chose la plus évidente chez elle, personne ne pouvait le manquer. Mais elle était bien plus que belle. Elle s'intéressait à tant de choses. Si chaleureuse. Complexe. Elle était...

Caroline mit son visage dans ses mains.

— Mais c'est vous qui couchiez avec elle, dit Molly à Séverin avec sa franchise yankee.

Il secoua la tête, puis leva les paumes et haussa les épaules.

—Je lui ai envoyé des fleurs, c'est tout, admit-il.

— Elle adorait les fleurs.

— Mais plus que ça, vous entreteniez une relation romantique et sexuelle avec elle, n'est-ce pas? insista Molly, se sentant un peu comme une journaliste à scandale.

—Je vous en prie, dit Séverin, jetant un coup d'œil à son assistante bouleversée. N'en avons-nous pas assez pour ce matin? Iris était mon *amie*. Ma bonne amie. Et Caroline et moi sommes tous les deux en train de la pleurer très profondément.

Dufort passa sa langue sur ses dents, réfléchissant.

— Molly, d'autres questions pour l'instant?

Molly secoua la tête.

— Si vous n'avez plus rien à me demander, j'aimerais aller aux toilettes, si vous le permettez, dit Caroline.

— Allez-y, dit Dufort.

Il remarqua que son visage était marbré et ses yeux gonflés, et se demanda si elle avait pleuré avant leur arrivée.

Molly et Ben remercièrent Séverin et sortirent. Ils se tenaient la main, serrant fort pour communiquer silencieusement leur surprise face à ce qu'ils venaient d'entendre. Quand ils furent à trois longs pâtés de maisons, Molly s'exclama :

— Wow ! C'est *Caroline* qui a écrit ce poème ? Et tu sais, je me suis sentie si bête quand elle l'a dit. Ça *devait* avoir été écrit par une femme. C'est parfaitement évident une fois que cette possibilité est envisagée. J'ai juste *supposé*… et supposer est exactement ce que je me répète d'arrêter de faire.

— Les choses s'améliorent un peu pour ton gars, ajouta Molly.

— Même si Tristan et Iris n'étaient que des amis, ce dont je ne suis pas nécessairement convaincue, qu'en est-il de Caroline ? Il y a des émotions très puissantes en jeu. Je n'aime pas l'admettre, mais le champ des suspects s'est un peu élargi.

Ben passa son bras autour d'elle et l'attira pour l'embrasser, là, dans la rue, en plein milieu de la journée.

✤ 26 ✤

Il ne voulait pas le faire. Maron se tenait dans son bureau au commissariat, fixant son téléphone comme s'il s'attendait à ce qu'il se mette soudainement à parler et lui dise ce qu'il devait faire ensuite.

Ressaisis-toi, mon vieux.

Il composa le numéro de Dufort.

— Bonjour, Ben, dit-il, réussissant à paraitre confiant.

— Je me demandais si tu avais un peu de temps ce matin pour une rapide consultation. C'est l'affaire Gault. Je pensais qu'on était sur le point de la résoudre, prêts à procéder à une arrestation. Mais il s'avère que notre principal suspect a un alibi, un solide.

Ben s'était attendu à ce que Maron finisse par l'appeler si l'affaire ne se résolvait pas rapidement. L'homme avait peu de patience, et Ben n'était pas dupe de son ton fanfaron, il savait parfaitement que le rôle de chef par intérim avait complètement déstabilisé Maron, et qu'il n'avait pas retrouvé ses repères, même des mois plus tard.

— Je serai ravi d'en discuter. Tu veux que je vienne tout de suite ?

MOLLY AVAIT COMMENCÉ à rentrer seule, réfléchissant à l'entretien avec Caroline et Tristan. Avec un certain regret, elle croyait Caroline, que c'était elle qui avait écrit le poème, même si elle ne l'avait pas vu venir. Mais, quelque chose la dérangeait encore dans toute cette histoire. Nugent s'était-il trompé au sujet d'Iris et Tristan ? Et si oui, d'où tenait-il ses mauvaises informations ?

Et Pierre ? Se rendait-il compte que les commérages du village bourdonnaient de rumeurs sur sa femme et le directeur de l'école, même si ce n'était pas vrai ?

Molly serpentait dans une ruelle. Distraitement, elle ramassa un bâton et le tapota sur différents objets en marchant. *Bang* sur une poubelle. *Clac* sur une clôture à piquets. *Boum* sur le côté d'un garage.

Le village était d'un calme surnaturel, comme s'il se ramassait en silence pour une sorte d'explosion ou de tremblement de terre. Elle n'entendait aucune conversation, aucun mouvement, pas même un chien qui se grattait.

Puis des pas, quelqu'un qui courait derrière elle.

— Tristan ? dit-elle en le voyant se précipiter vers elle.

— Madame Sutton ! dit-il.

Il s'arrêta en arrivant à sa hauteur, légèrement essoufflé.

— Je peux vous appeler Molly ?

Elle hocha la tête, curieuse.

— Eh bien, je... je suis content de vous avoir rattrapée. Je... ça vous dérangerait si je marchais un peu avec vous ? J'ai quelques éléments à ajouter à ce dont nous parlions tout à l'heure.

— Bien sûr.

— C'est, eh bien... Tristan rit nerveusement.

— C'est embarrassant, voilà ce que c'est. J'ai ressenti... eh bien, tout un tas de choses, en fait, mais surtout je ne voulais pas blesser Caroline plus qu'elle ne l'a déjà été, si vous voyez ce que je veux dire.

Molly s'arrêta.

— Oui ?

— L'amour non partagé peut être si terriblement douloureux, vous savez. J'y suis passé, je suppose que nous y sommes tous passés.

Molly acquiesça, curieuse.

— Donc... je m'excuse de ne pas avoir été franc, c'était comme si quelque chose m'avait saisi à la gorge et ne me permettait pas de parler.

Molly attendit. Le seul bruit était celui d'une cigale bourdonnant dans un arbre voisin.

— La vérité est que... je *voyais* Iris. Romantiquement, je veux dire. C'est... eh bien, laissez-moi vous expliquer comment c'était. Iris et moi passions tellement de temps ensemble au fil des années. Déjeuner tous les jours d'école, se consulter sur la gestion de la cantine... naturellement, un lien se développe, vous comprenez. Mon propre mariage, eh bien, j'essaie vraiment de bien faire avec ma femme, honnêtement, mais... oh, je ne peux pas excuser ce que j'ai fait. Je ne cherche pas d'excuses. C'est juste qu'un jour, soudainement, vous connaissez l'expression « *coup de foudre* », Molly ? Littéralement, en anglais, c'est « *thunderbolt* ». Un terme pour ce que vous appelez « *love at first sight* ». Ce n'était pas comme ça pour Iris et moi, ce que nous avions s'est développé lentement, au fil des années, mais c'était quand même un coup de foudre. Venu de nulle part, semblait-il. Impossible à résister.

Molly sourit avec mélancolie, se souvenant d'un coup de foudre qu'elle avait elle-même vécu, un certain nombre d'années auparavant.

— Et vous dites que vous avez caché cette information par souci pour Caroline ?

— En partie. Sur le moment, je voulais lui épargner cette douleur supplémentaire. Mais pour être complètement honnête, j'ai été surpris par la question et j'ai juste lâché « non », sans réfléchir. L'habitude de le cacher, voyez-vous, par respect pour nos conjoints. Mais je ne souhaite rien faire qui puisse entraver votre enquête, alors, après un moment de réflexion, je vous ai rattrapée dans cette ruelle pour rétablir la vérité.

Il sourit et haussa les épaules.

—Je suis désolé.

— Merci pour votre honnêteté. Je suppose que je peux transmettre cela à Ben?

— Bien sûr! Vous savez que nous avons une attitude différente envers les liaisons ici en France. Ce n'est pas nécessairement, pas toujours, quelque chose qui suscite une indignation morale, comme je crois que c'est le cas aux États-Unis. Ai-je raison à ce sujet?

— Ça dépend.

— Sans doute. Eh bien, je ne prétends pas être... Je veux juste... Molly, elle était tellement belle, à l'intérieur comme à l'extérieur. Je suis juste reconnaissant d'avoir eu ce temps avec elle. Je ne suis pas sûr de pouvoir me remettre de sa perte un jour.

Ils échangèrent quelques phrases sur le deuil puis sur la météo, et Tristan rebroussa chemin vers l'école tandis que Molly tournait dans la rue des Chênes. Elle s'arrêta pour envoyer un texto à Ben pour lui parler de l'aveu de Séverin, puis se dirigea vers la maison.

Je le savais. Depuis quand les informations de Lawrence se sont-elles déjà révélées fausses?

BEN NE PENSAIT PAS que Maron autoriserait Molly à assister à la réunion, c'était déjà assez humiliant de devoir demander de l'aide à Ben, sans parler d'une civile. Il ne perdit pas de temps pour se rendre au commissariat, où il trouva Maron, seul. Sautant les préliminaires, Maron alla droit au but.

— Laisse-moi t'exposer la situation, dit Maron, à moitié assis sur le bureau de Monsour.

— Le mari, Pierre, c'est le suspect évident, non ? C'est lui qui a trouvé le corps. Son alibi couvre une bonne partie du créneau horaire que Nagrand nous donne, mais ce n'est pas un meurtre qui prend beaucoup de temps, il n'a besoin que de quelques secondes pour la pousser dans les escaliers. Un alibi ne sert à rien tant qu'il y a une fenêtre de temps suffisamment grande où le crime a pu être commis.

Dufort hocha patiemment la tête.

— Désolé de réfléchir à voix haute, je sais que rien de ce que je dis n'est nouveau pour toi, dit Maron.

— Je suppose que Pierre t'a parlé de l'argent de l'assurance ? Ce n'est pas une somme négligeable, Dufort. Nous n'avons trouvé personne qui puisse nous dire quoi que ce soit sur l'état de leur relation conjugale, mais l'argent est compromettant. Facilement un motif suffisant pour que Pierre l'ait tuée.

— Donc c'est Pierre que tu étais sur le point d'inculper ?

— Non, non. Mon raisonnement est que si tu allais assassiner ta femme pour toucher une assurance, c'est un crime plutôt prémédité, non ? Pas une situation où l'auteur se laisse emporter dans le feu de l'action, un crime passionnel. Et donc, si tu as le temps d'y réfléchir, ne serait-il pas beaucoup plus logique de prendre des mesures pour cacher ta culpabilité ? D'une part, une chute dans les escaliers pourrait très bien ne pas être fatale. Avec plus de chance, elle aurait pu se relever avec rien de plus que quelques bleus, et nous appeler pour le faire arrêter pour coups et blessures.

De plus, Pierre est seul dans la maison avec le cadavre quand Monsour arrive. Il n'y a aucune preuve que quelqu'un d'autre était présent. Il a dit avoir appelé l'ambulance, mais les relevés téléphoniques ne le confirment pas. Toutes les circonstances désignent Pierre comme celui qui avait le mobile, les moyens et l'opportunité. Si on cherchait à concevoir un plan pour toucher l'assurance, ce serait le plan le plus mal conçu de tous les temps.

Maron plissa les yeux en observant Dufort, attendant sa réaction et espérant vivement qu'il acquiescerait.

— Très bien, dit lentement Dufort.

— Voyons si j'ai bien compris. En somme, tu penses que ce n'est pas Pierre, parce que Pierre semble trop coupable ?

À son grand désarroi, Maron sentit le rouge lui monter au cou.

— Pas exactement, monsieur. Laisse-moi poursuivre. Sans écarter Pierre pour toutes les raisons mentionnées, nous nous sommes intéressés à quelqu'un d'autre, quelqu'un qui aurait pu avoir une relation, disons, plus *ardente* avec la défunte, et pour qui une perte momentanée de contrôle serait plus compréhensible, psychologiquement parlant.

Dufort avait envie de lever les yeux au ciel, même si ce que disait Maron avait un semblant de mérite. Il était heureux d'entendre toute piste de réflexion qui aidait à maintenir Pierre en marge de l'enquête.

À ce moment-là, son téléphone vibra et il le sortit pour jeter un coup d'œil à l'écran.

tristan m'a couru après. a changé sa version. admet finalement la liaison

Dufort fut surpris, mais davantage par l'aveu de Tristan que par le fait de la liaison.

Maron poursuivit :

— Nous pensons qu'Iris Gault avait une liaison avec Tristan Séverin. Tu le connais, bien sûr ?

Dufort hocha la tête, ne disant rien à propos du message.

— Pas bien. Mais oui, nous sommes des connaissances.

— Nous émettions l'hypothèse qu'Iris avait rompu avec lui, et qu'en réaction, il était devenu violent. Quand on a une relation avec la femme la plus désirable du village, on ne veut pas la laisser partir, n'est-ce pas ? Je sais, je sais, il travaille avec des enfants, bon sang. Mais depuis quand avoir un emploi respectable et pacifique signifie qu'un homme ne peut pas avoir des passions, même des passions qui deviennent des homicides ?

— Son assistante dit qu'il n'y avait pas de liaison, dit Dufort, le taquinant un peu.

— Quoi ? Je ne vois pas en quoi c'est une preuve de quoi que ce soit.

— Les assistantes savent toujours ce genre de choses. Les gens, en général, sont mauvais pour garder des secrets. Je parierais que Séverin l'est particulièrement, vu à quel point il aime parler. Il n'est qu'à un cheveu d'être un moulin à paroles, d'après mon expérience. Aimable, je vous l'accorde. Mais un bavard.

Maron baissa les yeux vers le sol, pinçant les lèvres.

— Et comme tu dis, s'il couchait avec la célèbre Iris Gault, la femme que tous les hommes désiraient, ne penses-tu pas qu'il aurait voulu que tout le monde le sache ? Un tel insigne d'honneur machiste.

Maron se leva et étira ses épaules. Dufort pouvait voir qu'il s'était entrainé, y compris à la musculation ; l'uniforme de Maron était tendu sur ses biceps et il avait l'air très mince et fort.

— Comment as-tu entendu parler de la liaison ? demanda Dufort, se sentant un peu coupable d'avoir torturé le pauvre Maron.

— Tessier.

— Ah. Eh bien, je ne l'ai jamais connue pour me mener sur une fausse piste. Donc, c'est Séverin qui est dans votre ligne de mire maintenant ?

— Laisse-moi te raconter le reste, je n'en suis même pas arrivé à la raison pour laquelle j'ai appelé. Donc, comme je le disais, nous examinions sérieusement Séverin, supposant qu'il pourrait avoir un mobile solide ainsi que l'opportunité. Mais, nous avons interrogé l'assistante, Caroline Dubois, qui dit qu'elle se promenait ce vendredi soir, le 11 juillet, et qu'elle a vu Séverin au bureau, travaillant tard. Tu sais comment sont ces fenêtres d'école, c'est comme être dans un bocal à poissons. Et sa voiture était garée devant. Nous avons demandé aux alentours et avons trouvé deux autres villageois qui ont donné exactement le même témoignage. Il a fait tellement chaud dernièrement que je suppose que les gens se promènent plus que d'habitude après la tombée de la nuit.

— La période couverte par ces témoignages donne à l'homme un alibi en béton. Je peux dire sans réserve, malheureusement, que Tristan Séverin n'a pas commis ce meurtre. Évidemment, cela nous ramène à Pierre. Demain matin, nous allons le faire venir pour une petite discussion.

Dufort ressentit un frisson glacé d'anxiété et tâta sa poche à la recherche de son flacon de teinture.

— Mais tu viens de passer en revue une liste de raisons pour lesquelles tu pensais que ce n'était pas Pierre, dit-il en penchant la tête.

— Bon, d'accord, Séverin est hors de cause. Mais il me vient à l'esprit que le meurtrier d'Iris ne serait pas nécessairement quelqu'un ayant une relation romantique avec elle. Ce pourrait tout aussi bien être quelqu'un qui la désirait, mais ne pouvait pas l'avoir.

— D'après ce que j'entends, ça pourrait être la moitié du village.

Dufort haussa les épaules.

— De toute évidence, elle était extrêmement attirante. Et discrète aussi, elle se tenait un peu à l'écart. Pas de manière snob, mais mystérieuse, en quelque sorte. Quoi qu'il en soit, je suggère simplement que tu ne limites pas ta liste de suspects à ceux dont il est prouvé qu'ils avaient un lien romantique avec elle. Désirer désespérément quelqu'un et être rejeté, cela peut être un puissant stimulant pour un très mauvais comportement.

Maron hocha la tête comme pour dire qu'il avait couvert cet angle, puis dit :

— Qu'as-tu, Dufort ? Tu penses à quelqu'un en particulier, je peux le voir.

Dufort soupira un peu théâtralement.

— Que dirais-tu de Caroline Dubois ?

Les yeux de Maron s'écarquillèrent de façon ridicule.

— Tu veux dire...

— Elle avait des sentiments pour Iris qui allaient au-delà de l'amitié. Possiblement à la limite de l'obsession. Parle avec elle, Maron. Et... bien sûr, tu as saisi les ordinateurs de Caroline et Tristan, au travail et chez eux ? demanda Dufort.

— Bien sûr, répondit Maron, un peu trop rapidement.

Il attendit que Dufort soit parti et passa rapidement quelques coups de fil.

Mme Eugenia Perry, de Slidell en Louisiane, s'était immédiatement révélée être le genre de cliente dont tout propriétaire de gite rêverait. Elle était arrivée à La Baraque en taxi au plus fort de l'orage de l'après-midi, alors que Molly s'accordait quelques madeleines et un second espresso à la Pâtisserie Bujold. Eugenia s'était directement installée dans le cottage et avait pris ses aises, accueillant Molly avec joie lorsqu'elle était finalement rentrée, trempée jusqu'aux os et surexcitée par la caféine.

Malgré la compréhension et la bonne humeur d'Eugenia, Molly voulait se faire pardonner auprès de son hôte. Elle l'invita donc à petit-déjeuner plus tard dans la semaine. Heureusement, ce mardi-là s'annonçait ensoleillé et tempéré, et toutes les créatures de La Baraque, humaines comme animales, étaient désormais de meilleure humeur puisque la canicule s'était dissipée.

Molly était affligée au sujet du scouteur. N'ayant aucune idée du cout des réparations, elle hésitait à l'emmener au garage. Et bien sûr, elle regrettait de ne plus pouvoir filer au village en quelques minutes pour acheter des croissants frais. Elle savait désormais les faire elle-même, grâce à Nugent, mais les croissants prenaient beaucoup de temps : la pâte devait reposer pendant des heures entre tous les pliages et les pétrissages. Eugenia allait devoir se contenter d'une omelette.

Bientôt, les deux femmes étaient attablées à la table rouillée sur la terrasse, Bobo et le chat roux rôdant avec espoir à leurs pieds, avec des verres de jus d'orange fraichement pressé et deux omelettes au beurre brillantes, parsemées de brins d'estragon et de ciboulette du jardin.

— Je suis contente de voir que tu as bon appétit, dit Eugenia en prenant une énorme bouchée.

Molly faillit s'étouffer avec sa nourriture.

— C'est l'euphémisme de l'année, dit-elle.

— C'est l'un des meilleurs aspects de la vie ici. Tout tourne autour de la nourriture. Tout le monde à Castillac y pense, la planifie, la cuisine ou la mange pratiquement à chaque instant éveillé.

— Je ne sais pas si tu es déjà allée en Louisiane, mais nous nous y connaissons aussi un peu en cuisine. Tu as déjà gouté du crabe avec une sauce rémoulade, ou une étouffée de crevettes ?

— Non, mais rien que le son poétique de ces mots me fait saliver. Si je pensais qu'on pouvait trouver les ingrédients, je te pousserais presque dans la cuisine pour t'occuper du diner !

Eugenia rit.

— Je n'arrive pas à croire que je suis vraiment ici, dit-elle en regardant autour d'elle.

— C'est ma première fois hors du pays. Je vais te dire, j'ai eu une vie chanceuse. Je n'ai pas eu beaucoup d'éducation, j'ai grandi en travaillant dans la ferme familiale au fin fond du bayou. Mais j'étais plutôt jolie, quand j'étais jeune, non, vraiment ! rit-elle en tapotant son ventre rond.

— J'ai épousé un homme riche qui est mort et m'a laissé jusqu'au dernier centime. Alors j'ai passé les quinze dernières années à lire des livres et à manger la nourriture la plus délicieuse possible, profitant simplement de chaque instant à faire les choses que j'aime le plus. J'espère que tu pourras m'indiquer les meilleurs endroits où manger dans le coin ?

— Oh oui, bien sûr. Nous avons un bon restaurant juste dans le village qui se spécialise dans les plats locaux. Leur canard est incroyable.

— Je ne parle pas forcément de trucs chics, tu sais. Je sais que, chez moi, parfois la meilleure nourriture sort d'une baraque délabrée, tu vois ce que je veux dire ?

— Les *lobster rolls*, dit Molly, les yeux embués pour la première fois à l'évocation d'un souvenir de chez elle.

Le portable de Molly sonna et elle vit que c'était Ben.

— Excuse-moi, Eugenia, je dois prendre cet appel.

Elle se leva et s'éloigna de la table, devinant correctement que Ben avait des nouvelles sur l'affaire.

Ben entra directement dans le vif du sujet sans dire bonjour.

— Que Séverin ait eu ou non une liaison avec Iris, ça n'a plus d'importance, il a un alibi. En béton, trois témoins. Il travaillait tard et tu sais à quel point ce bureau est exposé. Plusieurs personnes l'ont vu là-bas, assis à son bureau.

— Hum, dit Molly.

— Et les témoins couvrent l'entièreté des heures possibles du meurtre ?

— J'en ai bien peur. Il a fait tellement chaud, je suppose qu'un certain nombre de villageois sont sortis se dégourdir les jambes ce soir-là, une fois qu'il faisait un peu plus frais. Et son bureau est extrêmement visible pour quiconque qui marche ou conduit dans la rue.

— Est-ce que l'un de ces témoins est Caroline ?

— Oui, en effet. Pourquoi tu demandes ?

— Je m'intéresse à la façon dont elle ne cesse d'apparaitre pour dire que Séverin n'est coupable de rien. Elle affirme qu'il n'a eu aucune liaison même si les ragots du village et, maintenant, sa confession disent le contraire. Et maintenant elle lui fournit un alibi pour la nuit du meurtre. Est-ce que tout cela relève des devoirs d'une très bonne assistante, ou... autre chose? Et s'il voyait vraiment la femme qu'elle aimait, pourquoi diable serait-elle motivée à le protéger? On pourrait penser qu'elle rêverait de le pousser, *lui,* dans les escaliers.

— Je ne sais pas, Molly, dit Ben, un peu distrait.

— Je vais aller voir Pierre. Les Lafont lui ont dit de ne pas venir travailler aujourd'hui, car ils voulaient une journée de répit sans ses coups de marteau. J'ai le sentiment que toute l'affaire pourrait enfin le frapper une fois qu'il sera seul chez lui, sans rien pour le distraire.

— Tu es un bon ami.

— Non. C'est juste ce que les gens font. Tu peux me rendre un service? Déniche un autre suspect? Je n'aime pas la façon dont le champ s'est à nouveau rétréci. J'ai essayé de lancer l'idée de Caroline à Maron, mais je ne suis pas sûr qu'il morde à l'hameçon.

— Tu penses à Caroline...?

— C'est possible. Le truc, c'est que je ne fais pas confiance à Maron pour s'en tenir objectivement aux faits. Il est tellement désespéré d'obtenir une arrestation qu'il est capable d'essayer de façonner les faits pour correspondre à l'histoire qu'il s'est récemment inventée, et, en ce moment, ça veut dire Pierre.

Molly soupira.

— Tu n'aimes jamais admettre que quelqu'un de Castillac, quelqu'un que tu connais depuis toujours, pourrait éventuellement être coupable de meurtre. L'année dernière n'a pas mis un coup à ce fantasme?

Ben ne répondit pas.

— Je suis désolée, ça sonnait beaucoup plus dur que je ne le voulais. Seulement..., sois préparé, Ben, au cas où ce *serait* Pierre.

Elle se pencha et cueillit une fleur sauvage inconnue qui poussait au bord du pré.

— Je prends le petit-déjeuner avec la nouvelle cliente, et après ça, je vais travailler dans le jardin et réfléchir à tout ça. Je vais voir si je peux trouver de nouvelles pistes à explorer.

— Merci, Molly, dit Ben.

Ils raccrochèrent, ressentant tous deux une pointe de quelque chose qu'ils n'arrivaient pas à identifier, mais ce n'était pas du bonheur.

❧ 28 ❧

Le lendemain, Ben et Molly se retrouvèrent à nouveau pour le petit-déjeuner au Café de la place. Molly adorait s'assoir en terrasse les matins d'été, quand il semblait que la plupart du village défilait. L'air était à la température idéale, et les odeurs de café et de viennoiseries fraiches embaumaient l'atmosphère.

Sans oublier la lumière tamisée filtrée par les platanes, dont elle ne se lassait jamais. Le café était bondé de gens que Molly avait rencontrés : Rex Ford, un professeur d'art à l'Institut Degas ; Mme Gervais, qui venait de fêter ses 103 ans ; et Nathalie Marchand, la jolie gérante du restaurant La Métairie. Molly passa de table en table, faisant la bise et échangeant des salutations, avant de s'assoir, finalement, à la table avec Ben.

Il se pencha en arrière sur sa chaise, lui souriant.

— Tu t'es vraiment bien intégrée maintenant, dit-il d'un ton approbateur.

— Et ton français... tu te souviens quand tu es arrivée, comme tu trébuchais sur tous les mots ?

— J'étais horrible ! dit-elle en souriant.

— Et maintenant tu voltiges en utilisant le subjonctif, comme si tu étais née ici.

Il fit une pause.

— J'espère que ça ne paraitra pas trop pointilleux de dire que tes genres restent un peu hasardeux.

Molly rit.

— Pas pointilleux, juste vrai. J'espère qu'éventuellement, quand j'aurai l'âge de Madame Gervais, la plupart me seront rentrés dans le crâne. En attendant, je ne m'en fais pas pour ça.

— Je crois que l'expression anglaise est « *other fish to cook* » ?

— *Fry*, corrigea Molly.

Le temps était radieux avec juste ce qu'il fallait de chaleur, ses invités étaient un plaisir, elle avait un meurtre à résoudre, et un beau petit ami avec qui prendre le petit-déjeuner. Tout allait bien dans le monde de Molly, pour l'instant, et elle tourna son visage vers le soleil en fermant les yeux, anticipant cette première bouchée de croissant dont elle ne se lassait jamais. Puis, ses pensées se tournèrent vers l'affaire.

— Alors, comment était Pierre hier ? demanda-t-elle.

— Eh, c'est difficile à dire. Il ne laisse transparaitre aucune émotion, même avec moi. Il a parlé longuement de l'escalier qu'il est en train de construire, et aussi un peu de ta grange.

— Ah, la grange. J'espère qu'il finira par s'attaquer à ce projet un jour. Le pigeonnier, comme je l'ai surement dit cinquante fois, c'est un chef-d'œuvre.

— Oui, eh bien, il va falloir qu'on le garde hors de prison s'il doit réaliser d'autres chefs-d'œuvre. Maron s'était concentré sur Séverin, mais maintenant il est revenu à Pierre. Je ne suis pas sûr à quel point il était convaincu que Caroline avait pu avoir un rôle là-dedans, et je ne le suis pas non plus, pas nécessairement en tout cas. Ce poème... je ne sais pas trop quoi en penser. Mais quoi qu'il en soit, pour ce qui est de Pierre ? On a besoin d'une percée, et vite.

Molly observa Pascal se déplacer avec grâce entre les tables, leur commande sur un plateau.

— Il n'y a pratiquement aucun luxe que j'apprécie plus que

quelqu'un se dirigeant vers moi avec de la nourriture sur un plateau, dit-elle.

Pascal fit la bise et se dépêcha de retourner en cuisine ; le Café était bondé et il n'avait pas le temps de bavarder.

— Je prends ton silence comme signifiant que tu considères toujours Pierre comme le suspect principal ?

Molly réfléchit, grignotant le bout croustillant de son croissant. Elle avait passé des heures à travailler dans la bordure de fleurs devant la maison la veille, ressassant chaque détail de l'affaire sans avancer.

— Eh bien, qui d'autre y a-t-il qui fasse du sens ? Je ne pense pas qu'on puisse mettre de côté le fait que Pierre coche un triplé : le mobile, les moyens et l'opportunité.

— C'est une référence au football ?

— Au baseball.

Molly essayait de garder sa bonne humeur ensoleillée, mais elle s'estompait rapidement. Pourquoi Ben était-il si têtu à propos de Pierre ? Ce n'est pas comme s'ils étaient de grands amis. Elle n'était même pas sure que Ben l'appréciait.

Le portable de Ben vibra et il le sortit de sa poche.

— C'est Maron, dit-il à Molly avant de prendre l'appel.

— Bonjour Maron... oui... intéressant. Autre chose ?... Bon.

Il termina l'appel et regarda Molly, se mordant la lèvre, pensif.

— Curieux, dit-il.

— Quoi ? Allez, qu'est-ce qu'il a dit ?

Molly dut faire un effort pour ne pas crier.

Ben baissa la voix.

— Il a fait apporter l'ordinateur du bureau de Séverin. Il s'avère qu'il était rempli d'e-mails à Iris.

— Évidemment.

— Et le dernier, daté de la nuit de son meurtre, était un e-mail de rupture.

Ils restèrent tous deux silencieux, réfléchissant à cette information.

— Donc, alibi mis à part, notre mobile pour Séverin ne tient pas non plus. Séverin n'a pas tué Iris dans un accès de rage quand elle a rompu avec lui. *C'est lui* qui a rompu avec *elle*, dit Ben.

— Mais... d'accord. Attends. Y avait-il des réponses d'Iris à ces e-mails ?

— Oui. Ils ont eu une conversation par e-mail qui a duré plusieurs mois, apparemment. Jusqu'à la nuit de sa mort, où il y a mis fin.

Molly était si agitée qu'elle se leva et marcha jusqu'au trottoir.

— Tu as fini ? dit Ben, incrédule, puisque Molly n'était généralement pas du genre à laisser la moitié d'un croissant.

— Non, je... j'ai juste besoin de bouger pendant que je réfléchis. Je sais que je n'ai cessé de mettre Pierre en cause depuis le tout début, mais, peut-être... peut-être que toute cette affaire est beaucoup plus compliquée qu'elle n'en a l'air. Et peut-être que tu as raison, la solution évidente n'est pas la bonne. On a encore beaucoup de travail à faire, Ben, c'est ce qui vient de me frapper. *Beaucoup* plus.

Ben se contenta de hocher la tête et de prendre une gorgée de son café.

— On n'arrête pas de faire des suppositions. Apprendre que Séverin a rompu avec Iris, tu vois comment on a simplement supposé que c'était l'inverse ? Qu'aucun homme ne romprait jamais avec elle parce qu'elle était trop belle ? Et le pire, c'est qu'on a fait cette supposition sans même s'en rendre compte. C'est fatal pour découvrir la vérité.

Dufort ne put s'empêcher de sourire.

— Tu n'es plus une amatrice dans ce domaine, tu sais ?

Molly balaya le compliment.

— Ça te dérangerait si je parlais à Pierre toute seule ? demanda-t-elle.

— Pas du tout.

— Très bien. Je pense que je vais commencer par là.

Elle engloutit le reste de son croissant et était de nouveau debout.

— Excuse-moi de filer comme ça. Mon scouteur est en panne alors je dois marcher partout, et je n'ai toujours pas les bonnes rondelles pour ce robinet qui fuit dans le pigeonnier, et, mon Dieu, il faut que je retourne à La Baraque et que je consacre un peu d'attention à mes invités négligés.

— Compris. À plus tard, dit Ben.

Il tendit la main vers elle, mais elle était déjà partie sur le trottoir en direction de la quincaillerie.

MOLLY RENTRA CHEZ ELLE, s'inquiétant presque tout le long du chemin du cout de la réparation du scouteur. La chose évidente à faire était de l'emmener pour un devis, mais, et elle savait parfaitement que c'était une pensée magique des plus inutiles, si elle retardait cette démarche, elle pouvait continuer à espérer que le problème serait quelque chose de bon marché et facile à réparer.

Une fois entrée dans l'allée, elle vit que Roger Finsterman avait installé son chevalet dans le pré à nouveau, et Molly alla lui demander la permission d'entrer dans le pigeonnier pour travailler sur le robinet.

— C'est un peu dommage que je séjourne dans le pigeonnier, dit Finsterman en pressant de la peinture sur une palette bien usée. C'est vraiment un endroit merveilleux, et j'y ai à peine passé du temps. J'ai peint du lever du soleil jusqu'à la nuit tombée, chaque jour. Donc, de toute façon, il n'y a pas de problème, vas-y et fais le travail dont tu as besoin. Je ferai probablement une pause pour déjeuner vers 13 heures, selon comment les choses avancent. D'habitude, je prends juste du pain et du fromage et je les apporte dehors.

— Le temps a été parfait depuis cette tempête la semaine dernière, dit Molly.

— Écoute, excuse-moi si c'est impoli... mais cela te dérange-rait-il si je jetais un coup d'œil à ce sur quoi tu travailles ?

— Pas du tout, répondit Finsterman.

— Bien que ce soit très inachevé.

Molly fit le tour pour avoir une bonne vue de la toile.

— Oh ! dit-elle, avant de pouvoir s'en empêcher.

La peinture était la chose la plus laide qu'elle ait jamais vue de sa vie. C'était au-delà de la laideur : la regarder la rendait vraiment nauséeuse. Elle ne pouvait discerner aucun rapport avec le pré du tout.

— C'est... c'est vraiment quelque chose ! dit-elle, essayant de paraitre au moins un peu enthousiaste sans complètement mentir.

— Ce n'est pas pour tout le monde, dit Finsterman, pas dupe un instant, et apparemment pas dérangé.

Molly sourit et se dirigea à l'intérieur vers le robinet qui fuyait et se mit au travail. Heureusement, cette réparation particulière se déroula facilement une fois qu'elle eut la bonne taille de joint, et elle termina en dix minutes, juste à temps pour voir Frances marcher au loin, le long de la rue des Chênes, sur le point de tourner dans l'allée.

Laissant Finsterman à son travail, elle appela Bobo et ils allèrent l'accueillir. Molly pouvait dire, à sa façon de marcher, qu'elle était contrariée par quelque chose.

— Qu'est-ce qui ne va pas, Franny ? Tu as encore rencontré une abeille ?

— Si c'était une blague, ce n'est pas drôle, dit Frances.

Elle portait un short de cycliste, des baskets montantes et un teeshirt troué, au lieu de ses vêtements habituels plus sophistiqués.

— Je ne plaisantais pas. Je vois que quelque chose ne va pas, qu'est-ce que c'est ?

— Tu peux me servir un verre ? Genre, un vrai verre ?

— J'ai du rosé frais, c'est à peu près tout. Mon bar est un peu vide en ce moment.

— Je me fiche de ce qu'est la boisson, Molly, donne-m'en juste une.

Les yeux de Molly s'écarquillèrent.

— Au moins, tu ne fumes plus. Qu'est-ce qui ne va pas ? C'est Nico ? Il a fait quelque chose de terrible ?

— Non ! Mords-toi la langue, ma chérie ! Nico est... j'aime Nico, pour être franche. Il est fantastique. Mais...

Oh là là, pensa Molly. *Tous à bord des montagnes russes relationnelles de Frances.*

— ... mais quoi ?

— ... mais il parle du mot en « M » et du mot en « E ».

— Hein ? Arrête de parler en code et dis-le simplement. Je ne sais pas ce que sont ces mots.

— *Mariage*, Molls ! *Enfants* ! Et je...

Ses yeux désormais comiquement écarquillés, Molly attendit d'entendre ce que Frances allait dire.

— C'est juste que, tu sais, avec déjà deux divorces à mon actif, il semble que je devrais simplement accepter que le mariage et moi, ça ne va pas très bien ensemble. Et des enfants ? Honnêtement, je n'y ai jamais vraiment pensé, pas sérieusement. Je sais que j'approche la quarantaine, mais ce truc de nidification dont parlent les femmes ? Ça ne m'a jamais touchée.

Molly était sans voix.

— Et aussi... je sais qu'avoir des enfants est comme ton rêve. C'est peut-être... je ne sais pas... c'est juste que j'ai du mal à savoir ce que je pense de la proposition de Nico, en partie parce que je pense que tu seras vraiment contrariée et triste à ce sujet. Si je l'épouse et que je commence à pondre des marmots ou quelque chose comme ça.

Elle prit une lente inspiration.

— Oh, Frances. Je ne fais pas du tout partie de cette équation. Ta vie avec Nico... elle ne devrait pas être limitée par quoi que ce soit que j'ai ou n'ai pas dans ma vie. Ce serait dingue. Vraiment.

Elle passa un bras autour de Frances et la serra.

— Alors tu ne serais pas fâchée ?

Molly réussit à sourire.

— Bien sûr que non. Est-ce que je ressentirai un pincement au cœur si vous avez un bébé ? Bien sûr. Je ressens des pincements pour chaque bébé que je croise. J'ai beaucoup pleuré l'autre soir à cause d'Oscar parce qu'il me manque encore, et je ne l'ai connu que pendant quelques semaines. S'il te plait, Frances... fais ce qui est juste pour toi et Nico.

— Tu es une bonne amie, Mollster.

— Alors... tu es vraiment heureuse avec lui ?

— Je suis... oui. Je le suis. Bien sûr que j'en doute, je me demande ce que tout cela signifie. Je pense que ça ne peut pas durer : tout le pessimisme habituel des relations, que je pense avoir le droit d'avoir à cause de mon passé.

— Ce magnat du pétrole texan ne te convenait pas vraiment, dit Molly, retenant un sourire.

— Haha, Rex ? C'était un idiot. Amusant, cependant. Il savait vraiment organiser une fête.

— Et le mari numéro 2 ?

— Bon, d'accord, Duane avait l'âme d'un poète, vraiment.

— Je parie que ça t'a vite lassée.

— En environ dix minutes, ouais.

— Alors..., si tu peux..., dis-moi ce que tu pourrais dire de Nico dans quelques années ? Quelle est la qualité qui t'attire ?

Frances parla doucement.

— Il est de mon côté, Molls.

Molly et Frances se regardèrent longuement sans rien dire, leurs yeux devenant un peu humides.

— C'est à peu près tout ce qui compte, dit Molly.

— Alors, tu resterais à Castillac ? S'il te plait ?

— Tu sais que je suis une nomade dans l'âme. Mais oui, tu as réussi à dénicher un vrai joyau de village. J'adore être ici. Même si les gens semblent se faire descendre à un rythme alarmant.

Les deux amies s'arrêtèrent pour caresser Bobo en entrant.

Molly se redressa et s'étira, un peu raide après toutes les marches des derniers jours.

— Alors... dit Frances, tu ne parles pas beaucoup de Ben et toi ces derniers temps. Pas un mot, en fait.

Molly s'empressa d'entrer.

— Allez, viens. Je vais te servir ce verre de rosé si tu en veux toujours. Et j'ai trouvé un fromage au marché, tu ne vas pas en croire tes papilles...

Frances la suivit, mais elle remarqua, comme n'importe qui l'aurait remarqué, que Molly était parfois beaucoup plus enthousiaste à poser des questions qu'à y répondre.

Le lendemain matin, Molly se jeta dans le nettoyage de la maison avec une ardeur inhabituelle. Elle n'était pas une souillon, et la maison n'était donc pas très sale avant qu'elle commence. Mais chaque fois qu'elle ressentait ce genre particulier de tristesse, le ménage était sa solution.

Frances avec un bébé. Frances mère*?*

Lorsque le salon, la cuisine et sa chambre furent étincelants, l'émotion s'était dissipée et Molly avait envie de voir des gens, n'importe qui en fait, juste pour parler, rire et créer du lien. Eugenia Perry était partie visiter le Château Marainte et elle ne voulait pas déranger Finsterman. Pour la première fois, depuis ce qui lui semblait être une éternité, elle alla rendre visite à sa voisine, Mme Sabourin.

Mais elle n'était pas chez elle.

Elle appela Ben et tomba sur sa messagerie. Elle envoya quelques e-mails à des amis restés au pays, leur demandant si quelqu'un voulait skyper, mais ne reçut aucune réponse. *Que peut faire une extravertie?* se demanda-t-elle avec frustration.

Finalement, elle déjeuna puis s'attaqua au jardin, accomplissant toutes sortes de tâches de nettoyage qu'elle avait remises à plus tard, en plus de tailler la platebande avant, d'enlever les fleurs fanées des roses et de mettre du compost autour des pivoines. Elle tondit la pelouse, devant et derrière la maison.

Elle s'allongea pendant une heure et lut un roman de mystère sur sa tablette, enviant la façon dont les indices tombaient tous en place pour l'héroïne. Puis, réfléchissant davantage à l'affaire Gault, elle éteignit sa tablette et se leva avec un regain de détermination. *Je vais aller voir Pierre*, pensa-t-elle. *Voir si je peux savoir, avec certitude, s'il était au courant de la liaison de sa femme.*

Il lui vint à l'esprit qu'elle devait peut-être emmener Frances avec elle, puisqu'elle avait l'intention de poser des questions difficiles et qu'on ne savait jamais comment il pouvait réagir. Il pouvait se mettre en colère... ou qui sait, même devenir violent. Il était toujours si maitre de lui... mais que se passerait-il si le barrage retenant tous ces sentiments cédait enfin? Elle n'était pas sure de vouloir être sur son chemin.

Frances est trop imprévisible. Sa seule présence détournera la conversation du sujet. Je serai simplement prudente, et, s'il commence à être vraiment bouleversé, je partirai.

Elle enfila ses baskets et partit dans la rue des Chênes, après avoir sérieusement sermonné Bobo pour qu'il ne la suive pas.

Je dois réfléchir à tout de manière logique et ne pas faire de suppositions, se dit-elle. *Alors, voyons voir... peut-être que Pierre ne savait pas ce qu'Iris faisait. Peut-être qu'il le savait, mais que ça lui était égal. Ça semble peu probable, et Dieu sait que je ne comprends pas ça, mais pour certaines personnes, ce n'est pas un gros problème, et peut-être que Pierre fait partie de ce groupe. Peut-être même qu'il avait lui aussi une liaison.*

Arrivée au cimetière, Molly jeta un coup d'œil à l'intérieur, puis passa le portail en fer forgé sur lequel était inscrit « Priez pour vos morts ». C'était l'heure du diner et il n'y avait personne. Passant devant la pierre tombale en marbre de Joséphine Desrosiers, Molly continua dans cette rangée puis tourna dans la troisième allée au-delà, là où Iris était enterrée.

— Bonjour, dit Molly impulsivement.

Elle se sentait idiote de parler à voix haute à une morte, mais continua tout de même.

— Tout d'abord, je suis vraiment désolée que nous n'ayons pas eu le temps d'apprendre à nous connaitre. J'ai eu le sentiment, cette nuit-là, quand je t'ai rencontrée, que nous aurions pu être amies, peut-être même de bonnes amies. Ce qui t'est arrivé..., c'était une terrible tragédie. Je suppose que je n'ai pas besoin de te le faire remarquer. Mais, je veux dire, une tragédie pour toutes les personnes liées à toi, et aussi, pour toutes celles qui n'avaient pas encore eu la chance de te connaitre.

Je n'ai aucune idée de pourquoi je suis là à faire un discours dans un cimetière vide. C'est juste... je suppose que, ce que je veux dire, c'est... que je ferai de mon mieux pour découvrir qui est responsable. J'aimerais que tu puisses me donner un petit indice. Comment c'était ? L'as-tu vu venir ?

Molly s'accroupit à côté de la tombe d'Iris. Elle n'avait pas de pierre tombale, mais plutôt une plaque de marbre brillante posée dessus, presque comme la couverture d'un livre. L'inscription gravée ne comportait que son nom et ses dates, avec une petite fleur en dessous. Sobre et assez émouvant. Étant donné l'obsession de Pierre pour la pierre, Molly se demanda s'il avait lui-même ciselé l'inscription. Il avait semblé si distrait aux funérailles, pas d'une manière frénétique, mais plutôt placide, comme s'il ne pensait pas à l'endroit où il se trouvait ni pourquoi, mais plutôt perdu dans une rêverie... *mais le chagrin peut prendre de nombreuses formes*, se rappela-t-elle. Peut-être qu'il n'était pas ennuyé ou en train de penser au travail comme il en avait l'air, mais tout le contraire — tellement dévasté qu'il ne pouvait pas l'exprimer du tout.

Peut-être.

Molly ramassa quelques cailloux sur le chemin et les posa sur le bord de la pierre tombale, pour marquer sa visite et montrer qu'Iris n'était pas oubliée.

ջ

LA MAISON des Gault se trouvait à la lisière du village, mais du côté opposé à La Baraque, il fallut donc un certain temps pour s'y rendre à pied. Pour une fois, Molly ne remarqua ni la pierre calcaire dorée des vieux bâtiments, ni les bruits des villageois prenant leur diner tranquillement, ni les pavés usés, alors qu'elle marchait dans les ruelles. Elle passa même devant la maison La Perla qui avait une corde à linge pleine de sous-vêtements fraichement lavés sans même la voir. Au lieu de cela, elle réfléchissait intensément à tous ceux qui étaient liés à l'affaire d'Iris, essayant de les regarder sous un angle différent de celui qu'elle avait réussi à adopter jusque-là.

Caroline Dubois. Manifestement folle d'Iris, évidemment furieuse et envieuse de Séverin. À quoi ressemble son passé amoureux? Elle semble un peu tendue. Aurait-elle pu se battre avec Iris par frustration et la pousser en quelque sorte par accident?

Tristan Séverin. Semble être quelqu'un de bien, aime les enfants. Avait une relation amoureuse avec Iris, mais a un alibi. De plus, c'est lui qui a rompu avec Iris, pas l'inverse.

Pierre.

Pierre.

Qui d'autre n'avons-nous pas envisagé? Iris semble avoir inspiré tant de passion, peut-être que quelqu'un d'autre était obsédé par elle, quelqu'un qui gardait ses sentiments secrets? Ou... pourrait-il s'agir de quelqu'un plus en marge de la vie d'Iris, quelqu'un qui aurait fait des travaux chez eux, par exemple, ou même quelqu'un, juste de passage? Oh là là, quand je commence à envisager le sociopathe meurtrier juste de passage en ville, je sais que je me heurte à un mur, pensa-t-elle.

Il y avait toujours la possibilité qu'Iris n'ait pas été poussée du tout. Nagrand avait dit qu'il pensait qu'elle l'avait été, mais il ne pouvait pas l'affirmer avec certitude. Mais Molly n'était pas prête à conclure à un accident, car cela lui semblait être la solution de facilité et pourrait signifier qu'un meurtrier s'en sortirait impunément.

C'était le crépuscule. Les oiseaux gazouillaient et l'air était doux. Elle arriva à l'allée des Gault et se dirigea vers la maison, mais, ne voyant pas le camion de Pierre, elle emprunta le chemin de gravier menant au jardin. Les roses fleurissaient en profusion sauvage, certaines fleurs aussi grandes que des assiettes, les rouges, profondes et veloutées.

Son obsession pour les roses lui permit d'identifier une vigoureuse *Étoile de Hollande* grimpant sur une colonne métallique. *Rouge pour l'amour*, pensa-t-elle, en prenant une fleur dans ses mains et se penchant pour humer son parfum enivrant. Le jardin commençait à montrer des signes de l'absence d'Iris : de mauvaises herbes poussaient sur le chemin de gravier ainsi que dans les massifs, et l'ensemble dégageait un air sombre d'abandon. Molly n'aimait pas les jardins trop soignés, mais ce n'était pas, là, une splendide abondance désordonnée, plutôt la lente détérioration de l'ordre qu'Iris avait conçu. Cela rendit Molly soudainement et profondément triste, bien plus qu'elle ne l'avait été au cimetière.

Elle déambula le long du chemin, dans l'obscurité grandissante. Jusqu'à quelle heure Pierre travaillait-il, d'ailleurs ? Quand il travaillait pour elle, il restait toujours jusqu'à la disparition du dernier rayon de soleil, ne se précipitant pas exactement pour rentrer auprès de sa belle épouse, ce à quoi Molly réalisait, maintenant, qu'elle n'avait jamais accordé d'importance, trop heureuse qu'il travaille si dur sur son projet.

Pierre travaillait-il autant parce que sa vie de famille était désagréable ? Ennuyeuse ? Pire qu'ennuyeuse ? Ou travaillait-il parce qu'il aimait ça, et qu'Iris était heureuse qu'il le fasse ?

Tant de questions. *Et le vieux cliché était vrai : personne ne sait ce qui se passe dans un mariage sauf les personnes qui y sont. Et parfois, même pas elles*, pensa-t-elle.

Molly ne put s'empêcher de s'accroupir et d'arracher quelques mauvaises herbes d'une bordure de santoline et de lavande qui gâchaient le motif. Pendant quelques instants, elle fut absorbée par la tâche, l'esprit plus ou moins vide.

Puis, elle entendit quelque chose. Pensant que c'était Pierre, elle se leva et regarda autour d'elle. Il faisait sombre. Elle ne vit pas les phares du camion ni personne marchant autour de la maison. Rien que des arbres se balançant dans la légère brise, et un bruissement venant des bois qui ressemblait à celui d'un écureuil.

Puis, elle entendit à nouveau le bruit. Cela ressemblait au son d'une main claquant sur un corps, au bruit de quelqu'un tapant vigoureusement dans le dos d'une autre personne.

Un frisson de peur lui parcourut la nuque. Quelqu'un l'observait-il depuis les ombres ? Et que diable faisait-il pour produire ce son ?

Elle commença à marcher vers la maison, tout en sortant son portable. Elle s'arrêta pour regarder autour d'elle, sur le point d'appeler Ben, mais continua plutôt à contourner la maison, où elle fut surprise de voir le camion de Pierre, maintenant garé près de la porte de derrière. Elle devait avoir été tellement absorbée dans ses pensées qu'elle ne l'avait pas entendu entrer dans l'allée.

— Pierre ? appela-t-elle.

Il n'y avait pas de lumières allumées dans la maison. Molly monta les marches en trottinant jusqu'à la porte d'entrée et frappa, mais n'entendit aucun bruit à l'intérieur. Elle attendit encore quelques secondes, appela à nouveau, puis redescendit l'allée en hâte et retourna dans le village, se sentant complètement effrayée, mais aussi embarrassée puisqu'elle n'avait vu personne. Pourquoi le camion de Pierre était-il là, mais pas Pierre ? Était-il entré et refusait-il de répondre ?

Pour quelqu'un dans sa situation, il agissait... bizarrement. Molly réalisa que cela la mettait en colère contre lui : s'il était innocent, alors qu'il arrête d'agir de façon si coupable ! Les innocents ne se cachent pas à l'intérieur avec les lumières éteintes sans répondre quand un ami frappe à la porte !

Bon, pensa-t-elle, *pour être honnête, je ne suis pas vraiment l'amie de Pierre. Je suis une cliente pour lui. Mais quand même.* L'argent de l'assurance, son comportement aux funérailles et tout le temps depuis le meurtre, l'aventure... chaque élément de preuve circonstancielle était contre lui. Pourtant, à cause de la façon dont Iris était morte, il n'y aurait peut-être jamais moyen de prouver qu'il l'avait fait.

Elle passa devant la boutique d'antiquités/brocante de Lapin, puis la boutique de lampes et la maison de Mme Gervais sur la rue Baudelaire. Oh, comme son scouteur lui manquait ! Demain matin, elle l'emmènerait au garage sans faute, plus d'excuses.

Le retour à La Baraque lui sembla long et solitaire, alors elle décida de s'arrêter Chez Papa au cas où elle connaitrait quelqu'un. De quelques pâtés de maisons, elle pouvait voir les lumières scintillantes qu'Alphonse avait accrochées sur l'arbre grêle à l'extérieur ; cette vue lui réchauffa le cœur et elle se mit à courir pour y arriver le plus vite possible.

$$\clubsuit \quad 30 \quad \clubsuit$$

— **M**olly! appela Nico lorsqu'elle franchit la porte ouverte.

La foule habituelle était là : Lawrence, habillé impeccablement, perché sur son tabouret, son Negroni en place. Frances était assise à côté de lui avec une pile de serviettes sur le bar devant elle, Lapin de l'autre côté avec une bière.

— Bonsoir *à tous* ! dit-elle, essayant d'avoir l'air joyeuse.

La marche rapide avait dissipé une partie de la sensation de malaise, mais elle était encore un peu secouée.

— Il semble que ce soit complet ce soir. Quelle est l'occasion ?

— Je n'en connais aucune, dit Nico.

— Toutes les tables de la salle du fond sont occupées, dit Lawrence.

— Tiens, prends mon tabouret. Je proposerais bien que nous allions nous installer à une table, mais il n'y en a plus de libre.

— Je ne volerais jamais ton trône, dit Molly en souriant.

— Nico ?

— Je m'en occupe, dit Nico, en prenant la bouteille de crème de cassis pour le kir de Molly.

Elle regarda autour d'elle et s'anima immédiatement en voyant

Caroline Dubois assise à une table avec une autre femme que Molly n'avait jamais vue auparavant. Et plus loin, au bar, elle crut apercevoir le bricoleur de l'école, bien qu'elle n'en fût pas absolument certaine.

— Hé Lapin, chuchota-t-elle.

— Le type au bout du bar. Non, l'autre bout. Tu le connais ?

— C'est Hector Peletier, dit Lapin d'une voix forte.

— Chut ! siffla Molly.

— Tu n'avais pas besoin de l'annoncer au monde entier !

Lapin haussa les épaules et but sa bière.

— Je dois dire, Molly, que l'été est devenu ma saison préférée depuis que tu as déménagé à Castillac.

Il la parcourut du regard de haut en bas et remua les sourcils.

— Oh, tais-toi, Lapin, dit Molly, heureuse d'avoir au moins changé le haut moulant qu'elle portait plus tôt pour une chemise ample sans manches.

— Alors, et s'il te plait, parle doucement, que sais-tu de lui ?

— Eh, que veux-tu savoir ? Il est un peu plus jeune que moi, donc je n'étais pas à l'école avec lui. Il a beaucoup de frères et sœurs. L'un d'eux a eu des ennuis pour avoir vendu de la marijuana il y a quelques années.

— Qui sont ses amis ? Tu sais ce qu'il fait quand il ne travaille pas ?

— Tu devrais lui demander, dit Lapin.

— Je préfère quand tu parles de moi, dit-il à voix basse.

Se tournant vers Frances, Molly dit :

— Quoi de neuf ? et donna un léger coup de coude à son amie pour attirer son attention.

— Oh, mon Dieu. Date limite. Je dois livrer un jingle dans deux jours et je n'ai rien. Quelque chose perturbe vraiment mon inspiration. Chaque fois que je pense avoir une bonne idée, elle part en fumée.

— Prends un autre verre, proposa Lapin.

— Je ne bois que de la limonade quand je travaille, dit-elle, sans lever les yeux, continuant à griffonner sur une serviette.

Nico chercha sous le bar les citrons et commença à la préparer pour elle.

— Tu veux venir utiliser mon piano ? demanda Molly.

— Ouais, d'accord. Mais je n'arrive même pas au stade où j'ai besoin du piano. Il faut d'abord que j'aie au moins le germe d'une idée...

Molly voulait lui demander si elle avait décidé d'épouser Nico, mais, bien sûr, cela devait attendre qu'elles soient seules. Maintenant que Frances et Nico étaient devenus sérieux, Molly voyait beaucoup moins son amie, et il y avait quelque chose de très différent chez elle. Peut-être... était-ce... *du bonheur* ?

— Lawrence, tu es bien silencieux.

— Oui. Eh bien. Juste entre nous, ma chère... dernièrement, je suis plutôt dans un bourbier de désespoir.

— Oh là là. À quel sujet ?

— Oh... j'allais dire que je ne sais pas, mais en fait, je sais. C'est mon anniversaire qui approche. D'habitude, je ne pense pas beaucoup aux anniversaires, vraiment. Tu sais, ou peut-être n'es-tu pas tout à fait assez âgée, à un certain point, ils commencent tous à se ressembler, et je jure que je dois faire le calcul pour savoir quel âge j'ai. Donc je suis un peu surpris que ça me touche autant.

— Alors, quel âge vénérable as-tu ?

— Le 4 aout, j'aurai cinquante-sept ans. Cinquante-sept !

— Un pied dans la tombe, dit Lapin joyeusement.

— On fait une fête ? demanda Molly.

— Peut-être qu'en l'embrassant, ça fera moins mal ?

L'expression de Lawrence s'adoucit.

— Une fête serait charmante, très chère Molly.

— Thème disco, lança Frances.

— Parfait ! Je parie que je peux trouver une boule à facettes quelque part. Et on peut avoir toute la musique en ligne. Donna Summer, les Bee Gees...

Lawrence riait.

— J'ai peut-être un costume blanc rangé quelque part, bien que ce soit plutôt un costume en lin ample, pas comme celui de Travolta...

— Non, le lin ample ne fera pas l'affaire. Frances va t'équiper, n'est-ce pas ?

Frances hocha la tête. Elle faisait les costumes pour tous les spectacles, à l'époque.

— Elle est géniale pour ça.

— Tu dis qu'elle pourra me trouver un costume disco des années 70 à Castillac ?

— Je vais peut-être devoir élargir mes recherches au-delà du village, dit Frances.

— Laisse-moi faire.

Elle tapa dans ses mains.

— Oh, je suis si contente d'avoir un projet autre que ce stupide jingle ! Buvons à la procrastination !

Tout le monde au bar leva son verre et trinqua.

— À la procrastination !

Molly jeta un coup d'œil, du coin de l'œil, à Caroline Dubois, qui avait rapproché sa chaise tout près de la femme avec qui elle dinait.

— Hé, Lawrence, dit-elle à voix basse, tu la connais ? La femme en veste bleu marine ?

— Non, mais j'admire la veste. Elle lui va parfaitement, d'ailleurs. Belle coupe, bien que j'imagine qu'elle peut être un peu chaude en cette saison.

Molly hocha la tête, pensive.

— Ça a un rapport avec Iris ?

Molly hocha à nouveau la tête. Elle était là avec Hector d'un côté, et Caroline de l'autre, mais comment les approcher ?

Avaient-ils tous les deux un faible pour Iris ? L'un d'eux savait-il quelque chose qu'il ne disait pas ?

— Je vais... je reviens dans une minute, murmura-t-elle, et se dirigea vers la table de Caroline.

— Bonsoir, Caroline, dit-elle chaleureusement.

— C'est vraiment bondé ici ce soir, hein ?

Caroline croisa le regard de Molly, mais ne sourit pas. Elle passa son bras autour de la femme avec qui elle était, ses doigts caressant son épaule nue.

— Désolée, j'interromps quelque chose ?

Molly fit un pas en arrière.

— Ce n'est rien. Vous vous connaissez ? Molly Sutton, je te présente mon amie Kath Halliwell.

— Enchantée, dit Molly, qui ne put s'empêcher de remarquer que Kath avait peut-être bu un verre de trop.

Ses yeux étaient vitreux lorsqu'elle sourit à Molly sans parler.

— Je peux me joindre à vous juste un instant ? demanda-t-elle en se glissant sur une chaise, malgré la froideur de Caroline.

— Tu connaissais Iris aussi ? demanda Molly à Kath.

— Comment osez-vous, dit Caroline d'une voix basse.

— Vous parcourez le village comme un vautour, fouillant dans les restes de tous ceux qui meurent ? C'est ce que vous faites ?

Molly se redressa très droite.

— Pardon ? Je ne comprends pas pourquoi vous êtes en colère contre moi. Vous ne voulez pas qu'on découvre ce qui est arrivé à Iris ?

— Vous êtes juste intéressée à ajouter une nouvelle entaille à votre ceinture. « Regardez-moi tous, je débarque d'Amérique et je commence à résoudre tous les mystères du département ! » Vous ne vous souciez pas d'Iris. Peu importe même si vous avez raison ou non, tant que vous pouvez faire arrêter quelqu'un et vous pavaner dans la gloire, c'est suffisant, non ?

— Quoi ? Caroline, vous vous trompez complètement sur moi...

— Je ne crois pas, Madame Sutton. Vous venez vous assoir ici sans y être invitée, pensant me prendre en flagrant délit de mensonge, et m'accuser du meurtre d'Iris. C'est ce que vous cherchez, n'est-ce pas ?

Même si Caroline n'était pas du tout en tête de la liste des suspects de Molly, la part de vérité dans ce que Caroline disait fit réfléchir Molly.

— Vous pensez que parce que je suis gay, je suis capable de tout, c'est ça ?

À ces mots, Molly éclata de rire.

— Caroline, je ne sais pas ce qui vous a donné ces fausses idées sur moi, mais je peux vous dire qu'elles sont complètement fausses !

— Vous voyez, vous ne pouvez pas dire une phrase sans parler de mort. Vous êtes comme une hyène qui tourne en rond, se nourrissant de Castillac.

Finalement, Molly comprit que Caroline, tout comme Kath, avait trop bu. Elle n'avait pas semblé si éméchée au début. Kath, qui ne semblait pas suivre la conversation, posa sa tête sur l'épaule de Caroline.

— Écoutez, je suis désolée d'avoir interrompu. Passez une bonne soirée, dit Molly, se dirigeant vers les toilettes au fond du bar.

Elle s'aspergea le visage d'eau et se regarda dans le miroir, se demandant ce que Caroline voyait quand elle la regardait. Un vautour-hyène homophobe, apparemment.

Le temps qu'elle rejoigne ses amis, tout le monde commençait à rentrer chez soi. Elle serra Frances dans ses bras et lui demanda de passer le lendemain matin, embrassa Lawrence pour lui dire bonne nuit et prit rendez-vous pour plus tard dans la semaine, et fit un signe de la main à Nico alors qu'elle partait pour rentrer à pied.

La soirée avait été un échec sur tous les plans. Pierre, qui se cachait, aucune information utile sur Hector, une Caroline accusatrice.

Peut-être que, cette fois, Molly n'allait pas réussir à élucider ce qui s'était passé. Peut-être que personne n'y arriverait jamais.

❧ 3 1 ❧

Molly rentra de Chez Papa, épuisée. C'était bien plus tôt que son heure habituelle de coucher, mais elle se laissa tomber avec gratitude dans son lit et s'endormit rapidement. Ainsi, lorsque les sirènes passèrent devant La Baraque, elles la tirèrent d'un profond sommeil. Au début, elle crut être de retour à Boston, où les sirènes étaient monnaie courante ; elle faillit se retourner et se rendormir. Mais, à mesure que la conscience lui revenait et qu'elle réalisait qu'elle se trouvait dans un endroit où les sirènes retentissaient rarement, elle bondit hors du lit et envoya un message à Lawrence, qui semblait si souvent savoir ce qui se passait presque avant que cela n'arrive.

« Aucune idée », lui répondit-il par texto.

Il n'était pas encore minuit. Elle envoya un message à Ben ; lui non plus ne savait pas ce qui avait fait sortir les gendarmes. Parfois, Molly ne pouvait s'empêcher de regretter qu'il ne soit plus le chef, avec toutes les informations privilégiées et l'autorité que cela impliquait. Mais c'était du passé, il était plus heureux maintenant, et elle devait trouver un autre moyen d'obtenir des informations. Si elle avait eu le scouteur, elle aurait pu descendre la route pour voir par elle-même, mais marcher ne semblait pas être la meilleure idée puisqu'elle n'avait aucune idée de la distance à laquelle se trouvait le problème.

Désormais debout, bien réveillée, les rouages de son esprit se mirent en marche. *Quelque part, d'une manière ou d'une autre, je fais une fausse supposition*, pensa-t-elle. *Je crois quelqu'un qui ment, je fais un lien là où il n'y en a pas, je vois quelque chose qui n'existe pas. Mais* quoi?

Elle se versa les dernières gouttes d'une bouteille de rosé et sortit sur la terrasse sombre. Bobo se leva pour la suivre, et le chat roux apparut pour se frotter contre ses chevilles. Molly sirota son vin en regardant le ciel étoilé, pensant à Iris. *Étais-tu heureuse?* se demanda-t-elle. *N'as-tu jamais cru que quelqu'un t'aimait vraiment, et n'était pas seulement porté sur ton physique?*

Pour ce qui semblait être la millième fois, Molly repensa à tous ceux qui lui avaient parlé d'Iris. Elle passa en revue leurs conversations du mieux qu'elle put, essayant d'écouter plus attentivement, plus objectivement; pour voir si elle pouvait trouver le point faible, l'endroit dans son raisonnement qui était pourri.

Finalement, elle retourna se coucher, se demandant toujours ce qu'était cette sirène et quel était le problème. Elle ne dormit que d'un sommeil agité, si agité que Bobo finit par sauter du lit pour aller dormir sur le sol où c'était plus paisible.

Ilene Lafont était impatiente de voir les travaux de l'extension terminés, comme le sont toujours les propriétaires dans cette situation. Elle trouvait stressant de faire la conversation avec Pierre, d'entendre le bruit strident du métal sur la pierre pendant des heures, et de voir son jardin réduit à un chantier de construction rempli de gravats pour ce qui semblait une éternité.

Après le diner avec son mari, Ilene finit son brandy et prit une lampe torche pour aller voir les progrès que Pierre avait réalisés puisqu'il était enfin parti pour la journée. Elle remarqua que son camion avait fait une vilaine ornière dans la terre molle à côté de l'allée, et se fit une note mentale d'en parler avec lui le lendemain matin. Oh, qu'elle serait heureuse de voir ces tas de pierres disparaitre et la magnifique nouvelle extension terminée !

Les murs extérieurs de l'extension étaient vraiment magnifiques. Elle passa le faisceau de la lampe torche sur eux, admirant la façon dont Pierre avait réussi à conserver l'aspect d'une maçonnerie séculaire tout en construisant quelque chose d'entièrement nouveau. La pierre dorée, le mortier, le placement de chaque pierre... chaque détail était incroyable... mais c'était à l'intérieur, sur l'escalier difficile où Pierre avait travaillé ce jour-là, qu'elle était le plus curieuse de voir.

Elle poussa la porte et entra. Ses yeux se posèrent directement sur la silhouette étalée sur le sol au bas des escaliers. C'était Pierre, son corps affaissé de manière anormale, immobile.

Ilene hésita, puis courut vers lui. Elle était trop bouleversée pour penser clairement, elle posa sa main sur son cœur pour voir s'il battait, puis retira brusquement sa main et courut vers la maison, appelant son mari à grands cris.

Environ dix minutes plus tard, alors que les Lafont se tenaient dans le jardin en état de choc, ils entendirent la sirène, et moins d'une minute après, l'officier Monsour s'engagea dans leur allée.

— Un corps ? dit-il, sans salutation ni introduction.

— Où est-il ?

— Par ici, dit Victor.

Ilene resta en arrière, se tordant les mains. Elle n'avait pas aimé Pierre, pas du tout, et désormais, elle se sentait submergée par la culpabilité, même si elle savait que l'un n'avait rien à voir avec l'autre. Ce n'est pas comme si *elle* l'avait poussé de l'échelle après tout.

— Pierre Gault, vous dites ?

— Oui.

— Le mari de...

— Oui. D'Iris. Tous les deux sont morts en tombant, c'est trop bizarre.

Victor sortit un mouchoir et essuya son front moite.

— Quand l'avez-vous vu vivant pour la dernière fois ? demanda Monsour.

— Quand je suis rentré du travail. C'était vers 17 h. Il travaille ici depuis un bon moment, plusieurs mois, c'est un gros projet. Généralement, je venais voir dès que je rentrais, pour voir comment les choses avançaient.

— Et ce soir, comment semblait-il ? Quelque chose de différent ? Le moindre détail inhabituel ?

— Non, répondit Victor.

— Pas contrarié, ou inquiet à propos de quelque chose que vous sachiez ?

— Pas du tout. Bien que, comme vous le dites, sa femme est décédée la semaine dernière. Il ne m'en a jamais parlé. Je m'attendais à ce qu'il prenne quelques jours de congé, mais il a refusé, disant que venir travailler l'aidait en fait, il n'a jamais dit un mot de plus que le nécessaire. Nous n'avions pas... nous n'avions pas le genre de relation où l'on parle de ce genre de choses. Il me parlait du travail qu'il avait fait ce jour-là, parfois posait une question ou deux pour clarifier comment nous voulions que les choses soient faites. C'était tout, vraiment. Strictement professionnel.

Monsour se caressa le menton. Il lui semblait que l'homme avait fait une chute de l'échelle. Cela aurait pu être un accident. Ou il aurait pu être poussé, ou on aurait pu tirer l'échelle sous lui.

— Et c'était vous qui aviez ces conversations avec Monsieur Gault, pas votre femme ?

— C'est exact. Ma femme, elle a du mal à faire la conversation, et Pierre aussi. Donc ensemble...

Victor haussa les épaules.

Monsour sortit son portable et se mit à l'écart. D'abord, il appela Florian Nagrand, le médecin légiste, puis Maron.

— Oui, chez les Lafont. Route de Tournesol, c'est juste après... d'accord, je sais que tu vis ici depuis plus longtemps que moi... pardon, Chef. Oui, je peux affirmer qu'il est mort... J'ai quand même une certaine formation, monsieur... d'accord. Oui... au revoir.

Avec exaspération, Monsour remit son portable dans son étui à sa ceinture. Il retourna vers Pierre et s'accroupit. Le poignet de Pierre était replié en arrière et Monsour avait une forte envie de le redresser, mais il savait qu'il ne devait rien toucher jusqu'à ce que Nagrand lui en donne l'autorisation.

— Vous ne trouvez pas qu'il y a plus de meurtres dans le

village que ce qui est absolument normal ? demanda Victor, regardant par la fenêtre en espérant voir la voiture du médecin légiste.

— On ne peut pas faire grand-chose en matière de prévention, répondit Monsour.

— Généralement, on ne nous appelle qu'après les faits.

— Je n'essayais pas d'attribuer la faute, je me demandais simplement...

— Avez-vous une raison de soupçonner un acte criminel ? demanda Monsour, ravi de pouvoir utiliser l'expression.

— Avez-vous vu quelqu'un d'autre sur votre propriété aujourd'hui ?

Victor secoua la tête. Monsour entendit le scouteur de Maron au loin et retourna dehors. Victor le suivit, ne voulant pas rester seul dans la pièce avec un homme mort, même pour une seconde. Il se demanda s'il devait payer à la succession de Pierre ce qu'il lui devait encore, puisque le maçon n'avait pas de famille — et fut ensuite consterné d'avoir eu une pensée aussi peu généreuse alors que le corps de l'homme était encore chaud et gisait là, dans sa propre maison.

— Avez-vous besoin de me demander autre chose ? demanda-t-il à Monsour.

— Puis-je aller voir comment va ma femme ? Elle a eu un sacré choc.

Monsour dit à Lafont d'être de retour dans cinq minutes, car Maron voudrait l'interroger lui-même.

— Pierre Gault, vraiment ? dit Maron à voix basse alors que les deux gendarmes retournaient vers l'extension.

— Oui. Je suis curieux d'entendre ce que tu en penses une fois que tu l'auras vu.

Monsour essayait une nouvelle stratégie pour gérer son patron : la flatterie mêlée à une camaraderie destinée à le réchauffer un peu.

Maron lui lança un regard, pas dupe une seconde du changement d'attitude de Monsour.

— Tu as appelé Nagrand ? Où diable est-il ? Et Monsour, n'utilise pas la sirène sans raison. Ça perturbe la communauté et te fait passer pour prétentieux.

Monsour cligna des yeux, n'arrivant pas tout à fait à assimiler que sa nouvelle stratégie avait si mal démarré.

Maron n'aimait pas non plus trainer autour des cadavres. Il s'agenouilla à côté de Pierre, vérifiant son pouls dans le cou juste pour être sûr.

— D'abord la femme, puis le mari. Eh bien, voilà qui élimine notre principal suspect.

Un terrier ébouriffé déboula par la porte et aboya contre les deux hommes.

— Fais-le sortir et ferme la porte, aboya Maron.

— Je crois entendre Nagrand, je vais vérifier.

Une excuse un peu bancale, mais il sentait qu'une minute de plus dans la même pièce que Pierre et il risquait de rendre son diner, qui avait été particulièrement bon.

Maron se tenait dans la cour des Lafont, observant les alentours. Cela ressemblait plus ou moins à n'importe quel chantier de construction : des ornières de pneus de camion, des tas de pierres sur des bâches, une brouette renversée, un tas de bois. C'était cependant plus ordonné que d'habitude, ce qui ne surprenait pas Maron étant donné que la maison et le jardin des Gault étaient si bien entretenus qu'ils lui rappelaient un décor de cinéma plutôt qu'un endroit où les gens vivaient réellement.

Le terrier fila de nouveau dehors tout seul et Monsour claqua la porte derrière lui. Maron se dirigea vers la maison principale et frappa, souhaitant que Mme Lafont lui détaille ses déplacements de la soirée afin qu'il puisse fixer l'heure de la découverte pendant que c'était encore frais dans son esprit, mais avant que quelqu'un ne vienne à la porte, Florian Nagrand entra dans l'allée dans sa camionnette de travail blanche.

— J'étais juste à un passage très excitant dans le livre que je suis en train de lire, grommela Nagrand de sa voix rauque en descendant de la camionnette.

— Ma femme n'est pas contente de vous, ajouta-t-il.

— Ce n'est guère ma faute, dit Maron.

— Par ici. Est-ce que Monsour vous a dit... c'est Pierre Gault. Il construisait cette extension pour les Lafont. Du beau travail qu'il faisait, hein ?

— C'est un très bon maçon, dit Nagrand.

— Ou plutôt, c'était.

Il ouvrit la porte de l'extension et regarda Pierre de loin avant de s'approcher. Puis il s'accroupit à côté du corps, ne touchant pas Pierre d'abord, mais observant sa position, et prenant quelques clichés avec l'appareil photo de son téléphone.

— On a de la chance que ce ne soit pas plus désordonné, marmonna-t-il.

— Il est encore chaud, mais cela pourrait simplement être dû au fait que la température de l'air est aussi assez chaude pour cette heure de la nuit, dit Monsour.

Nagrand soupira. Les gendarmes n'apprendraient-ils jamais à le laisser faire son travail sans toujours devoir donner leur grain de sel ?

— Sans vouloir te brusquer, Florian, dit Maron, mais qu'en penses-tu... un accident ? Il est juste tombé de l'échelle ? Y a-t-il une possibilité que ce soit un suicide ?

— Ce qui serait le plus utile, c'est que toi et Monsour alliez dans la cour voir si vous pouvez trouver des preuves que quelqu'un d'autre a rendu visite aux Lafont. Parlez-leur. Cherchez, je ne sais pas, des traces de pneus ou des boutons tombés ou quoi que ce soit que vous cherchez habituellement. Au fait, où est le camion de Pierre ?

Maron eut un haut-le-cœur. La question la plus évidente au monde, et il fallait que ce soit le médecin légiste qui la pose.

$\ast$ 33 $\ast$

C'était gênant de pousser le scouteur sur une longue distance, et l'atelier du mécanicien était de l'autre côté du village, si bien que le bras de Molly lui faisait mal à force de s'étirer pour guider le guidon. Son humeur était exécrable à cause de la frustration et du manque de sommeil, et elle marmonnait entre ses dents tout en avançant.

Lorsqu'elle descendait l'allée à côté de la maison La Perla, elle s'arrêta un moment pour reposer son bras. Jetant un coup d'œil par-dessus le mur, elle vit que la corde à linge était vide pour une fois, sans sous-vêtements fantastiquement chers dansant dans la légère brise, et personne dans aucune des arrière-cours. La chaleur avait commencé à monter à nouveau et tous les villageois qui ne travaillaient pas restaient à l'ombre.

Juste comme exercice, elle considéra la corde à linge de la maison La Perla et essaya d'imaginer toutes les hypothèses possibles pour expliquer pourquoi elle était vide ce jour-là. Premièrement, il n'y avait pas de sous-vêtements chics sur la corde parce que ce n'était pas le jour de lessive. C'était probablement l'hypothèse la plus correcte, *mais*, se rappela-t-elle, *le plus probable n'était pas synonyme de vrai.*

La femme de La Perla avait pu déménager.

Elle avait pu rompre avec le mari ou le petit ami qui lui avait offert les sous-vêtements, et tout jeter pour essayer d'effacer de mauvais souvenirs.

Elle avait pu décider de changer de marque.

Elle avait pu décider de rester dans son plus simple appareil et de se passer complètement de sous-vêtements.

D'accord, cette dernière hypothèse était assez improbable… mais ce n'était qu'un exercice après tout, et il était utile de se rappeler que l'improbable restait possible. Molly repoussa la béquille du scouteur avec son pied et continua à se trainer jusqu'au garage.

— Bonjour! lança-t-elle en arrivant, ne voyant personne aux alentours.

Pas de réponse. C'était trop tôt pour le déjeuner, la porte du garage était ouverte, mais il n'y avait personne à l'intérieur. Elle gara le scouteur et partit faire un tour dans le village pendant un moment, prévoyant de repasser un peu plus tard, ayant appris qu'en France, parfois, les affaires n'étaient pas la première chose à l'esprit des gens, mais que les propriétaires pouvaient revenir à la boutique à un moment donné.

Le village était calme ce matin-là, sans âme qui vivait dans la rue. Molly pensa à appeler Ben, mais… la vérité était qu'elle n'en avait tout simplement pas envie. Elle était déçue qu'il n'eût pas accompli grand-chose dans l'enquête, si ce n'était défendre Pierre à tout bout de champ. Si Pierre était aussi innocent qu'il le prétendait, quelles preuves avait-il trouvées pour le soutenir?

Elle avait d'abord pensé que toute relation solide devait pouvoir surmonter une différence d'opinions sans trop de problèmes. Eh bien, elle le croyait toujours, mais n'était plus si sure que Ben et elle entraient dans cette catégorie.

Cependant, ce n'était pas le jour pour penser à cela. Elle devait faire réparer le scouteur et parler à Nugent, c'était tout. Ben devait attendre.

Molly songea à aller voir Mme Tessier, qui avait presque toujours une ou deux nouvelles à partager, mais ce dont elle avait le plus envie, c'était de passer du temps avec des enfants. N'importe quels enfants, vraiment, bien qu'elle se rendit compte que certaines personnes pourraient penser qu'elle avait l'air d'une sorte de prédateur bizarre. C'était juste que sa tête n'avait été remplie que d'Iris pendant si longtemps — de mort, de perte et de chagrin — et elle souhaitait entendre le rire pétillant et innocent d'enfants. Elle voulait écouter des histoires décousues sans chute, et se faire poser des questions auxquelles elle n'avait aucune idée de comment répondre.

En bref, Oscar et Gilbert lui manquaient, ainsi que tous les autres enfants qu'elle avait appris à connaitre et à aimer... mais Oscar était en Australie et elle savait que Mme Gilbert n'était pas sa plus grande fan.

Eh bien, la Pâtisserie Bujold ferait l'affaire.

LA BOUTIQUE ÉTAIT VIDE, à l'exception de Nugent.

— Cette chaleur, c'est terrible pour les affaires, ronchonna-t-il, sans même accorder un regard en coin à la poitrine de Molly.

— C'est vrai qu'il fait plus chaud que je ne me souviens de l'année dernière, dit Molly avec sympathie.

— Ce n'est pas bon pour les pâtisseries non plus.

— Je m'en doute.

Un long silence s'installa pendant que Molly inspectait le contenu de la vitrine. Quelque chose chez Nugent semblait différent. D'habitude, il se tenait derrière le comptoir en souriant dans l'attente de compliments, appréciant la façon dont Molly examinait la sélection du jour. Elle continuait à le regarder du coin de l'œil tout en admirant la rangée de tartes aux fraises, à côté d'une lignée majestueuse de millefeuilles, puis de choux à la crème, de Jésuits à la pistache, de palmiers au beurre. Il n'y prêtait aucune attention, mais fixait la fenêtre, les coins de sa bouche tirés vers le bas.

Molly inspira profondément, ne se lassant jamais de la combinaison enivrante de beurre et de vanille qui était la marque de fabrique de la Pâtisserie Bujold.

— Alors, Edmond, je dois avouer que je n'ai pas du tout pratiqué la confection de croissants. Je ne sais pas où j'ai eu l'idée qu'en déménageant en France, je deviendrais pratiquement une femme de loisirs avec du temps pour les hobbys, parce que je suis assez occupée, même si ce n'est pas vraiment une excuse.

Nugent tourna son visage vers Molly quand elle commença à parler, mais ne changea pas d'expression. Elle attendit une critique, une remontrance, ou, au moins, un peu de taquinerie... mais Nugent ne dit rien.

— Serais-tu partant pour une autre leçon? lâcha-t-elle, n'ayant absolument pas eu l'intention de suggérer une telle chose.

Nugent sursauta.

— Une autre leçon?

— Oui. Peut-être pourrions-nous mettre de côté les croissants pour le moment, me donner une chance de m'entrainer à la maison, et passer à autre chose? Des éclairs, peut-être? Sont-ils très difficiles à faire?

— Bah, dit Nugent avec un geste de la main.

— Un enfant pourrait les faire. Bien sûr, les autres pâtissiers de Castillac, leurs éclairs ont un gout de carton. La coque est dure et trop caoutchouteuse, la garniture a un gout de colle. Donc peut-être que je ne devrais pas insulter les enfants de cette façon.

Molly sourit, le voyant revenir un peu à son ancien lui.

— Excuse-moi si je suis trop insistante, mais peut-être... peut-être pourrions-nous le faire maintenant, puisque tout le village semble se cacher à l'intérieur à cause de la chaleur? J'imagine que les touristes cherchent tous des piscines plutôt que des pâtisseries. Enfin bref, qu'en penses-tu?

Nugent réfléchit. Une fois de plus, Molly remarqua qu'à aucun moment il ne la regarda avec sa lubricité habituelle, ce qui était certainement un soulagement... mais qu'est-ce que cela signifiait ? Et depuis quand avait-il déjà été réticent à passer du temps seul avec elle ?

— En fait, Madame Sut... euh, Molly. Je ne suis pas... c'est difficile en ce moment, je veux dire...

Molly attendit. Elle le vit grimacer, ses poings se serrer. *Que lui arrive-t-il*, se demanda-t-elle.

— Bon, d'accord, dit-il finalement. Prends ton tablier là-bas.

Molly posa son sac à main et enfila le tablier.

— Est-ce que quelque chose... y a-t-il quelque chose dont tu veux parler ? demanda-t-elle.

Nugent sortait un grand bol et une boite d'œufs.

— Non. Non, je ne veux pas en parler. Parler ne la ramènera pas, n'est-ce pas ?

— Iris ?

— Bien sûr, Iris ! De qui d'autre pourrais-je parler ?

Molly lissa son tablier de ses paumes, l'observant.

— C'est juste que... les gens ne comprennent pas. Ils ne *savent* pas.

— Ils ne savent pas quoi ?

Nugent semblait en difficulté. Molly était perplexe, mais sentait qu'il y avait quelque chose à saisir, un fil, une piste, mais elle n'arrivait pas tout à fait à voir ce que c'était.

— Tu ne la connaissais pas, Molly. Nous partagions quelque chose, Iris et moi. Elle venait presque tous les matins, toujours à la même heure, juste après que j'ouvrais la boutique à 7 h. C'était une lève-tôt, tu vois, comme moi. Environ neuf mois par an, elle se levait à l'aube pour jardiner avant d'aller travailler, et elle venait ici chercher un croissant ou un petit pain, tout chaud sorti du four. Iris connaissait mon emploi du temps par cœur. Elle savait quels jours je faisais la tarte Tatin. Elle savait qu'un pain de campagne a une croute épaisse pour durer plus longtemps.

— Elle faisait *attention*, c'est ce que j'essaie de te faire comprendre. Nous... nous avions quelque chose, Iris et moi.

Nugent prit une longue inspiration reniflante. Il ouvrit ses mains et les referma fermement, puis les frappa sur le comptoir.

— Ce Pierre, ce n'est qu'une brute. Il ne la méritait pas. Séverin, il est beaucoup plus jeune que moi, d'accord, j'ai des yeux dans la tête. Ce n'est pas un mystère total pour moi qu'elle ait pu le choisir. Mais il ne l'*estimait* pas, pas comme moi. Non. Il l'a quittée, n'est-ce pas? Il l'a simplement jetée quand il en a eu fini comme si elle n'était rien de plus qu'une bouteille de bière vide.

Nugent mit ses mains sur son visage et Molly crut entendre un reniflement.

—Je suis vraiment désolée, dit-elle.

—Je ne l'ai rencontrée qu'une seule fois, mais j'ai eu tout de suite le sentiment que nous allions devenir amies.

— Et sans doute que vous l'auriez été.

Les épaules de Nugent s'affaissèrent.

— Sors un grand bol. Tamise la farine. Prends une casserole et le lait.

Molly s'activait dans la cuisine selon les ordres de Nugent, son esprit n'étant qu'à moitié concentré sur ce qu'elle faisait. Elle avait mis le lait à chauffer et tamisé la farine et le sel quand son portable siffla.

— Ça ne te dérange pas si je réponds?

Nugent agita la main en l'air pour dire que ça lui était égal, puis s'appuya lourdement sur le comptoir tandis que Molly fouillait dans son sac.

C'était un message de Frances.

Pierre mort.

— Quoi? dit Molly à voix haute.

— Quelque chose ne va pas? demanda Nugent, entendant le choc dans le ton de Molly.

Molly tapait furieusement plus de questions à Frances.

— Je viens d'apprendre... quelque chose à propos de Pierre. Attends, j'essaie d'avoir plus de détails.

Nugent se détourna. Sa mâchoire était serrée et il ne souriait pas, bien que Molly aurait pu détecter une expression de satisfaction sur son visage si elle avait pu le voir.

❦ 34 ❦

Molly écourta la leçon sur les éclairs, ce que Nugent remarqua à peine. Elle redescendit en courant la rue Picasso pour voir si les mécaniciens étaient arrivés et trouva son scouteur garé dehors avec une contravention attachée au guidon. Il avait été nettoyé et la peinture marron brillait autant que pouvait le faire une couleur si terne. Elle poussa la porte et dit bonjour.

— Ah, Madame Sutton! Nous avons vu que vous aviez laissé votre scouteur ici et avons pensé qu'il y avait un problème, alors nous l'avons examiné. Vous serez heureuse d'apprendre qu'il ne fallait qu'un petit réglage du carburateur. Je l'ai réparé et vous êtes prête à partir.

— Quoi? Molly avait du mal à assimiler cette bonne nouvelle juste après la nouvelle choquante concernant Pierre.

— Je suis prête à partir?

— Sans vouloir être rabat-joie, vous devriez en prendre un peu plus soin, dit le mécanicien.

— Essuyez la boue de temps en temps.

— Vous voulez dire... qu'il fonctionne maintenant?

— Il ronronne comme un chaton, dit le mécanicien avec un petit sourire.

Molly le remercia, et le remercia profusément quand il lui dit qu'elle ne lui devait rien. Pas de pièces, et cela ne lui avait pris que cinq minutes. Mais elle ne fit aucun geste pour partir, restant là-bas, à fixer un camion dans le parking, pensive.

— Cela vous dérange si je pose une question ? À quel point serait-il difficile de... de faire démarrer un camion sans clé ? demanda-t-elle, ne connaissant pas le mot français pour « *hotwire* ».

— Vous envisagez une nouvelle carrière dans le vol de véhicules ? Vous savez que le système français rendrait presque impossible pour vous de trouver un acheteur. Ou alors, vous allez falsifier les papiers qui vont avec ?

Le mécanicien riait désormais, amusé par cette idée de Mme Sutton, criminelle en chef.

— Ce que je me demande, c'est... eh bien, connaissiez-vous Pierre Gault ? Avez-vous entendu ce qui s'est passé ?

— Bien sûr que je connais Pierre. Je l'ai vu pas plus tard qu'hier. Il a amené le camion pour une vidange.

— Attendez, quoi ?

Le mécanicien haussa les épaules.

— Bien sûr, il aurait pu le faire lui-même facilement. Mais si vous connaissez Pierre, vous savez que, tout ce qui l'intéresse, ce sont les pierres ! Il a la tête dure !

Il rit.

— Alors je m'occupe de son camion pour lui.

— Donc vous avez fait la vidange, et ensuite il est venu le récupérer ? C'était hier ?

— Non, pas... parfois c'est comme ça qu'on fait. Cette fois, il travaille sur la route de Tournesol et c'est trop loin pour qu'il marche. Alors après la vidange, le plus simple était que je conduise le camion jusque chez lui, ce n'est pas loin d'ici, et que je le lui laisse. Il a dit qu'il se ferait ramener par le gars pour qui il fait le travail.

Voilà pourquoi Pierre n'avait pas répondu quand elle avait frappé à sa porte hier soir, pensa-t-elle. *Eh bien, voilà un mystère résolu, même si ce n'est pas celui que j'aurais choisi. Enfin, petit à petit...*

Molly dit :

— Je suis désolée d'être celle qui vous l'apprend, mais apparemment Pierre... il est tombé d'une échelle sur le chantier. Il n'a pas survécu à la chute.

Le mécanicien la fixa du regard.

— Il est...?

Molly hocha la tête. Elle chercha quelque chose à dire, une explication, un réconfort, mais ne trouva rien. Elle saisit les mains du mécanicien et tous deux les serrèrent fort, les yeux humides, secouant la tête à l'unisson.

LE SCOUTEUR *RONRONNAIT* EFFECTIVEMENT comme un chaton, bien que Molly pouvait à peine en profiter alors qu'elle roulait distraitement vers La Baraque. Elle ne cessait de voir cette image dans son esprit, encore et encore, du solide Pierre, basculant d'une échelle et tombant sur ce qui était probablement un sol en pierre. *Beurk*. Elle l'avait vu sur des échelles de nombreux jours à La Baraque, alors qu'il façonnait les murs du pigeonnier, et il lui avait semblé, à l'époque, qu'il était terriblement agile, bien plus qu'on ne l'aurait attendu étant donné son type corporel lourd. Il avait grimpé et descendu des échelles et sur le toit du bâtiment comme un gamin de dix ans dans un arbre, aussi capable, physiquement, que n'importe qui pouvait l'imaginer.

Elle ne pouvait s'empêcher de se demander : *était-il tombé ? Ou la vérité était-elle plus compliquée que cela ?*

Quoiqu'il en était, Ben allait être dévasté. Molly voulait prendre des nouvelles d'Eugenia et commencer à planifier la fête d'anniversaire de Lawrence, mais d'abord, après quelques minutes apaisantes à caresser Bobo, elle s'installa sur la terrasse à l'ombre et l'appela.

— J'essayais de te joindre, dit-il d'un ton neutre.

— Vraiment ? J'ai peut-être laissé la sonnerie éteinte par erreur, je suis désolée, mais j'ai couru partout dans le village et je viens de rentrer. Ben, je suis effondrée pour Pierre.

— Vraiment ? C'est plutôt surprenant.

Molly prit une longue inspiration. Elle savait qu'il valait mieux ne pas se lancer dans une dispute maintenant, alors que la nouvelle était si fraiche.

— Tu penses que c'était un accident ? demanda-t-elle doucement.

— Je ne crois pas.

Molly attendit, mais Ben ne précisa pas. Elle voulait savoir s'il avait été en contact avec Maron et Monsour, mais, bien sûr, Ben le savait parfaitement et choisissait de ne rien dire.

— Tu veux venir ? demanda-t-elle.

— J'ai du travail à faire.

Son ton était rude et les yeux de Molly s'écarquillèrent devant sa froideur.

— Je t'appellerai plus tard, ajouta-t-il, plus doucement, et ils raccrochèrent.

Eh bien.

Je ne vais pas penser à ça maintenant, se dit-elle en se levant d'un bond et en prenant un bloc-notes et un stylo. À la place, je vais établir la liste des invités pour l'anniversaire de Lawrence et travailler sur le menu, puis appeler Frances pour voir si elle m'aidera.

Castillac allait avoir sa première fête disco américaine des années 70, et il n'y avait aucune raison au monde pour que Molly ne puisse pas organiser cela d'une main et travailler sur l'affaire Iris de l'autre. Ce serait, peut-être, le seul moyen de sauver les choses entre elle et Ben.

Bien que, si c'est vrai, ce que nous avons n'est pas si solide, n'est-ce pas ?

Je ne pense pas à ça maintenant.

Elle appela Frances.

— Donc si on a de la musique et de la danse, on ne va pas vouloir un repas lourd, dit-elle.

Souvent, elle et Frances se parlaient au téléphone comme ça, se dispensant de salutations et reprenant une conversation là où elles l'avaient laissée, même si c'était des jours auparavant.

— Correct, répondit Frances.

Elle était allongée sur le canapé chez Nico avec ses longues jambes par-dessus le dossier, en sueur parce que les fenêtres étaient fermées pour empêcher les abeilles égarées d'entrer.

— Bien qu'une chose que j'ai apprise de Nico, les Français ne plaisantent pas avec les repas comme nous le faisons. Tu ne pourras pas servir des cocktails et des chips et appeler ça une soirée.

— Maintenant, dans quel univers aurais-je fait quelque chose comme ça ?

— Je dis juste.

— Amuse-gueules ou repas assis avec assiettes ?

— Combien de personnes tu invites ?

— Oh, c'est vrai. Je devrais vraiment faire ça d'abord.

Il y eut une longue pause pendant que Molly réfléchissait.

— Tu sais, je viens d'avoir une petite idée.

— Ah ah. Tu as toujours une petite idée. C'est quoi cette fois ?

— Je pense que je vais garder ça pour moi pour l'instant. Mais la liste des invités…, elle va être plutôt longue.

Molly laissa échapper un ricanement.

— Et si les choses se passent comme je le souhaite, cette fête va être *épique*.

35

Les jours suivants passèrent dans un tourbillon d'études de recettes, de recherches d'ingrédients et d'appels pour inviter une longue liste de personnes. Molly avait besoin que Constance vienne le jour de la fête pour faire un nettoyage désespérément nécessaire.

— Constance, est-ce que tu pourrais réarranger ton emploi du temps ? Je reçois presque trente personnes et mon salon est couvert de poils de chien !

— C'est juste que Thomas et moi...

— Et bien sûr, vous êtes tous les deux invités ! La raison pour laquelle j'aimerais que tu nettoies jeudi, c'est que si tu le fais plus tôt, ce sera de nouveau un désastre avant la fête. Je m'occuperai moi-même de tout le nettoyage de la cuisine. Et peut-être que je peux demander à Frances de t'aider.

— La dernière fois que tu as essayé ça, tout ce qu'elle a fait, c'est danser autour du balai en chantant des chansons des films de Gene Kelly.

— Tu n'aimes pas Gene Kelly ? J'aurais pensé que tu étais trop jeune pour savoir qui c'est.

— Molls ! Ce n'est pas parce que je ne suis pas aussi vieille et décrépite que certaines personnes que ma vie a été un désert culturel.

Molly soupira et rit en même temps.

— De plus, si tu veux que je fasse ce que tu demandes, m'insulter n'est pas la meilleure façon d'y arriver.

— Constance, je n'avais pas l'intention de t'insulter, je te le promets. S'il te plait ? Je te le revaudrai d'une manière ou d'une autre. Ce n'est pas n'importe quelle fête. C'est... c'est important.

— Ouais ouais, je sais, Lawrence est ton meilleur ami. D'accord, je vais en parler à Thomas. C'est lui qui a fait les projets, alors je ne vais pas annuler sans lui en parler d'abord.

— Compris ! Merci mille fois !

— Hum hum, dit Constance, l'air vexé, mais en réalité appréciant énormément toute la conversation.

— Bon, alors on se voit jeudi matin sauf si j'entends le contraire ?

Constance acquiesça et elles raccrochèrent. Molly consulta sa liste, qui, à ce stade, était composée de deux pages de griffonnages illisibles avec des éléments cochés et des notes gribouillées dans les marges et d'autres choses barrées. Le menu était ambitieux : spritzers à la lavande, tranches de baguette grillées tartinées de fromage de chèvre et de duxelles, tartines au camembert et aux figues, salade frisée aux lardons et sa vinaigrette à la moutarde, ratatouille, confit de canard, et profiteroles couvertes de bougies d'anniversaire pour le dessert. Et cette fois, elle n'allait pas oublier les ingrédients pour les incontournables Negronis de Lawrence.

Elle avait retenu son souffle en appelant certaines personnes, mais, jusque-là, tout le monde avait accepté de venir. Eugenia avait gracieusement offert son aide en cuisine, disant que les gens de Louisiane avaient une affinité pour la cuisine française et qu'il y avait bien trop à faire pour un seul cuisinier.

— Eh bien, je ne fais pas le confit de canard de A à Z, dit Molly lors de leur réunion de planification.

— Heureusement, ça prend des jours, n'est-ce pas ?

— Oui. Donc je les achète simplement à l'épicerie fine en ville. Ils ont suggéré de tout faire traiteur, et j'étais tentée... mais je n'ai même pas demandé combien ça couterait. Je suis déjà assez irresponsable financièrement comme ça.

— Mais c'est l'anniversaire de ton meilleur ami. Quelle meilleure occasion pour faire des folies ?

— C'est exactement ce que je pense, dit Molly.

— Maintenant, que penses-tu d'une piste de danse ? J'ai honte de le dire, mais j'ai failli appeler Pierre, le maçon qui est mort il y a quelques jours, pour lui demander si ce serait difficile d'en faire une.

Eugenia secoua la tête.

— C'est l'homme qui a fait les travaux sur le pigeonnier ?

— Oui. Très talentueux.

— Je veux bien le croire. Mais... pour en revenir à la piste de danse, je pense que ce sera très bien de danser dans la cour. Coupe l'herbe très court pour définir la zone, mets un peu de Donna Summer, et les gens s'y mettront.

— Tu crois que les gens ici connaitront Donna Summer ? Ou quelqu'un de plus jeune que moi ? Je n'étais qu'une petite fille quand le disco était à la mode. Une fois que j'ai grandi un peu et découvert le blues, c'est tout ce que j'écoutais.

— Le blues ? Ma fille, il faut absolument que tu viennes me rendre visite en Louisiane. Je peux t'emmener écouter de la musique que tu n'en croiras pas tes oreilles.

— C'est d'accord. Bon, que penses-tu des places assises ? Devrions-nous faire une longue table dans la cour, avec une nappe blanche et beaucoup de bougies ?

— Oui madame, vous devriez. Tu as assez de tables ? Tu veux que je m'en occupe ?

Molly sourit.

— Tu ne parles pas français, Eugenia, et tu ne connais pas une seule âme dans le village. Comment vas-tu emprunter assez de tables pour trente personnes ?

Eugenia agita ses sourcils.

— Tu me sous-estimes, ma chérie. Raye ça de ta liste, je m'en occupe.

Le travail de préparation de la fête était presque suffisant pour chasser de l'esprit de Molly à la fois l'état instable des choses avec Ben et le meurtre d'Iris Gault. Presque, mais pas tout à fait.

Molly était ravie de célébrer l'anniversaire de Lawrence, espérant que cela l'aiderait à le sortir du « bourbier du désespoir », comme il l'appelait. Mais ce n'était pas tout ce qu'elle espérait accomplir.

Elle avait un autre plan. En quelque sorte.

36

Le jeudi matin, le jour J, Molly était épuisée. Elle et Eugenia avaient passé la veille à cuisiner tout ce qu'elles pouvaient à l'avance, ce qui avait nécessité un grand nettoyage dans la cuisine et laissé le réfrigérateur rempli à ras bord. Elle avait fait plusieurs voyages d'urgence au village pour des fournitures et des ingrédients, et avait dû emprunter la voiture de Nico à un moment donné pour se rendre à Périgueux pour quelques articles qu'elle ne pouvait pas trouver à Castillac. Car comme tout le monde vous le dira, on ne peut pas organiser une soirée disco des années 70 sans une boule à facettes pour illuminer la piste de danse.

Néanmoins, jusque-là, tout se déroulait plutôt bien. Frances avait rapporté qu'elle avait trouvé des tenues parfaites pour eux, y compris pour Lawrence, et Constance était arrivée à l'heure et s'était attelée à ses tâches avec son enthousiasme et son inefficacité habituels.

— Je sais que j'ai l'air pointilleuse, mais Constance, tu vas devoir repasser l'aspirateur sur les coussins du canapé.

— Tu mets tes chaussures sur le canapé, espèce de sauvage ? rétorqua Constance.

— Non ! C'est Bobo. Elle sait parfaitement qu'elle n'a pas le droit de monter sur le canapé, mais elle se faufile ici quand je dors et tu vois le résultat. Je suis sure que les propriétaires de chiens et de chats de la fête comprendront, mais les autres seront horrifiés.

— Eh bien, l'aspirateur ne va pas enlever ça. Heureusement pour toi, j'ai apporté ma brosse magique.

Elle alla chercher dans son sac posé sur le sol de l'entrée et en sortit une brosse en plastique quelconque avec une sorte de coussin velouté. Elle la passa sur le canapé et la montra à Molly.

— C'est *vraiment* une brosse magique ! Merveilleux, merci ! Et merci encore d'être venue aujourd'hui. J'apprécie vraiment.

— On verra bien, marmonna Constance.

Elle fit un travail correct pour effacer les preuves des méfaits de Bobo pendant que Molly préparait la vinaigrette et grillait des tranches de baguette.

— Pourquoi, oh pourquoi ai-je décidé de faire des profiteroles ? gémit-elle.

— Parce que c'est délicieux ?

— Bien sûr, mais il y a un million d'autres choses tout aussi bonnes qui ne demandent pas un travail fou juste avant de les servir !

— Elles ont beaucoup d'impact, cependant, Molly. Imagine l'effet quand tu sortiras avec ce plateau rempli de profiteroles. Tu vas y planter des bougies ? Et les remplir de glace ou de crème fouettée ?

— De glace. Parfois, je me demande si je ne fais pas ces plans ambitieux juste pour voir si je vais basculer dans la folie sans retour.

Constance haussa les épaules, ne comprenant pas de quoi Molly parlait.

Elle prépara la pâte à choux pour les profiteroles, reconnaissante d'avoir appris quelques astuces de Nugent lors de leur leçon, même si elle avait écouté attentivement ses divagations. Le bol rentrait à peine dans le petit réfrigérateur européen, mais elle réussit à le faire tenir.

Les deux femmes continuèrent à travailler jusqu'à environ 14 h, moment où Constance rentra chez elle et que Molly s'allongea pour se reposer. Dès qu'elle fut étendue sur son lit, des pensées concernant Ben et Iris envahirent son esprit, son cerveau ressemblant un peu à une cage remplie de singes bavards.

Ce n'est pas juste qu'il est en colère contre moi parce que Pierre est mort.

Qui t'a poussée dans les escaliers, Iris ? Je ne crois pas vraiment à une quelconque vie après la mort, mais qu'est-ce que j'en sais ? Donc si ton esprit m'écoute, fais-moi un signe, tu veux ?

Pierre. As-tu été poussé aussi ?

Oh non, j'ai oublié d'inviter Roger Finsterman !

Molly bondit hors du lit et passa ses doigts dans ses cheveux. Appelant Bobo, elle sortit par les portes-fenêtres vers la terrasse, dépassa la rangée de tables qu'Eugenia avait miraculeusement dénichées quelque part, et se dirigea vers le pigeonnier pour inviter son autre invité, mais il n'était nulle part en vue.

FRANCES ARRIVA vers 16 h et trouva Molly profondément endormie dans son lit.

— Ma chérie, qu'est-ce que tu fais ? Tu dois te préparer pour la fête !

— Oh, mon Dieu, marmonna Molly en se retournant, les yeux troubles.

— Je ne voulais pas m'endormir.

— Eh bien, file sous la douche et active-toi ! Attends de voir ce que tu vas porter !

Frances était déjà habillée pour la fête dans une minirobe moulante qui mettait en valeur ses longues jambes. J'ai trouvé cet endroit à Bordeaux qui avait presque tout ce que je cherchais ! Enfin, sauf pour les chaussures. C'est toujours problématique. Donc on est totalement authentiques années 70, sauf pour les chevilles et en dessous. J'ai trouvé une paire de bottes à plate-forme, mais elles n'auraient convenu à aucune d'entre nous.

Molly fixait Frances, ne suivant pas vraiment son bavardage. Puis elle cligna fort des yeux et secoua la tête.

— D'accord ! Je vais sous la douche. Tu as trouvé quelque chose pour Lawrence ?

— Je viens de le déposer chez lui. Je suis vraiment contente que tu fasses ça, Molly, il a l'air tellement triste. C'est toujours à cause de ce type au Maroc ?

— Je ne sais pas, dit Molly en posant le pantalon pattes d'éléphant que Frances lui avait donné sur le dossier d'une chaise et se dirigeant vers la douche.

— Mais quoi que ce soit, on va au moins lui montrer beaucoup d'amour ce soir.

MOLLY ESSAYA de cacher son anxiété à ses invités et prit soin de se limiter à un kir en les accueillant à la porte. Mme Gervais fut la première à arriver.

— Je n'ai plus l'endurance d'autrefois, vous savez, dit-elle de sa voix chantante.

— Mais j'ai eu le pressentiment que c'était une soirée que je ne voulais pas manquer.

— J'espère bien, Madame Gervais. Je l'espère vraiment. Que voulez-vous boire ? Thomas, peux-tu la servir, s'il te plait ?

Eugenia était dans la cuisine, réchauffant les tartines au camembert et aux figues, tandis que Molly se tenait à la porte. Bobo était au mieux de son comportement, accueillant les invités sans leur sauter dessus une seule fois. Dans l'entrée, arrivèrent Nico et Frances, suivis de Roger Finsterman.

— Je suis si contente que tu aies reçu mon mot ! Comment vas-tu ?

— Formidable élan de productivité, Molly. Je commence à

croire que La Baraque a des propriétés magiques ! Je n'ai jamais accompli autant en si peu de temps, et je me sens inhabituellement satisfait de la qualité aussi.

— Merveilleux ! dit Molly, en l'embrassant sur les deux joues et en pensant ce qu'elle disait, bien que ce soit son optimisme qu'elle trouvait merveilleux, pas tant ses tableaux.

D'autres invités se pressaient à la porte : Lapin, Caroline Dubois, suivis de près par Tristan Séverin. Angela Langevin, la fleuriste, accompagnée de son mari, qui avait l'air très sérieux, portant un costume vintage et un pince-nez à l'ancienne. Edmond Nugent arriva, ayant clairement reçu le message sur le thème de la soirée : il portait une chemise ouverte sur la poitrine et un pantalon pattes d'éléphant moulant qui aurait pu être dans son placard depuis 1977.

Thomas distribuait des spritzers à la lavande ou des verres de Dubonnet à qui en voulait, et Constance lança la musique. Bientôt, le salon fut rempli d'un brouhaha de villageois qui buvaient et bavardaient, certains bougeant leurs hanches au rythme d'Earth, Wind, and Fire puis des Pointer Sisters.

— Je ne veux pas que tu aies à servir, dit Molly à Eugenia, qui avait commencé à se frayer un chemin dans la foule avec un plateau de tartines.

— Oh, ça ne me dérange pas du tout. Ça me donne quelque chose à faire. Ce n'est pas comme si je pouvais parler à qui que ce soit ! dit-elle avec un clin d'œil.

— Ce que je veux savoir, dit Lapin à voix haute, c'est où est la nourriture appropriée ? Si le thème est le disco américain des années 70, ne devrions-nous pas manger de la nourriture américaine des années 70 ?

— Je ne pense pas que quiconque en voudrait, dit Marie-Claire Lévy en riant.

— Bien sûr, je ne parle pas d'expérience. Mais j'ai visité l'Amérique une fois, et certaines des choses qu'ils mangeaient étaient positivement choquantes.

Molly fit une traduction rapide pour Eugenia, qui était apparue avec un nouveau plateau de tartines.

— Oh, allons, dit Eugenia, souriant à Marie-Claire.

— Oui, c'est vrai, certaines choses qui deviennent populaires sont trop horribles pour être décrites. Les Oreos frits et autres. Mais si vous venez me rendre visite à La Nouvelle-Orléans un jour, je vous emmènerai dans des endroits qui feront tomber vos chaussettes !

Marie-Claire parlait suffisamment bien l'anglais pour suivre ce qu'Eugenia disait, mais était perplexe quant au rapport entre la nourriture de La Nouvelle-Orléans et ses chaussettes.

— Alors que mangeaient les Américains dans les années 70 ? demanda Lapin.

— De la gelée. dit Molly.

— Des bâtonnets de nourriture spatiale.

— Des bâtonnets de nourriture spatiale ? répéta Lapin avec émerveillement.

Molly vit Caroline debout seule et s'excusa pour aller lui parler.

— Bonsoir, Caroline ! dit-elle, en lui faisant la bise.

— Je voulais m'excuser pour l'autre soir Chez Papa. J'ai été impardonnable de m'assoir à votre table sans y être invitée.

Caroline lui lança un regard froid.

— Merci, dit-elle.

— Et je sais... que toute cette histoire, tout ça, a été terriblement dur pour vous. Je suis désolée pour cela.

— Eh bien, ce n'est guère votre faute, n'est-ce pas ? Je veux dire, je vois que vous aimez vous immiscer au cœur de tout, mais honnêtement, ça n'a rien à voir avec vous, n'est-ce pas ?

Molly se redressa et parla calmement.

— Encore une fois, je suis désolée pour les difficultés. Et malgré ce que vous pourriez penser, je suis contente que vous soyez venue ce soir.

Elle la contourna et se rendit dans la cuisine pour prendre un plateau de tartines à faire circuler. Puis elle entendit la voix de Ben, et un coup de je-ne-sais-quoi la traversa. Cela faisait des jours qu'ils ne s'étaient pas vus, ni même parlé.

Je ne vais pas courir vers lui, pensa-t-elle avec défi. *Pas après avoir été si désagréable avec moi l'autre jour. Il peut venir à moi.*

Presque tous les invités étaient là, elle avait pensé que Lawrence attendrait un peu pour faire son entrée, mais où était-il? Elle se mit sur la pointe des pieds pour examiner la foule, et les invités semblaient heureux et prêts à passer un bon moment. La pièce était devenue bruyante et il était temps d'inviter les gens sur la piste de danse herbeuse et de les faire bouger.

Et ensuite? Eh bien, elle ne savait pas vraiment. Elle était à peu près sure d'avoir la dynamite *et* l'allumette, mais comment rapprocher suffisamment les deux pour que l'explosion désirée se produise?

37

Molly dansait le *Bus Stop*, un kir à la main, lorsqu'elle entendit des cris provenant de l'intérieur de la maison. Cela ressemblait à des cris d'hilarité, mais elle était sur le qui-vive et rentra avec appréhension. Là, dans le salon, se tenait enfin l'invité d'honneur, Lawrence, dans toute sa splendeur, posant dans un costume blanc à pattes d'éléphant, la chemise ouverte avec une chaine en or scintillant sur sa poitrine.

Tout le monde dans la pièce hurlait de rire, un bruit qui ne fit que s'intensifier lorsque les premières notes de « *The Love Machine* » commencèrent à jouer et que les hanches de Lawrence se mirent à bouger. Il tendit la main à Molly et tous deux tourbillonnèrent à travers une série de mouvements disco, incluant le *Bump*, le *Butterfly*, et même le *Point Move*. Quand la chanson se termina, elle tomba dans ses bras et ils éclatèrent de rire.

— Pas mal, Molly, dit-il en sortant un mouchoir pour éponger son front.

— Je n'avais aucune idée qu'une reine du disco se cachait en toi.

Molly se dirigea vers le bar que Thomas avait installé sur le comptoir de la cuisine et se servit un spritzer à la lavande.

— Tu sais, le disco était quelque chose que mes copines et moi faisions ensemble quand nous avions environ douze ans, cet âge entre l'enfance et l'adolescence. Nous prenions très au sérieux le fait de bien maitriser tous les mouvements, ajouta-t-elle en riant.

— Nous étudiions *Saturday Night Fever* comme un texte sacré.

— Un verre, *birthday boy* ? demanda Nico, qui commençait déjà à préparer un Negroni.

Lawrence acquiesça en souriant.

— Je dois dire que Frances s'est surpassée. Tu peux croire qu'elle a trouvé cette tenue ? Et à ma taille ? C'est une magicienne.

Nico sourit rêveusement.

— Elle est dehors en train d'apprendre la danse en ligne à tout le monde. Tu sais, si jamais je me remarie — tais-toi, je ne m'y attends pas, je réfléchis juste à voix haute — le gars *doit* savoir danser. C'était vraiment trop amusant.

— Oh, alors tu vas épouser un homme gay ?

Molly éclata de rire.

— Je m'en offusque, dit Nico en tendant son Negroni à Lawrence.

— Moi aussi, dit Caroline, qui apparut à côté de Molly les sourcils froncés.

— Il plaisante. Il plaisante ! dit Molly.

— Bien que, juste pour info, je n'ai jamais eu de petit ami qui savait danser. Ou qui sait, peut-être qu'ils auraient pu. Ils n'étaient pas disposés à essayer.

— Il me semble me souvenir que Ben s'était fort bien débrouillé sur la piste de danse au Gala l'année dernière, dit Lawrence en haussant les sourcils.

Molly haussa les épaules. Il y eut un silence gênant. Elle tendit le cou pour voir si elle pouvait apercevoir Ben quelque part, mais ne le vit pas. Il était probablement dehors avec la foule. Peut-être qu'il dansait.

J'ai été si intransigeante. Je suis une petite amie terrible.

— Lawrence, tu as fait une entrée si tardivement classe que tu as manqué toutes les tartines, et laisse-moi te dire, elles étaient absolument fantastiques ! dit Molly.

— Je confirme, dit Nico en souriant.

— Mais tu changes de sujet.

Molly le repoussa d'un geste de la main.

— Je compenserai les tartines manquées par une gloutonnerie sans retenue pour tous les plats restants, répondit Lawrence.

— Maintenant, je dois aller saluer mon public.

Et il sortit majestueusement par les portes-fenêtres vers la terrasse, laissant les autres encore hilares devant sa tenue.

Molly consulta Eugenia pour savoir s'il était temps de servir le canard, puis suivit Lawrence dehors. Elle gardait un œil sur plusieurs invités, voulant surveiller leur comportement et avec qui ils parlaient. Nugent était assis seul à la longue table, regardant d'un air renfrogné les danseurs dans la cour. Caroline l'avait suivie dehors et se tenait les bras croisés, l'air tout aussi renfrogné.

Le reste des invités profitait pleinement, dansant, buvant et mangeant les dernières miettes des hors-d'œuvre. Elle vit même Mme Gervais sur la piste de danse, agitant ses mains en l'air et soutenue par l'éternel gentleman Rémy. Tristan Séverin n'avait pas amené sa femme et dansait avec Marie-Claire Lévy, ses bras et jambes volant partout, semblant passer le meilleur moment de sa vie.

À sa surprise, Molly ressentit un pincement de nostalgie pour Pierre. Il était facile de l'imaginer là, l'air mal à l'aise de cette façon bourrue qui était la sienne, mais présent, malgré tout. Après avoir appris sa mort, elle avait envisagé l'idée qu'il avait assassiné sa femme puis s'était suicidé par culpabilité, mais cette idée ne l'avait pas convaincue, et, après mure réflexion, elle avait réalisé quelques éléments qui l'innocentaient totalement. Du moins, *si* elle avait raison.

Elle savait qu'elle devait faire la paix avec Ben. Il avait eu raison depuis le début à propos de Pierre, et le moins qu'elle pouvait faire, était de l'admettre. Mais les invités devaient être servis avec leur canard et ratatouille, et les profiteroles devaient être farcies de glace. Une chose à la fois.

*

UNE FOIS que tout le monde fut assis à la longue table, qui était recouverte d'une simple nappe blanche et de bols de roses du jardin de Molly, Eugenia, Nico et Molly firent le tour avec de grands plats de confit de canard et servirent. Thomas suivait avec un plat de ratatouille, et la salade était réservée pour un service séparé, à la française.

« *Got To Be Real* » de Cheryl Lynn jouait, et la boule à facettes scintillait, suspendue à un chêne voisin. Constance baissa la musique pour faciliter la conversation ; on entendait du français, de l'anglais, et beaucoup de rires et de blagues tandis que les invités se régalaient et remplissaient leurs verres. Un observateur occasionnel aurait pu penser que la fête était l'image même de la joie villageoise, un groupe d'amis profitant d'une célébration d'anniversaire par une chaude nuit d'été.

Mais peut-être qu'un observateur plus attentif aurait remarqué que tout le monde à table ne se sentait pas joyeux, ni même sociable.

Molly prit place à côté de Caroline et en face de Nugent et Séverin. Ben était assis à l'autre bout avec Maron et Monsour, qui observaient les invités avec le détachement que pourraient montrer des scientifiques observant des créatures d'étang sous un microscope.

Après avoir discrètement désigné les gendarmes, Caroline demanda :

— Tu penses qu'ils sont, euh, *en service*, même ici, à une fête ?

Elle était assise à côté de Nathalie Marchand, la gérante du restaurant presque étoilé Michelin, La Métairie.

— C'est possible, chuchota Nathalie.

— Tu as dû entendre, nous avons eu un meurtre qui s'est

produit directement dans le restaurant l'année dernière! J'ai rencontré Gilles Maron pendant tout ça. Il est... en fait plutôt sympathique, même s'il ne fait pas la meilleure première impression.

— Je ne te le fais pas dire, dit Caroline.

— Je n'aime pas les gendarmes, la police, rien de tout ça.

— Tu veux du vin? demanda Nathalie en prenant la carafe de rouge.

En face de Molly, Nugent picorait son canard.

— Ne me dis pas que tu ne manges que des sucreries! le taquina Molly.

D'un air morose, il leva les yeux de son assiette, puis fit un haussement d'épaules théâtral.

À côté de lui, Tristan discutait avec Marie-Claire, assise de l'autre côté, de son projet d'emmener les enfants de dix ans faire de l'escalade au printemps suivant. Marie-Claire était une bonne auditrice et semblait intéressée par le projet de Severin, l'interrompant de temps en temps avec une question tandis que l'enthousiasme de Severin débordait.

Bon. C'est l'heure du spectacle.

— Tristan, ça a l'air d'être une aventure qu'ils n'oublieront jamais, dit Molly en se joignant à leur conversation.

Nugent lui lança un regard noir.

— Oh, les jeunes adorent essayer de nouvelles choses comme ça! répondit-il.

— Leurs têtes sont si pleines de fantaisie, tu sais. Ils s'imagineront être des héros, escaladant les hauteurs pour sauver la princesse!

Molly prit une rapide inspiration.

— En parlant de princesses, je sais que toi et tous ceux, ici, qui connaissaient Iris, devez penser à elle ce soir. Je me demandais... penses-tu que ce serait approprié de porter un toast en sa mémoire, ou de faire une sorte d'hommage?

Nugent plissa les yeux vers elle. Séverin inclina la tête un moment puis regarda Molly avec un triste sourire.

— Oh oui, bien sûr, nous pensons tous à elle. Iris... une femme incroyable. Tout le monde le dirait.

Il leva son verre, la lumière du disco faisant briller l'humidité dans ses yeux.

— Eh bien... je ne veux pas être trop indiscrète, mais tu sais à quel point les Américains peuvent être grossiers parfois, dit Molly avec un rire que ceux qui la connaissaient bien auraient reconnu comme totalement faux.

— Et curieux aussi. Alors je me demandais... s'est-il passé quelque chose qui t'a fait changer d'avis à son sujet? Je veux dire, la nouvelle s'est répandue à propos de l'e-mail que tu as envoyé. La nuit de sa mort, d'ailleurs, maintenant que j'y pense.

Séverin regarda Molly avec surprise.

— Quoi?

— Allez, tu sais de quoi je parle. Ce que j'ai entendu, c'est que tu as *rompu avec elle* par e-mail. N'est-ce pas un peu malpoli, Tristan? Je veux dire, sans vouloir jouer les donneuses de leçons, mais c'est surement quelque chose que les gens devraient faire en personne, non?

Les yeux de Severin s'écarquillèrent. Molly imaginait qu'elle pouvait entendre le bourdonnement de son cerveau en action. Il resta immobile un long moment, puis laissa échapper un rire bref en regardant des deux côtés de la longue table comme pour voir si quelqu'un d'autre écoutait. Il se pencha en avant et dit à voix basse :

— La vérité, Molly, c'est que j'en étais arrivé au point... je me concentrais sur le fait d'essayer de bien faire les choses pour ma chère épouse. Je déteste le dire... mais tu vois, j'avais essayé de rompre avec Iris plusieurs fois avant cela, en personne comme, tu dis, mais elle était très persistante. À la fin, cela semblait être la seule façon de m'en débarrasser.

Nugent s'était penché pour ne pas manquer ce que Séverin disait. Après une brève pause, il bondit sur ses pieds et explosa :

— *T'en débarrasser*? Quelle sorte de merde es-tu en train de débiter, espèce de semblant d'homme pathétique que tu es !

La table devint silencieuse. Thomas se précipita vers l'ordinateur portable de Molly et coupa la musique.

— Je n'arrive pas à imaginer comment tu as réussi à lui jeter de la poudre aux yeux dès le début ! poursuivit Nugent.

— Mais je ne croirai *jamais* qu'elle s'accrochait à toi et ne voulait pas te laisser partir. Jamais !

Séverin tapota l'épaule de Nugent, ce qu'il pouvait faire sans se lever parce qu'il était tellement plus grand que Nugent.

— Calme-toi, mon ami. C'est fini maintenant, non ? Nous sommes ici pour célébrer l'anniversaire de M Weebly !

Il leva son verre puis but une gorgée, mais personne ne suivit son exemple. Tout le long de la table, les gens regardaient et prêtaient une attention particulière au drame qui se déroulait.

Molly observait Nugent, priant pour qu'il ne se taise pas, pas maintenant.

Nugent se dégagea du contact de Severin avec une expression de dégout. Il marcha vers le bout de la table où Ben, Maron et Monsour étaient assis, tous les yeux rivés sur lui.

— Très bien alors, si on en est arrivé là... je dois absolument parler, peu importe à quel point cela pourrait être personnellement embarrassant. Je suis désolé de ne pas l'avoir fait plus tôt.

Il regarda sobrement les gendarmes.

— C'est *moi* qui ai écrit cet e-mail, pas Séverin ! dit-il d'une voix forte et tremblante.

— Qu'est-ce qu'il dit ? demanda Caroline à Nathalie.

Molly se leva et suivit Nugent jusqu'au bout de la table.

— Continuez, lui dit calmement Ben.

— Je ne pense pas qu'il y ait une seule personne ici qui dirait que Tristan Séverin méritait de lécher les pieds d'Iris Gault ! poursuivit Nugent.

— Je n'arrivais pas à y croire quand j'ai entendu qu'ils étaient...

Il secoua la tête comme pour chasser l'image désagréable du couple.

— J'espérais que ce n'était que des ragots. Mais ensuite j'ai vu le *poème*, cracha-t-il.

— De quel poème parle-t-il? dit Caroline à Nathalie, qui n'avait aucune idée de ce qui se passait, étant très en retard dans les potins du village.

Nugent regarda les invités le long de la table et ricana :

— Oh, alors vous pensez tous comme c'est charmant, comme c'est romantique, le directeur de l'école a écrit un poème à la belle Iris. Eh bien, je vais vous le dire, ce n'était que de la saleté. Pour la déesse du village, de la saleté! Elle méritait tellement mieux. Quelqu'un qui la comprenait... quelqu'un...

— Quelqu'un... comme vous? dit Monsour, provoquant quelques rires nerveux.

Nugent secoua la tête. Il se pencha et but distraitement une longue gorgée du verre de vin de Monsour, puis se frotta le front avec ses doigts, un geste que Molly l'avait vu faire quand il devenait agité.

— Le poème était dans le bureau de Severin, à l'école. C'est là que vous l'avez vu? Que faisiez-vous là? demanda Ben.

Maron se maudit de ne pas avoir pensé à poser la question lui-même.

Nugent essaya de repousser Dufort et de retourner à sa place. Ses épaules s'affaissèrent et son visage se creusa, comme s'il avait soudainement pris vingt ans de plus.

Mais Maron se leva et lui retint le bras.

— Non, Monsieur, je crois que vous avez quelques questions auxquelles répondre.

— Dois-je aller chercher les menottes? demanda joyeusement Monsour.

— Ce n'est pas nécessaire, dit Maron.

— Répondez à la question, s'il vous plait. Le poème était dans le bureau de l'école. Est-ce là que vous l'avez vu ?

Nugent hocha la tête, fixant le sol.

— Et c'est à ce moment-là que vous avez également eu accès à l'ordinateur de Séverin ? demanda Ben, incapable de rester silencieux maintenant qu'il voyait ce qui avait dû se passer.

Nugent ne répondit pas, alors il continua :

— C'est vous qui avez envoyé l'e-mail rompant avec Iris, pas Séverin ? C'est ce que vous admettez ?

Molly avait du mal à contenir son impatience lorsque Nugent ne répondit pas immédiatement.

— Alors ? dit-elle, avant de se mordre la lèvre et de se dire de laisser les choses se dérouler sans interférer.

— Et alors, si, je l'ai fait ! finit par lâcher Nugent.

— L'idée de le voir avec elle…, c'était insupportable pour moi ! Ce n'est qu'un poids plume, un gamin, de quel droit osait-il…

— Il est intéressant de constater que vous pensez avoir le droit de décider qui fait quoi, qui mérite quoi, dit Maron.

— Peut-être croyez-vous aussi qu'il vous appartient de décider qui a le droit de vivre et qui ne l'a pas ?

Monsour se tenait de l'autre côté de Nugent, lui serrant le bras, et attendait les instructions de Maron.

Attendez, quoi ?

Ce n'était pas la tournure que Molly s'attendait à voir prendre les évènements. Mais c'était hors de son contrôle maintenant. Elle avait allumé la mèche et ne pouvait plus maitriser qui serait blessé dans l'explosion.

❦ 38 ❦

B en s'était levé.

— Quand étiez-vous dans le bureau de l'école ? demanda-t-il à Nugent.

— Réfléchissez bien, Edmond. Quelle nuit était-ce ?

— La nuit où elle a été tuée ! s'exclama Caroline, bondissant de sa chaise et renversant son vin.

— C'était *vous* que j'ai vu dans le bureau cette nuit-là, n'est-ce pas ? Pas Tristan ! Elle se tourna vers son patron, qui se pencha en arrière dans sa chaise et sourit.

— Oh, rasseyez-vous, Caroline ! dit-il.

— Ne vous mêlez pas de ça, ce n'est qu'un drame ridicule. Vous connaissez Nugent.

— Vous voulez dire, amoureux d'Iris ? Oui, je sais. Je sais exactement ce que c'est.

Caroline s'éloignait de Séverin, tandis que Dufort s'approchait de lui. Les autres invités regardaient d'un bout à l'autre de la table, ne comprenant pas tout à fait, mais ne voulant rien rater. Personne ne bougeait, pas même pour boire une gorgée de vin.

— Veuillez rafraichir nos mémoires, Caroline, dit Dufort.

— Pouvez-vous décrire ce que vous avez vu, la nuit où Iris est morte ?

— Assassinée, corrigea Caroline.

— Ne dites pas « morte » quand vous voulez dire « assassinée ». Très bien.

Caroline ne quittait pas Séverin des yeux tandis qu'elle prenait le verre de vin de Nathalie et en buvait une gorgée.

— Je suis allée me promener. C'était une nuit chaude et je me sentais agitée. Mon appartement n'est pas loin de l'école et je suis passée par cette rue. J'ai remarqué la voiture de Séverin garée dehors, ce que j'ai trouvé un peu étrange.

— Étrange ?

— Oui. Il faisait déjà nuit. Il n'est pas connu pour être un bourreau de travail, disons-le ainsi, dit-elle avec amertume.

— Bien que, pour ma défense, j'ai pensé qu'il se précipitait pour finir un travail qui aurait dû être fait depuis des semaines.

— Donc sa voiture était garée où ?

— Dans le petit espace réservé à l'école. Alors, quand j'ai vu quelqu'un dans le bureau — il faisait sombre, les lumières n'étaient même pas allumées, tout ce que je pouvais voir était une sorte de silhouette, ou juste une forme, vraiment, à la lueur d'un écran d'ordinateur — j'ai simplement supposé...

Molly ne put s'en empêcher, elle sourit.

— ... j'ai simplement supposé que c'était Séverin, assis à son bureau. Enfin en train de faire une partie du travail que je lui demandais de faire depuis longtemps.

Dufort se retourna vers Nugent.

— Mais ce n'était pas du tout Séverin, n'est-ce pas ?

Maron s'approcha derrière Dufort et se plaça de l'autre côté de Séverin.

— Oh, bien sûr que c'était moi ! s'empressa de dire Séverin.

— Ma voiture était là, non ?

— Pourquoi êtes-vous allé au bureau de l'école ? demanda Maron à Nugent.

— Ce n'est pas le témoignage que vous avez donné lors de mon entretien avec vous.

— Non, non, bien sûr que non! Et *mon Dieu*, ce n'est pas le témoignage que je veux donner maintenant! J'aimerais que tout revienne en arrière, en arrière jusqu'au jour où Iris était encore en vie, et voir si l'un de nous, pauvres fous, aurait pu faire quelque chose pour empêcher ce qui s'est passé.

Il mit son visage dans ses mains.

— Tout ce que je voulais... tout ce que je voulais, c'était qu'elle soit heureuse...

— Je ne vous *crois* pas, dit Caroline à Séverin, sa voix montant.

— Du moins... tout ce temps, je pensais qu'au moins vous vous *souciez* d'elle. Même si vous vous comportiez comme un parfait crétin, je pensais qu'elle comptait vraiment pour vous. Je n'aurais jamais, jamais imaginé que vous seriez celui...

Séverin se leva lentement.

— Je n'apprécie pas ces insinuations, dit-il, les paumes levées.

Il fit un pas en arrière, mais Maron était d'un côté et Monsour de l'autre.

— J'ai bien peur que votre alibi vienne de s'effondrer, dit Maron.

— Vous êtes allé chez les Gault cette nuit-là, dit Molly à Séverin.

— Vous avez laissé votre voiture à l'école et vous y êtes allé à pied. C'était Iris qui voulait rompre avec vous, n'est-ce pas?

Séverin essaya de rire.

— Oh, vous savez, c'était... elle ne pensait pas vraiment ce qu'elle disait. Que Dieu la bénisse, mais Iris pouvait être lunatique, vous voyez ce que je veux dire?

— *Lunatique?* dit Nugent, se précipitant et poussant l'homme plus grand dans la poitrine.

Monsour tira Nugent en arrière et le retint. À ce moment-là, les invités à table ne purent plus rester silencieux et un fort murmure s'éleva. On pouvait entendre Lawrence dire qu'il n'avait jamais eu de fête d'anniversaire comme celle-ci.

— Vous êtes allé chez les Gault, répéta Molly.

— Vous avez pris le thé, je crois ? Vous avez laissé votre tasse de thé dans le salon. Ça se remarquait, vous voyez, parce que les Gault étaient si ordonnés. Et puis vous avez essayé de convaincre Iris de ne pas vous quitter, n'est-ce pas ? Et peut-être... peut-être que vous ne le vouliez pas, mais en vous disputant, vous vous êtes rapprochés des escaliers, et...

Séverin regarda autour de lui, cherchant un allié, mais n'en trouva aucun. Il commença à parler. Il se rassit puis se releva. Il regarda Molly, Nugent, Dufort et les deux gendarmes, passant sa main sur sa joue. Finalement, il baissa la tête et murmura :

— Je ne supportais pas l'idée qu'elle me quitte, vous comprenez ? Je ne suis pas un tueur de sang-froid. Je l'aimais. Je l'aimais vraiment, vraiment.

Tandis que Maron et Monsour l'emmenaient, Lawrence fit remarquer à voix haute l'ironie de cette déclaration, et les invités murmurèrent leur accord.

Se sentant triomphante, mais aussi triste, Molly se retourna pour chercher Ben, mais il se dirigeait vers le côté de la maison, la boule à facettes projetant des points colorés sur son dos tandis qu'il s'éloignait.

C'était une sorte de tradition, après qu'un tueur ait été attrapé, que Molly et ses amis fêtent ça Chez Papa en discutant des détails de ce qui s'était passé. Pas cette fois-ci. Molly et Ben ne s'étaient toujours pas parlé. Quand Molly avait discuté avec Lawrence le lendemain, il avait dit que, tout ce qu'il voulait, c'était venir à La Baraque pour manger les restes juste avec Molly, et c'est ce qu'ils firent.

— Je viens d'avoir des nouvelles, dit Molly lorsque Lawrence entra.

— Le rapport toxicologique de Pierre est revenu. Des narcotiques. Pas assez pour une overdose, mais quand même, apparemment une assez grosse dose.

— Suffisante pour lui faire perdre l'équilibre.

— Exactement.

— Eh bien, au moins il n'a pas été assassiné. Je suppose que c'est déjà ça. Ben te l'a dit ?

— Il parait que Nagrand a déjeuné Chez Papa aujourd'hui, et Nico a appelé pour le faire savoir.

Elle soupira.

— Désolée, la salade est un peu fanée, dit-elle en lui tendant une assiette.

— Tu veux manger sur la terrasse ?

— Oui. Mais d'abord, je mets mes chaussons. J'adore qu'on fasse encore une soirée pyjama, comme après l'affaire Amy Bennett.

— D'accord, mets tes chaussons et prends le vin, tu veux bien ?

Molly sortit, Bobo sur ses talons.

— J'ai beaucoup de questions, dit Lawrence.

— Je commence par celles sur comment diable tu as compris que Séverin avait poussé la pauvre Iris dans les escaliers ? Ou j'ai des questions plus personnelles si tu préfères que je commence par celles-là.

Il leva les sourcils vers elle et leur versa du vin.

— Si c'est à propos de Ben, je n'ai vraiment rien à te dire. Je ne sais pas ce qui se passe. Seulement, on ne se parle pas, ce qui n'est évidemment pas bon signe.

Lawrence regarda son amie pour jauger ses sentiments, puis coupa un morceau de confit de canard et le mangea.

— Non, je suppose que non, dit-il finalement.

— Mais peut-être qu'une petite pause l'un de l'autre sera... clarifiante ? Je ne suis vraiment pas en position de donner des conseils en matière de romance. Bon, laissons ce sujet pour le moment. Maintenant, dis-moi : comment as-tu commencé à suspecter Séverin ? Tout le monde l'aimait, du moins, je le pensais. La dernière chose que j'aurais imaginée, c'est qu'il soit un tueur de sang-froid.

— Je sais. Pour être un peu juste, on ne connait pas les intentions qu'il avait quand il est allé voir Iris cette nuit-là. Peut-être qu'il essayait seulement de la convaincre de rester avec lui et qu'à un moment, il a perdu le contrôle. Mais tu as raison, il ne correspond à aucune de nos idées sur les meurtriers, n'est-ce pas ? Et ce fait a failli lui permettre de s'en tirer. Ça, plus beaucoup de chance. Ce n'est pas comme s'il avait prévu que Nugent s'introduise dans son bureau pendant qu'il était avec Iris cette nuit-là, c'était le pur hasard, et ça lui a donné, ce qui semblait être, un alibi en béton quand Caroline a cru l'y avoir vu.

— Alors comment as-tu deviné que ce n'était pas Séverin après tout ?

— Eh bien, personne ne faisait de progrès dans l'affaire. Ni moi, ni Ben, ni les gendarmes. J'ai pensé qu'on avait négligé quelque chose d'important, ou pas négligé exactement, qu'on avait présumé quelque chose à tort, ou tenu quelque chose pour acquis. Qu'on pensait savoir quelque chose alors qu'en fait, ce n'était pas le cas. Bref, j'ai revu chaque détail qu'on avait jusque-là, en essayant de le regarder de manière complètement objective. En tenant les faits de l'affaire à la lumière et en les regardant à l'envers et à l'endroit... Molly prit une gorgée de vin. Et ça ne m'a menée nulle part non plus. Mais, ça a en quelque sorte préparé mon cerveau, si tu vois ce que je veux dire ?

— En quelque sorte ?

— Je veux dire que quand la percée est arrivée, j'étais prête à la remarquer. Je prenais un cours de pâtisserie avec Nugent. Le pauvre homme était obsédé par Iris, tellement que, pendant un moment, j'ai pensé que peut-être, *lui*, avait totalement perdu les pédales et l'avait tuée, dans un moment de folie totale ou quelque chose comme ça. Mais bref, l'autre jour, j'étais dans sa boutique et il me montrait comment faire de la pâte à choux, ce qui m'a appris à faire tes profiteroles d'hier soir.

Elle s'arrêta pour manger un peu de salade, essuyant lentement sa bouche avec sa serviette en se remémorant l'après-midi avec Nugent.

— Allez, Molly, arrête de faire durer le suspense !

— D'accord, un peu de patience, rit-elle.

— Donc... il déblatérait sur Séverin, absolument furieux et jaloux qu'Iris ait eu une liaison avec lui plutôt qu'avec Nugent. Il a commencé à dire comment Séverin l'avait quittée, l'avait simplement jetée quand il s'était lassé d'elle, que c'était le genre d'homme horrible qu'il était. Il voulait que je sois d'accord sur le fait que Séverin ne l'avait pas méritée.

Lawrence pencha la tête, ne comprenant pas.

— Tu ne vois pas ? Personne ne savait rien de cette supposée rupture à part les gendarmes, plus Ben et moi. La seule raison pour laquelle nous en savions quelque chose, c'est que Maron avait pris l'ordinateur de Séverin et avait trouvé l'e-mail sur son disque dur, avec un dossier d'e-mails que le couple s'était écrits au cours de leur liaison. En d'autres termes, la seule source pour la rupture était cet unique e-mail — pas de ragots de village, de lettres, de témoins, rien d'autre du tout.

— Nugent n'avait aucun moyen de savoir quoi que ce soit à ce sujet, poursuivit-elle... à moins qu'il ne l'ait écrit lui-même.

— Et puisqu'il avait été envoyé depuis l'ordinateur de Séverin, tu as su que Nugent avait dû s'y introduire pour l'envoyer.

— Exactement. Et ensuite, ce n'était pas un grand exploit de réaliser que l'homme que Caroline avait vu dans le bureau de l'école cette nuit-là n'était pas Séverin, mais Nugent. Elle a supposé que c'était son patron parce que, eh bien, c'était le bureau de l'école. L'homme était assis au bureau de Séverin, devant l'ordinateur de Séverin. Elle travaillait avec lui, là, tous les jours. Sa voiture était garée juste dehors. Il n'y avait aucune raison pour elle de le remettre en question, parce que Caroline n'avait aucune idée que quelqu'un d'autre avait un motif pour être là. Et elle a dit que c'était typique de Séverin de laisser les choses du travail glisser et puis de devoir se démener pour les finir à temps.

— Ça a dû rendre Nugent furieux d'avoir fini par donner involontairement un alibi à Séverin.

—Je pense que oui, dit Molly.

— Il était certainement terriblement malheureux et agité. Pendant un moment, quand la liaison a été découverte, nous avions la bonne idée — que Séverin aurait pu tuer Iris dans un accès de jalousie parce qu'elle avait mis fin à la liaison — mais une fois qu'il est apparu qu'il avait rompu avec elle *et* qu'il avait un alibi... eh bien, nous l'avons totalement rayé de la liste des suspects.

— Qui soupçonniez-vous alors ?

Molly réfléchit.

— Mon second choix était Nugent. Mais j'étais presque certaine que c'était Pierre jusqu'à ce qu'il meure.

Ils restèrent silencieux un moment, appréciant les magnifiques restes et la nuit étoilée.

— Il y a une chose qui me tracasse. Je pense que j'ai laissé des émotions qui n'avaient absolument rien à voir avec l'affaire entraver mon raisonnement. Quand Ben s'est énervé contre moi parce que je voulais envisager la culpabilité de Pierre, je suis devenue compétitive. J'insistais sur le fait que c'était Pierre parce que je voulais que Ben ait tort et que j'aie raison. C'était stupide. Et je ne peux m'empêcher de me sentir coupable, parce que, si nous avions attrapé Séverin plus tôt ? Est-ce que Pierre n'aurait pas... ?

— Je comprends ce que tu veux dire. Mais je pense que, l'essentiel, c'est que tu as fini par comprendre. Et le fait que Pierre ait pris ces pilules n'avait rien à voir avec Séverin, du moins, pas avec le fait qu'il soit démasqué ou non. Il l'a fait parce qu'il souffrait tellement d'avoir perdu Iris.

Molly hocha la tête, pas entièrement convaincue.

— Pierre était un drôle d'oiseau, dit-elle finalement.

— J'ai beaucoup de questions que j'aimerais lui poser. Comme... cette tasse de thé. Quand je suis allée chez les Gault après le meurtre d'Iris, je l'ai tout de suite remarquée, posée sur une table dans le salon. Les Gault étaient des gens méticuleux et cette tasse vide ressortait comme un signal lumineux. Alors, pourquoi Pierre l'a-t-il laissée là ?

— Je me demande s'il savait qui l'avait laissée. Et s'il voulait que tu la voies.

Les yeux de Molly s'écarquillèrent.

— Mais dans ce cas, pourquoi ne pas simplement la signaler ?

Elle aurait surement eu l'ADN de Séverin dessus.

C'était maintenant au tour de Lawrence de hausser les épaules.

— Plus probablement, il était tellement bouleversé par le meurtre de sa femme qu'il ne rangeait pas comme d'habitude. J'ai l'impression qu'il aimait Iris plus que ce que tout le monde pensait. Peut-être même plus qu'Iris elle-même ne le pensait.

— Peut-être. Mais alors pourquoi a-t-il dit avoir appelé l'ambulance, alors que le numéro d'urgence n'a aucune trace de l'appel ?

— Imagine, Molly. Imagine, ce que ça ferait de vivre en sachant que ton conjoint bienaimé a une liaison. Ton cœur se brise. Tu restes tard au travail parce que c'est trop douloureux de la voir s'illuminer quand elle part rejoindre son amant. Et un jour, tu rentres à la maison pour la trouver étendue au pied des escaliers, recroquevillée, morte. L'amour absolu de ta vie.

— J'ai une certaine expérience avec un conjoint infidèle, dit-elle doucement.

— Dis-moi si je me trompe, mais je n'ai jamais eu l'impression que Donnie était ta passion, ton amour le plus profond. Est-ce que je me trompe ?

— ... non. Tu ne te trompes pas.

— Eh bien, je dirai juste... que d'après mon expérience au Maroc, avec Julio... je peux comprendre comment un traumatisme comme celui qu'a vécu Pierre... peut le faire se comporter de manière inattendue. Peut-être qu'il pensait avoir appelé. Peut-être qu'il savait tout de suite que c'était inutile. Peut-être qu'il ne savait même pas vraiment ce qu'il disait.

Molly hocha la tête.

— Une chose à propos de Pierre : il gardait tout pour lui. On ne devait pas être surpris que, lorsque la tragédie a frappé, son inclination naturelle au stoïcisme se soit renforcée. Enfin. À part Pierre, d'autres suspects ?

— Ah, dit Molly.

— Laisse-moi apporter le dessert pour cette conversation. Je dois remplir quelques choux à la crème avec de la glace et réchauffer la sauce au chocolat, je reviens tout de suite.

— Ça a l'air divin. Dépêche-toi !

LAWRENCE SE LEVA et se promena dans la prairie en attendant Molly et le dessert. Il vit le chat roux rôder dans les hautes herbes, et les lumières allumées dans le pigeonnier. Puis il pensa à son ami marocain, Julio, à son sourire en coin, et passa la main sur ses yeux en soupirant.

— D'accord, raconte-moi, dit Lawrence quelques minutes plus tard, raclant plusieurs choux à la crème sur son assiette à dessert dès que Molly eut posé le plateau.

— Oh, mon Dieu, ils ont l'air délicieux. Hier soir, c'était tellement fou que je ne me souviens même pas d'en avoir mangé.

— Eh bien, tu en as mangé. Une pile substantielle, si je me souviens bien, ce qui est le cas.

Lawrence rit et soupira à nouveau en mâchant, plus joyeusement cette fois.

— Alors... d'autres suspects ? Tu ne voulais rien me dire pendant l'enquête, alors maintenant je veux tous les détails.

Molly finit son premier chou à la crème et se servit plusieurs autres.

— Ben pensait à Caroline Dubois.

Lawrence leva brusquement les yeux.

— Je connais Caro depuis des années, dit-il.

— Elle est assez malheureuse. Mais une meurtrière ?

— Il m'a fallu un moment pour démêler ce qui se passait là-bas. Les choses ne collaient pas, tu sais ? Quand je l'ai rencontrée pour la première fois, elle a menti à propos de la liaison de Séverin avec Iris. Je ne comprenais pas pourquoi elle ferait ça, surtout une fois qu'elle a admis qu'elle aussi avait le béguin pour Iris. Je te le dis, plus je parlais aux gens, plus je regrettais de ne jamais avoir pu la connaitre. Elle avait envouté presque tout le village !

— Pas moi, dit Lawrence, avec un éclair dans les yeux.

— Ah vraiment ? La beauté féminine ne te fait vraiment aucun effet ?

— J'apprécie la tienne, dit Lawrence en souriant.

— Et la sienne aussi. C'est juste que... je pouvais voir qu'une partie de la raison pour laquelle tant de gens étaient gagas d'elle, était qu'Iris... bon, elle était très belle, et aussi elle se retenait. Tu n'avais jamais l'impression, ne serait-ce qu'une minute, qu'elle laissait transparaitre ce qu'elle pensait ou ressentait vraiment à propos de quoi que ce soit.

Molly hocha la tête.

— C'est triste de penser qu'elle n'a jamais vraiment pu embrasser sa vie. Du moins, c'est, ce qu'il semble, de l'extérieur. Elle était si réservée, si contrôlée.

— Très. Et donc, à mon avis, les gens étaient alors libres d'imaginer toutes sortes de choses à son sujet. Ils pouvaient faire d'elle ce qu'ils voulaient, parce qu'elle présentait une sorte de page blanche.

— Hum. Idée intéressante. Mais Séverin et Dubois, ils connaissaient mieux Iris que ça. Ils ont travaillé avec elle pendant des années.

— Et peut-être que la liaison était la seule fois où elle s'est finalement laissé aller. Compréhensible que Caro ait eu du mal. Je veux dire, réfléchis-y : elle est amoureuse d'une femme hétéro, donc toute l'affaire est vouée à l'échec dès le départ. Et puis son patron arrive et la lui vole, juste sous son nez, et elle doit les voir ensemble jour après jour.

— Ça doit faire mal.

— Ouais. En plus, Séverin la traitait mal. Caroline avait écrit un poème à Iris, exposant tous ses sentiments, et Séverin l'a trouvé. Et il l'a envoyé à Iris sans mentionner qu'il ne l'avait pas écrit lui-même.

— Quelle trahison. Et d'ailleurs, comment as-tu découvert ça ?

— J'ai bien le droit de garder quelques secrets, Lawrence. Ou... je te le dirai si tu partages tes sources ?

— Jamais de la vie, ma chère. N'est-ce pas la plus exquise des nuits ? Je pourrais m'allonger et regarder les étoiles pendant des heures si ça ne me rendait pas grincheux de n'avoir personne avec qui les partager.

— Pardon ?

— Tu sais parfaitement ce que je veux dire.

Il passa son bras autour de son amie et tous deux finirent la bouteille de vin en continuant à regarder le ciel, emplis des émotions habituelles, tourbillonnantes et contradictoires, propres à la condition humaine. Ben était quelque part, occupé à faire quelque chose, tout comme Julio. Frances et Nico étaient probablement en train de planifier leur mariage dans la béatitude.

Mais Molly et Lawrence étaient heureux aussi, d'une manière différente, et il était inutile de souhaiter une autre forme de bonheur. La paix et le calme régnaient à nouveau à Castillac, et il y avait assez de restes dans le réfrigérateur pour au moins deux repas supplémentaires.

Et, plus important encore, le propriétaire de la meilleure pâtisserie du village n'était finalement pas coupable de meurtre. Cela, seul, était une raison de célébrer.

FIN

Pas encore prêts à quitter Castillac ?

ÉGALEMENT PAR NELL GODDIN

La troisième fille (les mystères de Molly Sutton 1)

La reine de la chance (les mystères de Molly Sutton 2)

Le prisonnier de Castillac (les mystères de Molly Sutton 3)

L'amour assassin (les mystères de Molly Sutton 4)

Le meurtre du château (les mystères de Molly Sutton 5)

Meurtre en vacances (les mystères de Molly Sutton 6)

Un meurtre officiel (les mystères de Molly Sutton 7)

Ténèbres fatales (les mystères de Molly Sutton 8)

Pas d'honneur chez les voleurs (les mystères de Molly Sutton 9)

Œil pour oeil (les lystères de Molly Sutton 10)

L'oubli doux-amer (les mystères de Molly Sutton 11)

Sept morts sur un rang (les mystères de Molly Sutton 12)

Madame Tessier, la femme qui savait tout (les mystères de Molly Sutton 13)

REMERCIEMENTS

Un immense merci à Nancy Kelley pour avoir sauvé la situation, ainsi qu'à Tommy Glass et Heather Penner pour leur regard aiguisé.

Également un mot de gratitude aux meilleurs lecteurs qu'un écrivain puisse avoir, qui me donnent des retours formidables et repèrent les milliards de fautes de frappe.

À PROPOS DE L'AUTEURE

Nell Goddin vit en Virginie, mais rêve de vivre à nouveau en France un jour. Avec un peu de chance, d'ici là, les chiens se seront suffisamment calmés pour que les voisins n'aient plus envie qu'elle déménage.